KB263378

월남
우언
선집

이 책은 2005년 정부재원(교육인적자원부 학술연구조성사업비)으로
한국학술진흥재단의 지원을 받아 연구되었음
(KRF-3006-079-AS0132).

월남우언선집

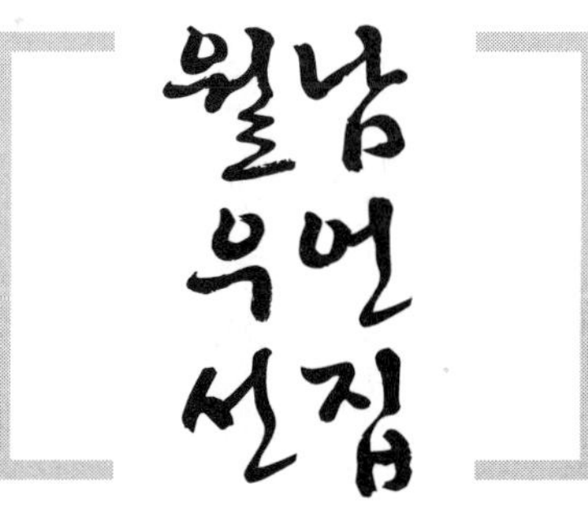

또오 호아이 지음

전혜경 옮김

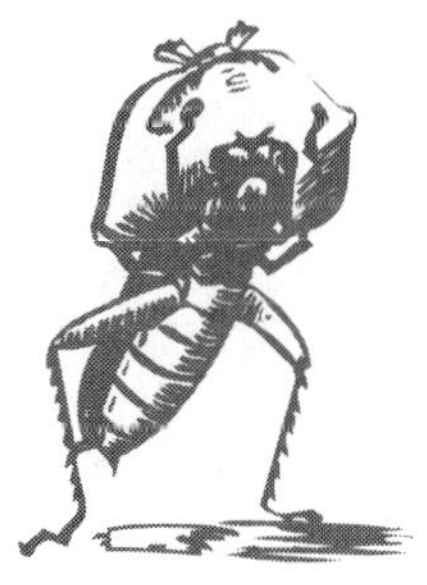

도서출판 박이정

차례

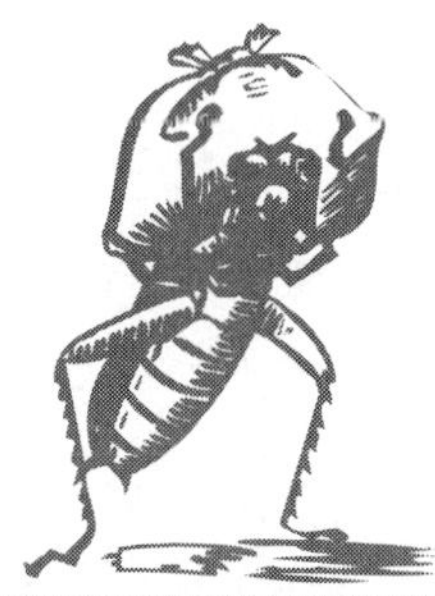

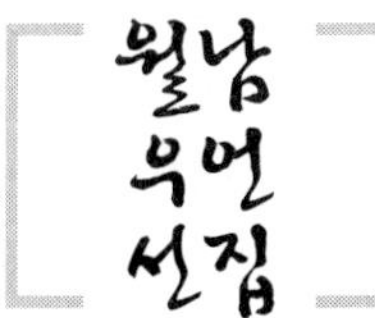

월남 우언 선집

해설

의인화(擬人化)를 통한 울분과 고뇌의 표출

전혜경(한국외국어대학교 베트남어과 교수)

　베트남은 아시아 대륙 동남쪽의 인도차이나반도 동쪽에 자리 잡고 있으며, 북으로는 중국 대륙, 서쪽으로는 쯔엉산맥을 경계로 라오스, 캄보디아와 국경을 접하고 있다. 지형은 좁고 S자형으로 크기는 우리나라의 1.5배 정도 되며 기후는 열대 몬순 기후에 속한다.

　이러한 지리적 위치는 풍부한 농산물(벼의 2모작, 3모작이 가능), 해산물 등 많은 혜택을 주었지만 수난의 역사를 겪도록 한 주요 원인이기도 하다. 험준한 히말라야산맥으로 가로막힌 중국대륙이 유일하게 남쪽으로 통하는 길이 된 베트남은 기회 있을 때마다 진기한 열대성 산물을 확보하려는 중국에 의해 자주 침략을 당했고, 마침내 거의 10세기에 걸쳐 중국의 지배를 받기도 하였다. 또 근세에 이르러 베트남은 서구를 중심으로 산업자본주의가 발달하자, 중국 대륙으로 들어가려는 서구 열강들의 각축장이 되면서 1883년부터 1945년까지 프랑스의 식민 통치 아래에 있었다. 이 같은 역사의 흐름 속에서도 베트남의 역사는 끊임없는 항쟁의 역사라고 불릴 만큼 어느 한 시기도 저항 운동이 끊인 적이 없었다.

　베트남의 작가 또오 호아이(To Hoai)는 1920년 북부베트남의 수도 하노이의 위성도시인 응이아―도에서 태어났다.

당시 베트남 국내의 상황은 식민정권에 대한 무력저항운동이 잇단 실패로 끝이 나자 베트남국민의 국혼(國魂)을 회복함으로써 독립을 쟁취하려는 움직임이 사회전반에 걸쳐 활발히 일고 있었다. 이에 따라 해외유학이나 서구식 교육을 받고 성장한 베트남의 신세대들은 쏟아져 들어오는 서구의 사상 및 문예사조를 흡수하고 사회·문화개혁운동을 주도해 나갔다. 이를 계기로 대다수 문인들도 학술적·낭만적·사실적·사회적 경향을 나타내며 활발한 저작활동을 벌여 문화개혁운동의 일익을 담당하였는 바 또오 호아이 역시 서구 리얼리즘에 강한 영향을 받으며 1940년대 초반에 많은 작품을 발표하였다.

이제 또오 호아이의 대표작 몇 편과 작품내용의 일부를 소개함으로써 작가의 작품세계를 이해하는데 도움이 되고자 한다. 그의 대표적 작품으로는 『고향을 잃은 사람들』과 〈새앙쥐〉, 〈귀뚜라미 표류기〉, 〈고양이가 여우가 되다〉, 〈한쌍의 거위부부〉 등 단편소설의 모음집인 『동물들의 이야기』이며 그 외에 〈옛날의 이웃〉, 〈가난한 집〉, 〈그 사람 락〉과 〈권투선수 사마귀〉, 〈싸움닭의 인생〉 등 다수가 있다.

먼저 1942년 하노이에서 출판된 또오 호아이의 첫 장편소설 『고향을 잃은 사람들』은 직조업으로 그날그날의 생계를 그런대로 꾸려가던 하노이 근교의 한 마을에서 값싸고 질 좋은 중국비단이 들어옴으로써 하루아침에 직업을 잃고 고향을 등지게 되는 두 가정과 주변사람들이 겪는 이야기이다. 작품 전면에 걸쳐 부모·자식간의 갈등, 각기 다른 남녀 주인공들의 사랑·결혼, 사돈 간의 미묘한 문제, 생계유지, 자녀양육, 마을의 풍습 등 생활에 밀착된 얘기들이 주로 그려지면서 우체부, 국수장사, 동네노파 등 주변의 이웃들이 하나 둘 고향을 뜨기까지 겪는 결실한 삶의 체험들이 주인공 못지않게 자세히 묘사되고 있다. 또한 이 작품 속에서 보이는 남녀 간의 이성교제 및 맹인인 시어머니가 손자를 돌보는 모습을 작가는 다음과 같이 표현하고 있다.

"어두워지자 허이는 두 송이 목련을 집어 들었다. 새하얀 목련은 마치 그녀의 가느다란 팔목의 희고 여린 손가락 같았다. 허이는 몸을 기울여 그녀의 집 창문 안으로 목련 두 송이를 하나하나 모두 던져놓고 조용히 서서 기다린다. 허이는 언제부터인가 혹 잘못 던져질까 두려워 꼭 두 송이 씩 던졌다. 허이가 던진 두 송이 목련은 언제나 베틀 위나 밑에 떨어지고 조금 있으면 온 방안이 꽃향기로 가득해진다. 그러면 곧 웅어이는 허이가 창문 밖에서 자신을 기다리는 줄 알게 되고 서둘러 베틀을 멈추며 서로 약속한 한 구절의 노래를 부른다. 허이는 두터운 벽을 통해 흘러나오는 그녀의 노랫 소리를 듣고 웅어이가 알고 있음을 확인하고 연못가로 내려 간다. 곧 웅어이는 불을 끄고 허이가 기다리는 곳으로 발길을 재촉한다."

"허이 부부가 일하러 나가자, 눈먼 할머니는 손자를 먹이던 밥그릇을 내려놓고 두 손을 마주쳐 소리를 내며 아이에게 이리 오라는 손짓을 한다. 아이는 아까부터 노파 옆에 쪼그리고 앉아 있는데도 노파는 이리저리 손을 내저어 보다 아이를 움켜쥐었다. 그리고는 어린아이 입속에 손가락을 집어넣어 아이가 아직 밥을 삼키지 않고 양쪽 볼 가득히 넣고 있는 것을 만져보고 "가득 물고 있는 걸 보니 배가 아직 안 고프구나!"하며 자신이 씹어 아이에게 주려던 밥은 그냥 '윽'하고 삼킨다. 그리고는 고개를 숙여 입을 오무려서 어린아이의 코를 아주 세게 '쭉'하고 들이킨다. 어린아이 코에 줄줄 흘러내리던 콧물이 그 눈먼 노파의 입속으로 재빨리 들어가 버리면 노파는 다시 땅에 '툇'하고 뱉어 버린다. 그러면 저쪽 구석에 앉아 있던 새까만 강아지가 달려와 얼른 핥아 먹는다. 손자는 할머니가 세게 빤 코가 아파 '앙'하는 고동소리를 내며 울어버리고 또 조금 있으면 뚝 그친다."

여기에서 작가는 아직 이성교제가 허용되지 않던 시기의 연인들의 만남과 눈먼 할머니의 손자에 대한 사랑을 리얼하게 표현하고 있다. 또한 위의 인용한 부분 이외에도 결혼식, 장례식, 신이 내려 무당이 되는 과정, 마귀를 쫓는 것, 병자의 시중, 고리대금을 빌려 쓰는 것, 돈 받고 빚 받아 주는 일, 불이 난 장면, 식습관, 다도, 여러 가지의 금기 등 소홀히 지나치기 쉬운

부분까지도 뚜렷이 묘사하고 있어 『고향을 잃은 사람들』은 살아 움직이는 베트남의 풍속화를 나타내는 작품이라 할 수 있다.

다음으로 역시 1942년에 출판된 또오 호아이의 대표적 단편집인 『새앙쥐』를 비롯한 동물들의 이야기 모음집에서 작가는 동물들의 이야기를 심리적 철학적인 세계 속으로 끌어들여 표면적으로는 조용한 듯하나 내적으로는 복잡 미묘하고 시끄러운 동물들, 즉 작가가 생각하고 있는 고향집 동물들의 심정을 전원의 정취와 함께 해학적이고 세련된 문체로 표현하고 있다.

『동물들의 이야기』도 프랑스의 식민 통치 말기인 1940년대 초반에 창작된 작품으로, 나라를 빼앗긴 작가의 고향 마을 사람들의 억눌림, 소리 없는 저항, 먹기만을 위해 살 수 밖에 없는 생활을 의인화된 동물들로 표현하여 자신들의 울분과 희망을 표출해 낸 것이다.

『동물들의 이야기』 중 〈귀뚜라미 표류기〉는 어린아이들 손에 잡혀 갔던 귀뚜라미 '맨'이 탈출하여 고향에 돌아오는 것으로 이야기가 시작되어, 진정한 친구를 만나 이곳저곳 신기한 곳을 두루 여행하며 수많은 동물들을 만나서 겪는 갖가지 일들과, 생사의 위험을 여러 번 벗어나면서 마지막에는 많은 희생을 치르긴 하나 모든 종족들이 싸우지 않고 평화를 유지하기 위한 조약을 맺어 평화스러운 세상이 되는 것으로 끝을 맺는다.

〈거위 한 쌍〉에서는 먹을 것과 편히 잘 곳만을 찾아 자주 말썽을 부리며 잘난 체하던 한 쌍의 거위 중에 형의 말을 듣지 않고 자신의 힘만 너무 믿던 동생거위가 결국은 죽게 되는 이야기이다.

〈고양이가 여우가 되다〉에서는 겁 없고 철이 없는 자신들이 가장 잘난 줄 아는 고양이 두 마리와 한 마리의 늙은 고양이를 등장시켜, 주위의 다른 동물들을 괴롭혀 그들이 못살고 떠나거나 죽게 하는 등 나쁜 장난을 일삼는 것을 보고, 고양이가 나쁜 행동을 하면 늙어서 여우로 변할 수도 있다는 사실을 늙은 고양이의 입을 통해 알려 줌으로써 어린 고양이들을 깨우쳐 주는 이야기이다.

지금까지 살펴본 것처럼, 그는 동물들을 의인화한 많은 작품들에서 그 동물들의 외양 및 특성에 따라 성격과 행동을 실감나게 표현하고 있다. 이로 인해 또오 호아이는 베트남의 대표적인 아동문학작가로도 불리지만 그가 쓴 동물들의 이야기는 단순한 교훈·윤리적 요소를 담은 우화를 넘어서 이성을 무시한 채 본능적으로 살기 원하는 인간들의 살아가는 이야기로 보는 것이 옳다.

그가 창작한 작품들의 공통적 특징은 등장인물 및 동물이 모두 작가의 고향인 응이아―도의 가난하지만 부지런하며 솔직하고 순박한 소시민들이며 그들의 성격, 습관, 풍속 생활상의 묘사에 있어 아주 미세한 부분까지도 눈으로 보듯 생생하고 뚜렷이 표현하고 있다는 점이다.

그리하여 작가는 동물들을 심리적 철학적인 시각으로 바라본다는 것을 알 수 있다. 작가는 동물 역시 생사를 주관하는 창조주의 절대권 하에서 인간과 다른 나름대로의 희노애락을 느끼는 만큼 지극히 이성적인 인간들을 제외한, 어리석기도 하고 솔직 순박하며 가난에 익숙한 작가의 고향사람들을 작가의 집과 고향마을의 동물들로 표현하고 있는 것이다. 이는 작가가 동물들의 이야기 모음집에 총명한 머리는 가졌으나 교육을 받지 못해 마음대로 행동하는 인간 락(꾸락)을 한편에 삽입함으로써 동물이 아닌 사람들의 이야기임을 확실히 하고 있는 것에서 잘 드러난다.

따라서 작가의 동물을 사랑하는 마음이 조그마한 귀뚜라미로부터 집을 지키는 개에 이르기까지 작가의 눈에는 더욱 디 사람으로 비쳐서 새끼 강아지들이 어미품속에서 시로 읽혀 끙끙서리며 자는 모습을 마치 "꿈꾸는 어린아이" 혹은 "고향의 고구마밭에 달린 고구마같은 어린아이"로 비유했으며, 조그만 암탉은 수다스럽기 하나 어진 어머니의 규범이 될 만한 책임감을 지닌 부인네로 표현하고 있다. 또한 형인 개는 사소한 사고를 많이 일으키고 화를 잘 내며 생각 없이 얘기하고 금방 잊어버리는 젊은이로, 삼촌인 고양이는 귀한 신분으로 부유한 가정에 태어나 검은 옷을 주로 입는 신부님으로 그려지면서 항상 어떤 무서운 음모를 꾸미는 듯한 생각에 잠긴 모습으로 표현했다.

그는 동물의 이야기를 다룬 다수의 단편소설에서 사랑하는 이의 부르는 소리를 따라가다 길을 잃고 죽게 되는 닭, 너무 게걸스럽게 많이 먹다 먹이가 목에 걸려죽는 부인 생쥐, 설날 폭죽놀이에 자신의 둥우리를 잃고 어디론가 떠나야 하는 한 쌍의 닭, 천신만고 끝에 승리하여 자리를 굳힌 애꾸눈 싸움닭이 결국 병으로 죽는 얘기, 늙고 병들어 고향에 돌아와 슬픈 나날을 보내며 옛날을 회상하는 개등을 표현함으로써 죽음과 불행은 삶과 즐거움의 옆에 항상 도사리고 있음을 암시하고 있다.

위에서 살펴본 또오 호아이의 『고향을 잃은 사람들』이나 『동물들의 이야기』 등은 프랑스 식민지배 말기의 시대적 소산으로 볼 수 있다. 그럼으로 작가의 눈에는 나라를 빼앗긴 지 수십 년이 넘도록 억눌린 현실에 순응하며 살아갈 수밖에 없는 고향의 사람들이 차라리 애처로우면서도 지극히 사랑스러운 고향의 동물들로 표현되어 그 동물의 세계 속에 그들의 울분과 삶의 고뇌를 마음껏 표출해 내고 싶었는지 모른다. 또한 미래의 주역이 될 아동 독자까지도 의식했을 것이다.

특히 작가가 활동한 1차대전 이후인, 1940년대는 베트남 국내사회가 비참, 무질서, 슬픔, 방황, 비관의 혼돈 속에서 전통사상 및 문화를 경시하고 지나치게 새로운 것과 서구문화를 옹호하는 풍조가 만연되었고 청년층에는 과도한 낭만과 주도의 개인주의가 급속도로 파급되고 있었다.

이때에 작가는 사랑과 증오, 기쁨과 비극, 굶주림, 문맹, 억압 등의 본질성에 대한 확고한 리얼리티의 자각을 가지고 당시의 베트남의 생활습관, 풍속 및 폐습까지도 정확히 묘사하여 자료적 가치뿐만 아니라 베트남의 고유한 민족적 문화유산의 재자각에 크게 기여했다.

이로써 또오 호아이는 아시아 아프리카 작가회의가 수상하는 「로터스」상 수상의 계기가 되었던 것이다.

월남 우언 선집

번역

1. 귀뚜라미 표류기

· · · **1** · · ·

나에게는 아직 실행에 옮기지 못한 두 가지 일이 있다. 하나는 여행을 떠나는 것이고 또 하나는 어머니를 만나러 고향에 가는 것이다. 난 두 번째 일을 먼저 하기로 했다.

어머니는 나를 몹시 보고 싶어할 것이다. 이제는 돌아가서 어머니를 찾아봐야겠다. 나는 고향으로 돌아갔다. 사랑하는 어머니는 더욱더 늙고 여위었다. 나는 코끝이 찡했다. 나는 어머니에게 이리저리 떠돌아다닌 날들에 대해 얘기했다. 옆에서 그 얘길 듣던 다른 사람들도 모두 좋아했다.

내가 고향에 돌아간 목적은 어머니도 만나고 어린 시절을 헛되이 보내지 않도록 세상 이곳 저 곳을 여행하는 데 같이 동참할 몇몇 친구를 만나기 위한 것이다.

세상에 정말 진정한 친구는 몇이나 있을까? 친구를 찾는다는 것은 정말 어렵다. 더구나 길고 긴 생애에 서로 친구가 된다고 하는 것은 말할 필요도 없이 중요하다.

어린 나이만큼 슬픈 것은 없다. 기질은 피가 끓고 의욕이 넘치는데 단지 전통의 뼈대(굴레)에 따라 만족하고 살아야만 한다니! 낮에는 놀면서 땅을 파서 집이나 짓고 밤에는 먹고 마시며 여러 친구들과 함께 춤 파티나 하는 게 고작이다. 나는 그 같이 살기 싫다. 신기한 것들로 쌓인 저 광대한 대평원에 끝까지 가 보지 못한다면 죽을 때 얼마나 후회스러울까? 나는 이대로 죽고 싶지가 않다.

나에게는 형이 둘 있다. 친구를 찾으러 가는 길에 먼저 두 형을 만나 보고 싶었다. 둘째형을 찾아갔다. 둘째형의 집은 벌레 구멍처럼 조그마했다. 들어가면 머리가 풀뿌리에 걸려서 마치 짓다가 만 집 같았다. 나는 한동안 형을 잘 알아보지 못했다. 한참을 보고 난 후에 비로소 얼굴을 잘 알아볼 수 있었다. 형은 야위고 약해져서 나보다 한 살 위인데도 열 다섯 살쯤이나 위로 보였다. 나의 쿵쿵거리는 발소리를 듣고 형은 몹시 당황했고 더욱이 수염(귀뚜라미의 더듬이) 때문에 더욱 혼동했다. 내 목소리를 듣고 나서야 비로소 형은 얼굴을 알아보고 안심했다. 그러나 내가 건강하고 몸이 검게 그을려 반짝거리자 형은 두려워했다.

"형, 어디가 아팠어요? 많이 늙어 보이는데요?"

"너는 얘기를 뭐 그렇게 하니! 나는 껍질도 모두 단단해. 내가 아프기는 어디가 아파? 체질이 원래 그렇단다. 그런데 너는 어디가서 어떻게 지냈길래 소식이 없었니? 우리는 네가 독을 먹고 죽어 버렸다고 생각했다."

나는 웃으면서 말했다.

"내가 죽다니요? 밖에 나가서 얼마나 재미있었는데요. 저는 여행을 하고 집으로 돌아왔어요. 먼저 어머니와 형님을 뵙고 나서 여러 식구들과 함께……."

형은 겁이 나 튀어나온 양쪽 머리를 쓸어대면서 중얼거렸다. 나는 계속 그를 이해시키려고 애썼지만 형은 계속 고리타분한 얘기만 했다.

"나가……, 밖에……. 그럼 죽고 만다."

나는 감히 더 이상 여행 얘기를 할 수 없었다. 형은 밖에 나가면 꼭 죽는 것으로 생각하는 게 아닌가! 나는 밖으로 나와서 어리고 아주 싱싱한 풀을 뜯어서 형에게 먹으라고 갖다 주었다. 그리고 위로의 말을 몇 마디 한 다음 에 나는 불청했나.

"어째서 형은 이런 공간에서 드나들며 살려고 해요? 형은 왜 지금처럼 어리석게 살다가 죽으려는 것이에요?"

둘째형은 계속 머리를 가로저었다.
나는 큰형을 방문했다. 그의 집은 조그맣지만 산뜻했다. 인사를 하니 형 은 위엄스러운 모습을 갖추고 있다가 화가 난 것처럼 얼굴을 일그러뜨렸다.

나는 형에게 물었다.

"큰형은 저를 보고도 반갑지 않으세요?"

큰형이 말했다.

"감히 네가 무슨 낯으로 나에게 그런 얘기를 할 수 있느냐? 네가 어디에 선가 죽은 줄 알았다."

나는 속으로 생각했다.

'내가 만약 여행 얘기를 더 이상 꺼내면 큰형은 정말 화를 내겠지……. 전에 집을 떠날 때 형이 무서워 말없이 떠났으니까.'

나는 전에 알던 몇몇 친구들을 찾아 여행 얘기를 들려주었다. 그러나 친구들은 여행을 가치 없는 일이나 최신유행병 정도로 여기고 있었다. 그들은 조상의 묘가 잇는 고향을 등지면서까지 여행을 떠날 친구가 우리 마을에는 하나도 없다고 했다. 친구들은 내가 말하는 것을 가만히 듣고 있다가 눈을 굴리고 내 어깨를 툭툭 치면서 악수를 하곤 했다. 또한 그들은 머뭇거리며 물었다.

"떠났다가 다시 돌아올 수 있을까?"

나는 아주 자신있게 대답했다.

"그럼 돌아오고말고."

그 날 저녁 나는 호숫가에 서서 하늘을 쳐다보았다. 푸른 하늘은 끝없는 물과 같았다. 그 때 갑자기 뒤에서 시끄러운 내 이웃이었던 귀뚜라미 쮸이 (새까만 귀뚜라미)가 메뚜기 두 마리와 싸우고 있었다. 메뚜기들은 귀뚜라미를 욕하며 큰 소리로 자기 친구들에게 도움을 구했다. 그들은 앞발을 들고 이를 드러내면서 쮸이를 재빠르게 쳤다. 귀뚜라미 쮸이는 그들을 속이려고 두 다리를 앞으로 뻗는 듯하더니 마치 구리로 된 한 쌍의 검같이 촉각을 세워 그들을 걸었다.

나는 가만히 구경하면서 속으로 칭찬하고 있었다. 사실 쮸이는 전에 이웃이었다. 메뚜기들과 싸우는 쮸이가 이웃이었다고 해서, 나와 아무런 상관이 없는 그 싸움에 끼어들어 딱딱한 두 수염으로 메뚜기들을 괴롭히고 싶지는 않았다. 한참 싸우고 있는데 가까운 곳에 있던 수십 마리의 메뚜기들이 싸우는 소리를 듣고 친구를 구하려고 구름처럼 몰려왔다. 쮸이는 다급해지자 재빠르게 도망쳐 강을 건너 이편으로 헤엄쳐 오고 있었다. 그러다가 쮸이는 다시 방향을 바꾸어 강 저 편으로 올라갔다. 뒷다리를 들었다 앞 집게발을 들었다 하면서 무척 당황해했다. 그 때 메뚜기 떼가 바싹 쫓아갔다. 그들은 쮸이와 끝까지 싸우려고 날아갔다. 쮸이는 메뚜기 떼가 그렇게 빨리 날아올 줄은 몰랐다. 그가 집게발을 들어 올릴 사이도 없이 수없이 많은 이빨, 갈고리, 집게발 등이 그의 머리를 두들겼다. 쮸이는 푹 쓰러졌다. 메뚜기 떼가 그를 타고 넘어, 죽게 될 것 같았다.

나는 서둘러 소리를 지르며 달려갔다. 메뚜기 떼들은 재빨리 도망가 버렸다. 쮸이는 의식을 잃고 내 무릎에 쓰러졌다. 쮸이를 그의 집으로 데려가 찬물을 그의 얼굴에 끼얹었다. 잠시 후 그는 깨어나서 기가 막히다는 듯이 불평을 늘어놓았다. 그는 실컷 두들겨 맞아서 성한 데가 없었다.

그가 말했다.

"나는 원래 이 마을 출신입니다. 어느 날 먹이를 찾아 강가로 나갔는데, 거기에서 맛있는 풀을 발견하고 자주 그 곳으로 나가 풀을 먹곤 했어요. 그 때 그 마을에 살고 있던 메뚜기들은 어디에선가 난데없이 낯선 놈이 나타나 하늘이 내려 준 자기들의 풀을 다 먹어 치운다고 생각했던가 봐요.

그들은 몹시 화를 내며 나에게 싸움을 걸어 왔어요. 그 때부터 매일 싸움이 벌어졌지요. 그들은 나를 위협하며 죽이려 했어요. 나는 두려워하지 않았어요. 사소한 일에도 지지 않고 싸웠어요. 그들은 누구나 나와 싸우려 들었어요. 난 언제나 싸울 준비를 하고 있어야 했어요. 오늘은 단지 좀더 지독한 싸움일 뿐이에요. 그들은 이번에 나를 죽여 버리려 했는데 다행히 당신을 만나 도망칠 수 있었어요."

말을 끝내고 나서 그는 나에게 고마워했다. 나는 그에게 나의 집으로 가서 다 나을 때까지 치료를 하자고 권했다. 삼일 후 상처가 다 나았다. 쮸이는 명랑하고 여기저기 돌아다니길 좋아했다. 그는 나에게 자랑했다.

"난 나이는 어리지만 먼 데까지 여행을 다녔어요."내가 말했다.
"나랑 여행을 떠나지 않을래?"

그는 매우 기뻐하며 내 말에 동의했다. 우리는 의형제를 맺었다. 그가 동생이 되고 내가 형이 되었다. 그 때부터 우리는 서로 생사를 같이하기로 하였다. 우리는 같이 떠날 준비를 하였다. 늦가을 어느 날 나와 쮸이는 여행길에 올랐다. 호수의 물은 파랗고 숲속의 풀들은 아주 시원해 보였다. 하늘은 흰구름으로 가득하고 가을 바람은 호수의 손님이 멀리 떠나기를 재촉하는 양 휘이익 불었다. 나는 다시 고향을 떠나는 것이다.

· · · · 2 · · · ·

우리는 고향을 등지고 한참 동안 가다가 큰 들판에 이르렀다. 들판에는 온갖 풀이 무성하게 자라고 있고 멀리 앞쪽에는 지평선이 보였다. 우리는 그 들판을 지나가기로 결정했다. 밤에도 쉬지 않고 길가의 풍경을 보면서 걸어갔다. 산과 강잎 풍경이 다 신기했다. 가면 갈수록 더욱 진기한 것들뿐이었다. 아무리 보아도 지겹지 않았고 피곤하지도 않았다. 고향 집 주위의 초저녁 하늘과 땅을 알고는 있었지만 어디 세상이 이렇게 신기한 줄 알았는가!

그 날은 너무 도취돼 설어가다가 언세 어두워졌는지 몰랐다. 달은 서서히 떠올라 있었다. 그 날 밤 달빛은 유난히 밝았다. 쮸이와 함께 달빛을 받으며 쉬지 않고 걸었다. 잠도 오지 않았다. 한밤중에 큰 비가 퍼부었다. 우리는 어딘가로 피해야 했다. 우리는 바로 앞에 조그만 굴을 발견하고 그곳으로 비를 피해 들어갔다. 다음 날 아침 눈을 떠보니 하늘은 활짝 개어 있었다. 굴 앞에는 강물이 하얀 거품을 내며 풀을 헤치고 흘러 내려가고 있었다.

　나는 쮜이에게 말했다.

　"우리는 아주 만이 걸었어. 이 강줄기는 저 쪽으로 흐르는 것 같애. 그러니 이 길을 따라가 보자. 강물을 따라 하류로 내려가며 여행하면 좋을 것 같아. 너는 어떻게 생각하니? 나는 전에 강물을 따라가 본 적이 있어."

　쮜이도 맞장구쳤다.

　"다른 친구들이 잘 마른 연꽃 잎사귀를 배 삼아 타고 다니는 것을 보았어요. 연꽃 잎사귀를 이용해요."

　나도 잎사귀를 이용하려 생각하고 있었다. 바싹 마른 연꽃 잎사귀는 정말 가벼웠다. 그러나 나는 쮜이가 성급하게 연꽃 잎사귀를 그대로 탈까 봐 걱정하면서 배를 만들어 타는 것이 더욱더 편할 것이라고 얘기했다. 조금 이따 우리는 서너 개의 연꽃 잎사귀를 모아서 배를 만들었다. 그리고는 강물에 띄웠다. 배는 물줄기를 따라 계속 흘러갔다. 가을의 강물은 아주 맑았다. 강물 속에 있는 아주 조그만 돌까지도 훤히 보였다. 강가는 정말 아름다웠다. 가는 도중에도 나무와 풀들은 새로운 것으로 바뀌었고 개미 떼들과 게들도 우리를 보고 부러워했다.

　반 나절을 흘러가다 배가 고파 왔다. 우리는 풀을 뜯어 먹으려고 강가에 배를 대었다. 배를 타고 가다가 허기가 지거나 피곤하면 강가에 배를 대고 쉬었다. 시간이 꽤 흘렀다. 우리는 배를 멈춰 강가에서 하루를 지내기로 했다. 쮜이는 풀섶으로 올라가 어린 풀들을 따 왔다. 우리는 이틀은 흘러가고 하루를 쉬기로 결정했다. 셋째 날에 하늘이 시커매지더니 어두워졌다.

　나는 시무룩하게 앉아서 노를 젓다가 하류로 우르르 쏟아져 내려오는 물 소리를 들었다. 그러다가 깜빡 잠이 들어 버렸다. 깨어 보니 하늘은 이미 맑아 있었다. 주위에는 아무것도 보이는 게 없었다.

얼른 옆을 보니 쮸이도 부스스 일어나며 두 수염을 조금 세우더니 주위를 둘러보고 나서 놀랐다. 배가 떠내려간 곳은 어제의 강줄기가 아니었다. 어제는 강가에 어린 풀들이 있었는데 여기는 어디가 어딘지 통 알 수가 없었다. 바다처럼 망망한 곳이었다. 그러니까 우리는 좁은 강줄기에서 큰 바다로 어젯밤부터 떠내려온 것이다. 나는 배 안을 샅샅이 뒤져 보았지만 노로 쓸 만한 것은 아무것도 없었다. 단지 몇 개의 풀줄기와 하루 먹을 만큼의 풀뿐이었다. 지금 물살을 헤쳐 나갈 수는 없는 일이고 바람 따라 떠내려가도록 내버려 둘 수밖에 없다. 운이 좋으면 바닷가에 닿을 수도 있고 바람이 우리 배를 몰아붙이면 꼼짝없이 죽을 수도 있다. 우리는 조용히 누워 행운을 기다릴 수밖에 없었다. 물결은 점점 더 높아졌다. 우리 배는 물결이 움직이는 대로 물결 꼭대기로 올라갔다가는 다시 밑으로 떨어졌다.

그러나 다행히도 배가 아직 가벼워서 물결이 사나워도 우리를 죽게 하지는 못했다. 우리의 위는 아주 빨리 소화를 시켜서 하루에 세 끼를 먹어야 한다. 내일 아침이면 배안의 양식은 다 떨어진다. 그러나 여전히 망망 대해 안이다. 쮸이는 나를 보고 탄식했다. 나는 그를 안심시키려고 즐거운 모습을 억지로 보이며 날개를 치고 다리를 들며 춤을 추고서 흥얼흥얼 노래를 불렀다.

다음 날 아침이 되자 나는 기운이 쑥 빠져 버렸다. 입을 열자마자 위장이 오그라들 것처럼 배가 고팠다.

쮸이는 배를 만든 바싹 마른 연꽃 잎사귀 주위를 갉아먹는 것이 어떠냐고 했다. 그러나 그것은 집의 대들보를 먹는 것과 무엇이 다른가! 그럴 수는 없었다. 배가 고프고 피곤했지만 우리는 잠시도 잠을 잘 수가 없었다. 졸기라도 하면 이띤 큰 물고기가 실수로 우리 배를 부술지 모르기 때문이나. 다음 날도 여전히 하얀 파도만 보였다.

표류한 지 닷새째가 되자 우리는 일어설 수도 없었다. 배가 너무 고파서 우리의 마음을 궁색하게 했다. 우리는 살기 위해 무엇인가 하지 않으면 안

되었다. 쮜이는 조그만 소리로 말했다.

"형! 죽을 수밖에 없어."

나는 웃었다.

"너무 걱정하지 마. 오늘 밤에는 바람의 방향이 바뀌어 희망을 줄지도 몰라. 바람이 우리를 저 푸르른 강가로 데려가면 살 수 있어."

그 날 저녁 우린 서로 애기를 주고받으며 조심스럽게 눈치를 살피고 있었다. 쮜이가 걱정스런 모습으로 무엇인가 말하려고 머뭇거렸다. 그는 나를 힐끗 훔쳐보았다. 그 때 내가 물었다.

"너 무슨 생각하고 있니?"

쮜이는 머리를 가로저었으나 조금 후 다시 말했다.

"형! 우리는 죽음에서 벗어날 수 없을 것 같아."

나는 그를 꾸짖었다.

"너는 왜 그렇게 생각하니?"

그가 대답했다.

"형이 꾸짖어도 얘기하겠어. 나는 이미 포기했어. 눈앞이 가물가물해. 그래서 형 모르게 혼자 생각했어. 어차피 죽을 바에야 이대로 죽을 수는 없어. 조금이라도 살 수 있는 방법을 찾아야 한다고 생각해."

내가 물었다.

"어떤 생각을 갖고 있니?"

쮸이는 주저하면서 대답했다.

"저……, 그것은…… 그것은……, 일시적이라도 먹고 살 수 있도록 나의 두 집게다리를 ……, 형……."

나는 말을 막았다.

"그만, 그만! 너의 마음을 알겠어. 이처럼 무모하게 죽을 수는 없으니 우리 둘 중의 한 사람이라도 살려고 너의 다리를 나에게 먹여 나를 살리려는 것이지?"

나는 쮸이의 희생정신에 감탄했다. 다시 그에게 말했다.

"동생아! 살고 죽는 것은 하늘의 뜻이다. 한 번 더 생각해 보자. 우리 같은 귀뚜라미의 생명이라도 생명은 아주 귀한 것 아니겠니! 너와 나는 이렇게 망망한 바다위에서 굶어 죽을 수도 있겠지. 하지만 그렇게 된다고 하더라도 우리는 즐겁게 받아들여야지 누구 하나가 희생되면서까지 삶을 이어갈 필요는 없어. 그러니 그렇게 얘기하지 말아라."

쮸이는 여전히 고집을 부렸다. 그는 다리 둘 중에 어느 것이라도 나에게 먹도록 청했다. 그리고는 말했다.

"형, 나는 다리가 없어도 여전히 선상할 수 있어."

나는 한동안 그의 생각을 꾸짖었다. 그리고 둘은 서로 껴안고 비오 듯 눈물을 흘리며 소리 내어 울었다. 그 날 밤 날씨는 더 추워졌다. 우리는 서로 꼭 껴안고 누웠다. 쮸이는 배가 고파 정신을 잃었고 나 또한 배가 고파 하늘이 아득해 보였다. 내가 그를 흔들었을 때 그는 비로소 "으으…" 하면서 정신을 차렸다. 날씨는 추워지고 바람이 불었다. 나는 바람이 우리를 호숫가로 데려다 주지 않을까 하는 막연한 희망을 저버리지 않았다. 그러다 한

밤중이 되어 둘은 몹시 피곤하여 정신을 잃고 말았다. 내가 먼저 눈을 떴을 때, 하늘에선 태양이 빛나고 있었고 천둥 소리 같은 강한 소리가 들려왔다. 머리를 들어보니 매맞은 듯이 목이 아팠다. 정신을 잃고 표류하는 동안 어딘가에 부딪힌 것 같았다. 아! 저편에 푸른 풀이 있는 강가가 보인다.

배는 큰 바다에서 벗어나 이 곳으로 흘러 들어온 것이다. 나는 어리둥절하여 쮸이를 흔들어 깨웠다. 쮸이는 죽은 듯이 누워 있었다. 나는 그가 아직 숨을 쉬고 있는지 가슴에 손을 대 보았다. 살아 있었다. 나는 물을 퍼서 그의 코 속으로 들이부었다. 그러자 그는 재채기를 세 번 하더니 깨어나면서 소리를 질렀다. 나는 강가 쪽으로 몸을 길게 뻗쳐 보았다. 그도 목을 내밀고서 외쳤다.

"아……, 살았다!"

우리는 저녁때가 되어서야 강가에 닿을 수 있었다. 배는 풀더미 쪽으로 다가갔다. 나는 있는 힘을 다해 풀을 움켜잡았다. 쮸이도 풀을 잡았다. 빈 배는 순풍에 재빨리 흘러갔다. 이제부터 너와는 이별이다! 나는 긴 한숨을 내쉬고 머리를 숙여 풀을 갉았다. 옆을 건너다 보니 쮸이도 머리를 파묻고 풀을 먹고 있었다. 물풀이었다. 잎은 크고 질기고 많은 섬유질이 있으며, 잎의 한쪽은 햇빛에 그을었다. 다른 때 같으면 그런 풀은 입에 대지도 않았을 것이다. 그렇지만 지금은 너무 맛이 있었다. 배가 고프니까 무엇이든 꿀맛이었다. 주린 배를 어느 정도 채우고 나자 날이 캄캄해졌다. 우리는 풀 속에서 잠에 취해 곯아떨어졌다. 다음 날 아침 나는 높은 데로 올라가서 우리가 있는 곳을 살펴보니 강안에 있는 섬이었다. 그 곳은 물풀들로 덮여 있었고 늪으로 가득 찬 아주 넓은 땅이었다. 조금 마른 땅이 있긴 했으나 미나리들만 무성히 자라고 있었다. 마을은 개구리, 올챙이들이 모여 사는 진흙투성이 땅이었다.

마을은 섬의 한가운데에 자리잡고 있었다. 육지로 나가려면 강을 건너야 하기 때문에 그 마을에 사는 이들은 바깥으로는 나갈 수가 없었다. 아까 내가 들은 천둥 같은 소리는 천둥 소리가 아니라 그들이 마을에 모여 언제 비가 올까를 논쟁하는 소리였다. 저마다 한 마디씩 소리를 내니 아주 시끄러운 소리로 들린 것이다. 새끼개구리들이 눈을 크게 뜨고서 의기 양양하게 배를 불쑥 내밀며 모든 것을 안다는 듯이 한 마디씩 하니 그런 소리가 날 수밖에 없다.

우리는 환영도 못 받고 들어왔다. 뱀이 우리를 보았을 뿐이다. 그러나 뱀은 천성이 착해 보었다. 그는 날마다 물위에서 먹이를 기다리며 여기저기 어슬렁서렸다. 불행히도 모기 한 마리와 길 잃은 하루살이 떼가 다가올 뿐이었다. 뱀은 우리를 보았다. 그는 몸집도 크고 싸우기를 좋아하지만 우리는 그의 먹이가 아니었다. 그는 다시 머리를 돌려 다른 곳을 쳐다보았나. 그는 몸집도 크고 싸우기를 좋아하지만 우리는 그의 먹이가 아니었다. 그는 다시 머리를 돌려 다른 곳을 쳐다보았다. 후에 알았지만 많은 이들은 그가 한 번도 얘기하는 것을 본 적이 없다고 했다. 정말 그는 말이 없었다. 얼마 후에 올챙이 벤이 우리를 발견했다. 그는 마을을 돌아다니며 새끼개구리들에게 마을에 낯선 침입자들이 나타났으니 가서 쳐부숴야 한다고 외쳐댔다. 마을 사람들이 서둘러 모였다. 나는 그들이 뭣 때문에 모였는지 알고 있었다. 그들이 나와 봤으나 우리는 자신들의 먹이는 아니었다. 쮸이와 내가 파리나 모기처럼 작은 곤충이었다면 그들은 서로 먹으려 했을 것이다. 그러나 우리의 딱딱한 더듬이를 보고는 슬슬 피해 가 버렸다.

이 곳은 오랫동안 비가 오지 않아 몹시 갈증을 느끼고 있었다. 부유한 이들은 편안히 지내고, 가난한 이들은 서로 시끄럽게 싸우면서 움직였다. 그래서 마을은 언제나 시끄러운 소리가 그칠 날이 없었다. 이 곳 저 곳에서 빛을 받겠다고 싸우기도 하고 한쪽에서는 회의를 했다. 또다른 한쪽에서는 싸움을 하고 '움' '오압' '껭껙' 아주 시끄러웠다. 몇몇 두꺼비들이 기어 나왔다. 그 중의 하나는 입 속에 맛있는 모기를 잡아먹은 듯 시끄럽게 씹으면서 우리에게 교양있는 목소리로 도움을 청했다. 두꺼비들은 학자 같은 위엄있는 소리로 말했다.

"두 분 장사님은 어떻게 이 더러운 곳에 오셨습니까?"

나 역시 교섭하는 듯한 부드러운 말투로 대답했다.

"네, 선생! 우리는 여행자입니다."

"아, 여행! 그것 참 좋죠! 그렇다고 하면 저희들이 장사님께 한 가지 물어 볼 게 있습니다. 두 분께서 세계 여러 곳을 두루 다니셨으면 어디에선가 하늘을 만나 보신 적이 있으십니까?"

쮸이는 혼자 싱긋 웃으며 다리로 나를 한 번 쳤다. 나는 그를 힐끗 보고 그가 말하고 싶어하는 뜻을 즉시 알아챘다. 그리고 그들이 궤변을 물은 것처럼 나도 역시 궤변을 써서 두꺼비에게 심각한 표정으로 대답했다.

“네, 선생! 우리는 하늘을 만나 보았지요.”

“그러면 두 분 장사님들은 저희들에게 알려 주실 수 잇겠습니까? 왜 근일 년 가까이나 이 곳에는 빗방울조차 주시지 않는지요? 하느님께서는 저희 비천한 것들의 외침을 들으셨는지요?”

잠시 후 나는 웃음을 터뜨렸다. 땅 위에 사는 어느 누가 하늘을 만날 수 있을까? 그러나 나는 종거하는 말투로 겸손하게 다시 대답했다.

“선생께 알려 드리지요. 우리는 하늘을 만났습니다. 우리는 하느님에게 그 일을 물어 보았더니 하느님께서는 ‘안돼’ 하는 손짓을 하며 매우 바쁘시다고 했어요. 무척 바쁘시대요.”

두꺼비는 큰 소리로 말했다.

“아, 아이구! 어떡하나! 하느님께서 너무 바빠서 우리에게 비가 필요하다는 것을 잊어버리셨나 봐요.”

그리고 두꺼비 떼는 ‘껭꿱’하는 소리를 내며 고개를 끄덕였다.

“그렇고말고! 그러면 그렇지!”

두꺼비 떼들은 비를 내리는 일은 그들이 몹시 크다고 생각하는 하늘의 권한으로 생각하고 있었다. 우리는 눈을 감고 뒹굴며 몹시 웃어 댔다. 조금 후에 눈을 떠 보니 올챙이 벤이 앞에 서 있었다. 올챙이가 말했다.

“개구리 대왕께서 부르십니다.”

우리는 올챙이 벤을 따라갔다. 여기서는 개구리 꼼이 대왕이다. 우리는 대왕 앞에 나아갔다. 그는 매우 위엄있는 모습으로 수풀 속의 네모난 돌 위에 앉아 있었다. 양쪽 눈은 뚫어질 듯 앞을 빤히 보고 있고 앞의 두 다리를 두 뒷다리 사이의 앞으로 모두어 놓고 있었다. 가슴과 배는 희고 아름다웠으며 특이하게 등에 쌀알만한 푸른 반점이 있었다.

"당신들은 옥을 사고 파는 거북 나라에 가 보았습니까?"

나는 대답했다.

"네 대왕님, 저희는 저……."
"아! 나는 이미 알고 있습니다. 여기부터 거북이 나라까지는 삼만 마일 이상 되는 아주 먼 곳이지요."

쮜이가 말했다.

"우리는 거북이 나라에 가 보지 못했습니다."
"그렇다면 그 곳에 가까이 가야 옥을 얻을 수 있다는 것을 모르겠군요? 나는 모두 알아요, 나는 모두 알아."

나는 개구리 대왕이 거짓으로 모든 것을 다 아는 체하는 것임을 알았다. 나는 그의 태도를 참고 견디었지만 쮜이는 참지 못했다. 그는 귀가 더러워졌다고 하며 언쟁을 벌였다. 개구리 대왕은 몹시 화가 나서 쮜이를 쫓아 내려 했다. 쮜이는 나가지 않았다. 개구리 대왕은 큰 소리로 꾸짖었다. 마을 사람들이 몰려왔다. 우리는 천천히 밖으로 나갔다. 개구리 대왕은 우리를 쫓아 내려고 마을 사람을 모아들였다. 우리는 먼 곳에 서 있었지만 그들이 서로 하는 얘기를 다 들을 수 있었다.
모두들 우리를 몹시 미워했다. 아마 우리를 죽일지도 몰랐다.
그들은 우리를 무엇을 훔치러 온 도둑 쯤으로 생각하고 없애야 한다고 했다. 개구리 대왕은 새끼개구리 떼에게 우리를 공격하도록 했다. 그러나 개구리들은 자기들의 힘이 약하다 하며 거절했다. 개구리 대왕은 게에게 명령했다. 게는 정이 많은 편이라 우리에게 대항할 마음이 없다고 했다.

올챙이에게 물어보자 올챙이들은, 자신들은 몸이 너무 작아 적이 한 번만 세게 쳐도 나가 떨어져 버린다고 했다. 다시 뱀에게 명령했다. 뱀은 자신은 이제 막 허물을 벗었기 때문에 몸이 아주 약하다고 하며 그만두겠다고 하였다. 그리고는 두꺼비, 새끼개구리, 올챙이, 뱀, 청개구리 들은 모두 같은 목소리로 개구리 대왕이 앞에 서면 자신들이 그 뒤를 따르겠다고 했다. 개구리 대왕이 얘기했다.

"짐과 같은 영웅이 어떻게 저런 한낱 졸개들과 싸울 수 있겠는가? 그럴 수는 없지."

결국 어느 누구도 우리와 싸우려 하지 않고 그들의 자리로 다 돌아가 버리고 말았다. 두꺼비는 모기를 잡으러 가고 올챙이는 나무에 기어오르고 청개구리는 개골개골 노래만 하였다. 그러나 개구리 대왕은 자신의 옥좌인 네모난 돌 위에 앉아 한참 동안 걱정에 잠겼다. 나는 그 땅이 지겨워졌다. 진흙 땅, 물풀, 어리석은 친구들. 보이는 게 모두 싫증이 났다. 기념이 될 만하다면 이곳이 우리를 살려 주었다는 사실뿐이다. 이미 우리와 그들 사이의 충돌은 끝이난 셈이며 더 이상 방해는 받지 않았다.

나와 쮸이는 멀리서 야자나무를 바라보며 한참을 걸어 나갔다. 그 곳에는 강줄기가 있었고 강 저 쪽에는 모래펄과 푸른 나무숲이 보였다. 우리는 그 곳으로 지나가기로 했다. 풀을 조금 찾아 먹고 나서 잠시 쉬었다. 쮸이는 벌써 물 속으로 들어가 헤엄치며 저 쪽으로 건너가고 있었다. 한동안 헤엄을 치더니 갑자기 물 속으로 빠져 들어가고 있었다. 순식간에 그는 비명을 지르며 물 위로 올라왔다.

자세히 보니 그의 등 뒤에 싼쌋 고기떼(베트남에 있는 물고기로 꼬리가 여러 갈래며 싸움을 잘 함)들이 바짝 뒤쫓아 오고 있었다. 싼쌋은 그들의 붉고 푸른 여러 갈래의 꼬리를 물 위에 꽃처럼 펴 놓고 기다리고 있었다. 그런 줄도 모르고 쮸이는 계속 헤엄쳐 가다가 몇 마리의 싼쌋 떼가 물 속으로 잡아당겨 죽을 뻔한 것이다. 다행히도 쮸이는 그들과 싸워서 도망쳐 나왔다. 강에는 어느 곳에나 싼쌋이 가득했고, 그들은 강물 속에 몰래 숨어 있다가 떼를 지어 이리저리 돌아다녔다.

그래서 나는 어떤 한 마리의 싼쌋을 유심히 지켜보았다. 그들은 우리를 죽일 작정이었다. 우리는 즉시 도망쳐야 했다. 오! 역시 그 오만한 개구리 대왕의 지독한 음모 같았다. 잠시 후에 나는 다시 어디에선가 나타난 모샘치(잉어과의 하나)를 보았다. 그들은 이리저리 왔다갔다 하면서 덤벼들었다. 몸은 길고 주둥이는 뾰족하고 눈이 툭 튀어나온, 이름도 알 수 없는 물고기들이 갑자기 나타나 입을 크게 벌리고 다가왔다. 만약 빨리 도망 가지 못하면 그들에게 포위를 당하여 아주 위급한 지경에 이를 것 같았다. 쮸이는 성질이 급하여 흥분을 잘 했다. 지금도 그는 몹시 흥분하여 아직 죽게 되지 않았는데 마치 죽을 지경에 이른 것 처럼 당황하고 있었다.

나는 그에게 말했다.

"두려워하지 마! 이런 때일수록 조용히 정신을 차리고 잘 행동해야 해.

당황하면 큰일 나!"

갑자기 쮸이가 소리쳤다.

"저기 저기……, 한 떼가 또 몰려온다."

나는 강 어귀를 올려다보았다. 몇몇 쮸오이(베트남에 있는 까만색 고기)고기가 이 쪽으로 쏜살같이 오고 있었다. 쮸오이는 이가 강해서 물리면 다리가 잘려 나갈 것이다. 도망을 가야 살 수 있다. 나는 강을 건너다보았다. 나의 힘으로 헤엄쳐 건널 수 있을 것 같았다. 그러나 쮸이의 다리는 너무 짧아 빨리 헤엄쳐 건널 수 없을 것 같았다. 그렇지만 여기서 머뭇거리다간 맹렬한 쮸오이 고기 떼들에게 물려 죽을 것이다. 나는 몸을 아래로 굽히고 두 날개를 펴고 웃으며 쮸이에게 내 등 위에 올라타도록 했다. 있는 힘을 다해 강을 지나 날았다. 나는 가까스로 강가 가까운 물 위까지 날았다. 물고기 떼들이 물결을 일으키며 꼬리를 흔들어 나의 배와 얼굴에 물을 쏘아 대며 쫓아왔다. 나는 그들을 뒤에 떼어 놓고 강가 가까운 물 위에 내려앉았다.

죽을힘을 다해 강을 건너다보니 온몸이 부서지듯 아팠다. 나는 일어나 앉아 뒤를 돌아보았다. 저 쪽 강가에는 개구리 대왕이 백성들과 함께 나와 있고 네 마리의 게들이 집게다리를 휘두르고 있었다. 그 다리로 우리를 죽이려고 했던가 보다. 쮸이 때문에 화가 난 대왕은 그들의 친구인 게, 물고기들에게 도움을 요청하며 우리를 포위하여 죽이기로 결정한 것이다. 우리는 큰 난리를 피해 겨우 도망쳐 나온 것이다. 여기는 개구리, 올챙이 마을의 어느 누구도 건너 올 수 없는 곳이다. 우리들은 다리를 들고 날개를 비비며 노래하고 춤추었다. 쮸이는 누 수엄 속에 두 발을 밀어넣고 우스꽝스러운 짓을 하며 나를 웃겼다. 우리들은 큰 소리로 웃으며 모래펄 위에서 서로 붙들고 한동안 빙글빙글 돌았다. 우리의 눈앞에는 거대한 푸른 나무숲이 펼쳐져 있었다.

3

모래펄을 지나 숲에 이르니 모든 것이 푸르고 나뭇잎과 풀들도 무성했다. 다행하게도 풀이 아주 많은 곳이었다. 지금은 한창 꽃이 피는 계절이어서 꽃들이 뽐내듯 눈부시게 피어 있었다. 숲 속은 온통 잠자리 마을이었다. 잠자리들은 오랫동안 우리 귀뚜라미들과 아주 친숙하게 지내 왔다. 우리의 집은 보통 호숫가, 연못가 등에 있는데 잠자리들 역시 호숫가의 키 큰 풀 꼭대기에 앉기를 좋아하여 우리들과는 아주 친한 친구이다. 잠자리가 풀 꼭대기에 앉거나 풀잎에 앉을 때는 하루 종일 일어난 모든 일들을 서로 주고받곤 했다. 여기에는 여러 가지 잠자리가 있다. 왕잠자리, 옥수수잠자리, 고추잠자리, 콩잠자리 등이다. 잠자리들은 다른 곳에서 먹이를 찾아 이 곳에 옮겨 왔다. 그들은 아주 작은 침, 네 개의 얇은 날개, 납작한 긴 꼬리, 머리보다 크게 튀어나온 한 쌍의 눈을 지녔고 먹이를 찾아 이 곳에 모여 살고 있었다. 우리가 오자 그들은 모두 밖으로 나가려 하고 있었다.

내가 물었다.

"어디로 나가는 거야?"

그들은 대답했다.

"저기 벼가 자라는 들판으로 무술 시합을 보러 가."

잠자리 떼가 하늘에 가득 떠서 날아갔다. 또 새끼잠자리 떼도 날아갔다. 아주 많았다. 그들은 서쪽으로 날고 있었다.

내가 물었다.

"우리도 가서 보면 안 되겠니?"

"괜찮아, 따라와!"

그들은 대답했다.

우리도 그들 잠자리 떼를 따라갔다. 그들은 하늘 위로 날고 우리는 땅으로 갔다. 가다가 우리는 시합을 보러 가는 많은 친구들을 만났다.

이들은 한 발자국도 뛰지 못하면서도 슬금슬금 기어 줄지어 왔다. 나는 이들에게 이 시합에 관해 묻고 나서야 비로소 사실을 알게 되었다. 원래 이 들판은 여러 가지 메뚜기 떼들의 고향이며 해마다 이맘때면 축제가 열린다. 그러다 작년에 이곳이 수령이던 늙은 사마귀가 죽었기 때문에 올해 축제 날에는 제일 유능한 자를 뽑아 우두머리로 삼는 무술 시합이 열린다고

한다. 첫째 날이 경기가 벌어졌다. 많은 메뚜기들이 눈을 크게 뜨고 즐겁게 무대에 올랐다. 괴상한 메뚜기 떼들을 보고 모두 웅성거렸다. 그러나 메뚜기들은 우두머리로 뽑힐 만큼 유능하지도 않았고, 축제는 즐겁게 진행되지 않았다. 구경꾼들은 흩어지고 말았다.

이튿날이 되자 무대의 분위기는 긴장감이 돌았다. 힘이 약한 무사들은 무대 아래로 떨어져 나갔다. 마지막 둘이 겨루게 되었다. 메뚜기와 사마귀였다. 셋째 날 무술 시합이 있기 전에 나는 혼자서 그 곳으로 놀러 나갔다. 이 시합을 보기 위해 수많은 구경꾼들이 다투어 이 곳으로 몰려오고 있었다. 아가씨 메뚜기들 까오까오는 이 시합을 보러 고향에서부터 올라오며 붉은 색, 푸른색 옷을 입고 삼삼오오 짝을 지어 즐거움과 수줍음을 나타내며 천천히 기어 왔다. 청년 메뚜기들은 고집 세고 씩씩한 모습으로 길가에 있는 상점 안으로 메뚜기 아가씨들을 초대하고 있었다.

나는 배가 몹시 고파 상점으로 들어가 몇몇 벼메뚜기의 풀들을 먹고 있었다. 상점 안은 손님으로 몹시 붐볐다. 메뚜기, 아가씨 메뚜기, 벼메뚜기, 사마귀 등이 모두 시끄럽게 들락거렸다.

그 때 갑자기 숲에서 사마귀 떼들이 튀어 나오더니 서둘러 상점 안으로 들어섰다. 나가 보니 큰 사마귀 한 마리가 들어오고 있었다. 그는 자신이 주인인 것처럼 아주 의기양양했다. 목덜미는 쭉 뻗어 나오고 얼굴은 조금 짧은 세모형에, 두 눈은 부리부리했다. 수염은 부드럽게 움직였고 걸을 때마다 위엄이 있었다. 낫처럼 생긴 두 개의 큰 검(사마귀의 가시가 있는 앞다리)은 가슴 앞에 모아 두고 위엄 있는 무사답게 겨루는 자세를 취하고 있었다.

나는 그의 거만한 행동에 아랑곳하지 않고 그대로 쳐다보고만 있었다. 그는 상점으로 들어가다가 나와 마주쳤다. 나는 피하지 않고 그대로 있었다. 그러자 그는 나를 죽일듯이 내 머리에 하나의 검을 휘둘렀다. 나는 건너편으로 튀면서 그를 짧게 두 번 공격했으나 그는 물러서며 막았다. 싸움이 벌어지자 상점 손님들은 모두 달아났고 아가씨 메뚜기들도 모두 연못으로 피했다. 불행하게도 큰 까잉까익 청년이 다리를 다치고 아버지, 어머니를 부르며 쓰러졌다. 사마귀는 내 앞으로 다가와서 말했다.

"나는 오늘 좀 바쁜 일이 있어. 그렇지 않으면 오늘 너의 머리는 부서졌을 거야. 다행인 줄 알아! 조금 후에 나는 무대 위에 서야 해!"

나도 몹시 화가 났다.

"조금 이따 나도 무대에 오른다. 너에게 다시 도전하겠다."

사마귀는 큰소리를 치며 앞으로 곧장 나아갔다. 구경꾼들이 하나 둘 나에게 몰려들었다. 한 젊은 메뚜기가 과장된 소문을 얘기했다.

"아저씨! 아저씨는 너무 어리석어요. 아저씨는 멀리서 새로 왔기 때문에 그를 잘 모르겠지만 그는 이 곳을 다스리던 늙은 사마귀 아들이에요. 그는 수령의 외아들일 뿐 아니라 힘도 세답니다. 그는 곧 이곳의 수령이 될 거래요. 아저씨는 빨리 도망 가세요. 잘못하면 죽게 될 거예요."

나는 말했다.

"여러뷴 감사합니다. 그러나 나는 아무도 두렵지 않아요. 이 세상에 나를 낳아 준 두 분을 제외하고는."

모두들 내가 어리석다고 생각하였다. 그리고는 우두머리를 뽑는 시합을 보러 가기 위해 나들 무대로 몰려갔다. 그 때 나는 무대 바로 아래에서 쮸이를 보았다.

쮸이는 메뚜기 한 마리와 막 싸움을 시작하려던 참이었다. 쮸이는 여전히 메뚜기들에게 깊은 원한을 가지고 있었다. 전에 쮸이가 메뚜기들에게 죽도록 맞은 적이 있지 않은가! 그 때의 원한을 마음 속에 깊이 간직하고 있는 쮸이는 여기서 메뚜기를 만난 것이 그 원한을 갚을 좋은 기회로 생각하고 이는 것이다. 그는 즉시 무대 위로 올라갔다. 저 쪽의 메뚜기 역시 만만치 않아 보였다. 몸집이 건강하고 허벅지와 다리가 뚱뚱했다. 그의 등은 위로 튀어 나오고 양쪽의 푸른 날개는 꼬리까지 내려와 온몸을 완전히 덮었다. 꼬리는 점이 찍힌 굽은 칼날 모양을 하고 있었다. 그의 머리는 몹시 크고 수염이 있는 언저리는 매우 번쩍였다. 그의 눈은 몹시 커서 마치 올빼미처럼 보였고 두 개의 바위 같은 검은 이빨은 몹시 날카로웠다. 만약 쮸이가 없었다면 그는 우두머리의 자리를 놓고 아까 나와 만났던 그 사마귀와 승부를 겨룰 상대일 것이다. 두 무사는 무술시합대 위로 나갔다. 시합대 위에는 등에는 모두 은색칠을 하고 앞이마에는 검은 색의 더듬이가 있는 늙은 메뚜기 한 마리가 아주 위엄있게 서 있었다. 쮸이와 벼메뚜기는 서로 한동안 서서 노려보면서 몇 번 겨룰 듯하다가 갑자기 상대방을 향하여 공격을 시작했다. 쮸이는 한 쌍의 집게다리를 아주 능숙하게 다루었다. 나하고 같이 다닌 후부터 쮸이는 적과 대항하는 기술을 배웠고 아주 침착하게 기다릴 줄도 알았다. 벼메뚜기는 그 철퇴처럼 생긴 더듬이를 휘두르며 물려고 했지만 어떠한 공격도 할 수 없었다. 그는 쮸이의 주위를 계속 맴돌다가 지쳐서 헐떡거렸다.

그 때 쮸이는 비로소 총공격을 했다. 앞의 두 발로 메뚜기의 두 눈을 눌러 뭉개 버렸다. 그리고는 그를 한 번 세게 차자 무대 바깥으로 나가 떨어져 더 이상 일어나지 못했다. 쮸이는 그를 죽일 작정으로 무대 밖으로 그를 따라 달려 나갔지만 늙은 심판이 쮸이를 말렸다. 그래서 그 벼메뚜기는 목숨을 건졌지만 두 눈이 멀어서 그의 인생은 이미 끝나 버린 것과 같았다. 쮸이는 얼굴을 조금 다쳤다. 그는 몹시 피곤해 보였다.

심판은 무대로 올라와 관중 쪽을 보며 말했다.

"귀뚜라미 무사가 메뚜기 므엄 무사를 이겼습니다."

"누가 귀뚜라미 무사에게 대항할 수 있겠습니까?"

그 때 저 쪽에서 큰 소리로 대답했다.

"내가 겨뤄 보겠소."

아까 나와 실랑이를 벌였던 그 사마귀가 무대 위로 튀어 올라왔다. 쮸이가 위험할 것 같았다. 쮸이는 이미 힘을 다 써 버려서 매우 지쳐 있는데, 저 사마귀와 싸움을 한다면 쮸이는 아마 죽게 될지도 모른다. 나 역시 거만하고 의기양양한 사마귀를 보자 그가 나에게 했던 말들이 생각났다. 나는 불 같이 화가 치밀어 올랐다. 나는 즉시 무술 시합대 위로 튀어 올라가 큰 소리로 외쳤다.

"만약 네가 정말 도전할 뜻이 있다면 나와 먼저 겨루자."

사마귀는 한 발자국 뒤로 물러서며 나를 보았다. 그러더니 그는 고개를 끄덕이며 말했다.

"아! 좋아좋아. 너의 그 건방지고 선머슴 같은 목숨을 조용히 나에게 맡겨라."

말은 쉽겠지만 얼마나 경솔하고 오만 불손한 말인가! 싸움에 들어가기 전에 모든 무사들은 자신이 특별히 잘 하는 주무기를 구경꾼들에게 보이며 시위를 한다. 사마귀는 몸을 길게 뻗치더니 앞의 톱날 같은 두 다리를 들어 올렸다. 그리고는 그 쌍검을 춤추듯 흔들어 보였다. 사마귀는 키가 커서 쌍검을 사용하는 데 아주 유리할 것 같았다.

다음 내 차례가 되었지만 어떠한 시위도 하고 싶지 않았다. 나는 앞으로 나가 나의 두 집게다리를 들어 올릴 준비를 하기 위해 몇 번 재빠르게 움직여 보았을 뿐이다. 시합이 시작되었다. 사마귀는 나보다 키가 큰 이점이 있어서 계속 내 머리를 강하게 쳤다. 그러나 내 머리는 본래 아주 단단해서 어떠한 상처도 입지 않았다. 나는 키가 작기 때문에 계속 그의 배를 쳤다. 그는 나의 머리를 부숴 버릴 수가 없게 되자 쌍검으로 그의 두 다리 사이에 내 머리를 끼워 넣었다. 그는 쌍검에 붙어 있는 가시로 내 목의 잘록한 부분을 쳐서 목을 끊으려고 했다. 몹시 위급해지자 나는 반사적으로 고개를 숙여 그의 배를 나의 뾰족한 머리로 아주 깊이 꽉 눌렀다. 눈이 번쩍 뜨인 그는 나의 등 뒤로 뛰어 올랐다. 그리고는 나의 뒤에서 가시 돋친 쌍검을 막 사용하려는 찰나였다. 나는 있는 힘을 다해 그의 얼굴을 아주 세게 찼다. 그는 외마디 비명을 지르더니 하늘로 뛰어 올랐다가 무대 밖으로 떨어졌다.

목은 완전히 부러지고 앞의 쌍검 하나가 부러졌다. 그 때부터 그는 더 이상 싸움을 할 수 없었다. 그러나 그는 자신의 힘을 자랑할 만했고 수령

자리를 차지할 만한 인물이었다. 이제는 공연히 힘 자랑을 하며 으스대고 약한 이들을 괴롭히는 것이 끝났지만. 나는 아주 자랑스럽게 적을 눌러 이겼다. 메뚜기 심판은 다시 크게 외쳤다.

"누구 이 귀뚜라미 장사와 또 대결할 자가 없습니까?"

모두가 조용했다. 심판은 다시 경기의 시작을 외쳤다.

"우리의 결정에 따라 귀뚜라미 쮸이 무사와 귀뚜라미 맨 무사의 대결입니다!"

내가 쮸이와 싸우다니? 나는 쮸이를 바라보았다. 쮸이도 역시 나를 보았다. 우리는 서로 이 땅의 우두머리로 뽑히기 위해서 여기 왔는가? 무의식 중에 나는 쮸이 쪽으로 다가갔다. 그리고 그의 옆에 두 다리로 서서 쮸이의 어깨를 껴안고 무대 아래를 향하여 관중들에게 크게 외쳤다.

"여러분 우리 두 사람은 멀리서 이곳에 온 여행자들입니다. 우리의 목적은 싸워 이기는 것이 아닙니다. 우리 둘은 힘을 합하여 즐겁게 여러 곳을 두루 다니며 여행하는 것입니다. 그러니 이제부터 이곳의 우두머리를 차지하기 위하여 멀리서 온 많은 영웅들은 모두 철수해야 합니다. 물론 우리도 마찬가지입니다. 여기에 사는 여러분 종족들은 우리들로 하여금 무술 재주의 높고 낮음을 겨루어 수령이 되는 것을 바라지만 우두머리는 여러분 종족들 중에서 뽑혀야 합니다. 왜냐 하면 우리는 여러분의 대장이 될 수 없기 때문입니다. 우리 두 사람은 단지 강을 건너 아름다운 이 곳을 보러 왔을 뿐 이제는 떠나야 합니다. 이 곳에 머무를 생각은 없습니다. 만약 우리와 같이 여행에 나설 분이 있다면 같이 가도 좋습니다."

내 말이 끝나자마자 아래에서는 시끄러운 소리가 났다. 어떤 이는 우리를 우두머리로 모셔야 한다고 하고 또 다른 이는 그러지 말아야 한다고 했다. 한동안 그 무리들의 회의가 있은 후에 사마귀와 메뚜기, 방아깨비와 아가씨 메뚜기가 함께 우리에게 와서 말하였다.

"두 분 무사님, 이 땅은 아주 비옥하고 새들이 노니는 아주 좋은 곳입니다. 이제 두 분이 여기 놀러 오셨고 정말 훌륭한 재능을 보여 주시니 저희에게는 영광입니다. 두 분 무사님이 서로 막역한 의형제 사이라니 어떻게 서로 무예를 겨루라고 할 수 있겠습니까? 그러나 우리 종족의 수령직은 두 분 중에 한 분이 맡아 주셔야겠습니다. 그것이 우리 회의의 결론입니다."

나는 계속 거절했고 쮸이는 아무 말 없이 서 있었다. 나중에야 나는 비로소 쮸이가 다른 생각을 가지고 조용히 서 있었음을 알았다. 그들의 요청에 못 이겨 결국 받아들이기로 했다. 즉시 그들은 나를 메뚜기, 사마귀, 벼메뚜기, 방아깨비 마을의 수령으로, 쮸이는 부수령으로 추대했다. 메뚜기 무리들은 우리 둘을 무동을 태워 축제가 열리는 여러 곳을 행진했다. 까오까오 아가씨들은 일어서서 긴 얼굴을 내밀고 서로를 밀치며 쳐다보았다. 그들은 아주 존경스럽고 두려워하는 모습으로 풀을 머리 위로 던지며 환호했다.

들판의 다른 친구들도 시끄럽게 움직이며 노래를 부르고, 서로 안고 어울렸다. 방아깨비와 메뚜기, 아가씨 메뚜기 모두 자기 집 속에서 나와 잎사귀 위에서, 바깥 해변에서, 또는 들판에서 함께 어울려 춤을 추었다. 나도 무대 위로 올라가서 다리를 떨며, 춤을 추고 유창하게 노래 한 곡조를 불렀다.

쮸이도 한없이 즐거운 표정이었다. 아까 그가 말을 하지 않고 조용히 있었던 것은 내가 메뚜기 마을의 우두머리 지위를 거절할까 걱정한 것이었다. 내가 승낙을 하자 그는 너무도 기뻐했다.

또한 그는 메뚜기들이 수령을 두려워하도록 부수령다운 모습을 나타내며 위엄을 갖추고 서 있기도 했다. 내가 이 마을의 수령이 된 것은 나에게는 조금 슬픈 일이다. 물론 그들의 요청을 받아들이긴 했지만 높은 권력, 중요한 지위를 나는 별로 원하지 않았다. 단지 내 평생의 소원이라면 나에게 만족할 만한 것을 찾아다니며 기쁨을 얻는 것이었다. 나와는 반대로 쮸이는 몹시 기뻐했다. 그는 양쪽 날개를 부딪쳐 악기를 뜯으며 노래를 했다. 그들은 매일매일 아주 정중하게 풀을 갖다 바쳤고 무엇이든지 한 마디만 하면 맹목적으로 순종했다.

나는 쮸이에게 말했다.

"너는 지위를 얻었다고 해서 아무것도 하지 않으며 허송세월을 보내면 어떡하니? 신하는 신하의 일이 있고 수령은 수령의 일이 있어. 그러니 우리는 우리가 맡은 일들을 책임져야 해!"

과연 그러했다. 그 해 겨울에 그들의 마을에 큰 변화가 생겨났다. 겨울이 되면 사람들은 모든 풀들을 베어 버린다. 누런 들판은 모두 사람들의 낫에 의해 뿌리부터 잘려진다. 그것들은 한 곳에 모아지고 대바구니, 큰 대광주리에 담겨 사람들의 정원으로 옮겨진다. 그러면 들판 위에는 단지 벼그루터기만 남아 있을 뿐이고 메뚜기 떼들은 먹을 것, 잠잘 곳을 잃어버린다. 그때부터 추운 겨울이 다가오고 어린아이들은 들판에 놀러 나가면 귀, 코가 시리고 밤에는 이불을 덮어야 잘 수 있다. 메뚜기 떼들도 발들이 모두 오그라든다. 하늘은 회색 빛으로 가득하고 바람은 앞이 잘 안보일 정도로 세게 분다. 이제 들판에는 더 이상 나갈 수가 없다. 어딘가 몸을 의지할 만한 곳을 찾아가야 한다. 그래서 메뚜기 떼들은 날씨가 추워지면 파인애플이 자라는 곳을 찾아가 파인애플 나무의 터진 틈 속에서 추위를 피한다.

그러나 이맘때가 되면 서로 살 곳을 차지하기 위해 싸움을 자주 겪는다. 겨울에는 메뚜기 떼들과 마찬가지로 다른 종족들도 역시 따뜻하게 살 곳이 필요하기 때문이다. 그래서 반드시 전투가 있기 마련이고 이 때야말로 군대를 지휘하기 위한 재능있는 우두머리가 필요하게 된다. 그러한 얘기를 듣고 쮸이는 별로 기쁘지 않았다. 그러나 서로 싸워야 한다는 말에 다시 흥분하며 좋아했다. 그 당시 우리 형제의 수하에는 약 팔백 명에 달하는 메뚜기, 사마귀, 방아깨비, 벼메뚜기 등이 있었다.

나는 그들을 모두 모아 놓고 말했다.

"우리는 서둘러서 따뜻한 곳을 찾아 겨울을 나야 한다. 그러니 이제부터 나와 부수령의 명령을 잘 따르도록 하라."

그들은 모두 아주 크게 "예." 하고 대답했다. 그리고 그들은 어떠한 어려움이 있더라도 그들이 지낼 곳을 찾아내야 했다. 또 그들은 해마다 겪어야 하는 이 일들이 얼마나 어렵고 격렬하게 싸우지 않으면 안 되는지 잘 알고 있었다.

어느 날 일찍이 나는 그 큰 규모의 신하들을 모두 집합시켰다. 메뚜기, 까오까오 들은 떠나갈 준비를 끝내고 두 줄로 서서 나의 명령을 기다리고 있었다. 마지막 채비를 끝내고 그 날 낮에 파인애플이 자라는 곳으로 우리는 길을 떠났다. 얼마 안가서 우리는 파인애플 나무가 가득 찬 울타리 주변에 도착했다. 나는 우리 진지에 명령을 내려 그 덤불 속에 어떤 종족이 먼저 와 있는지 살펴보고 오도록 벼메뚜기 셋을 보냈다 정찰 나간 신하가 돌아와서 말했다.

"잎사귀의 갈라진 틈에 보이 메뚜기(코끼리 메뚜기라는 뜻으로 아주 큰 메뚜기의 하나)들이 가득 차 있습니다."

나는 신하들에게 명령을 내려 파인애플 나무 구석까지 가서, 이 곳은 우리들도 추위를 피하기 위해서 살아야 할 곳이니 우리가 살 곳을 내어달라고, 그들에게 요구하도록 했다. 보이 메뚜기 떼들은 매우 화를 내며 내일 아침에 이곳을 지키기 위해 전쟁을 하겠다고 위협했다. 다음 날 아침 나는 신하들을 이끌고 나가 진을 쳤다. 쭈이는 선봉에 섰다. 보이 메뚜기 떼들은 파인애플 덤불 속에서 튀어 나왔다. 약 백 명 이상 되는 것 같았다. 그들은 매우 지독했다. 그들의 이름이 보이 메뚜기, 즉 코끼리 메뚜기라 이름을 붙인 것이 이해가 갔다. 보이 메뚜기 한 마리가 먼저 선봉에 나왔다. 색깔은 진한 푸른 색이고 몸체는 우리 메뚜기들보다 약 일곱 배 가량 컸고 그의 등은 위로 툭 튀어 올라 넓고 거칠게 보였다. 수염 두 개는 빳빳했고 내 다리보다 더 큰 한 쌍의 다리는 삐쭉삐쭉한 가시들로 꽉 차 있었다. 그러나 그의 눈은 별로 좋아 보이지 않았고 두 이빨은 거의 생기다 만 것처럼 아주 약하게 보였다.

양쪽의 전투가 시작되었다. 우리 쪽의 스무 명쯤의 메뚜기들이 보이 메뚜기 한 마리를 공격했다. 서로 치고받고 엎치락뒤치락 싸웠다. 저녁이 되어 양쪽은 군대를 모두 철수시켰다. 점검을 해 보니 우리 족은 삼십 명이 죽고 열두 명이 부상당했다. 적은 일곱 명이 죽고 다섯 명이 거의 죽을 정도로 부상당했다. 어느 쪽의 승부도 확실치 않았다.

그러나 가슴 아프게도 부수령 쮸이가 보이 메뚜기들의 포로가 된 것이다. 그는 적의 군인들이 많이 모여 있는 곳에 겁 없이 돌진했다가 몇몇 보이 메뚜기들에게 둘러싸여 산 채로 잡혀 포로가 된 것이다.

나는 명령을 내려 쮸이를 구출하기 위해 구원 부대를 보냈다. 그러나 쮸이는 그 덤불 속으로 끌려가 감금당했기 때문에 실패하고 말았다. 그 날 밤 나는 쮸이 걱정으로 밤을 지샜다. 다음 날 일찍이 부대를 정비한 후 다시 도전했다.

그러나 놀랍게도 잎의 터진 틈 속은 모두 비어 있고 어디에도 보이 메뚜기의 모습은 보이지 않았다. 그들은 아마 어젯밤에 다른 곳으로 철수를 한 것 같았다.

나는 신하들을 모이도록 명령했다. 모두 모이자 몇몇 늙고 경험이 많은 사마귀들은 만약 오늘도 전쟁을 하게 됐더라면 우리들의 힘이 보이 메뚜기들의 힘보다 약하기 때문에 우리가 크게 패했을 것이라고 했다.

그들은 철수하면서 포로들을 다 데리고 가 버린 것이다. 나의 쮸이도 같이 잡혀가 버린 것이다. 나는 몹시 실망했다. 그 때 저 쪽 파인애플 잎사귀에서 무언가 움직이는 것이 보였다. 그들이 철수하면서 부상을 당해 죽어가는 이 보이 메뚜기들을 남겨두고 간 것이다.

내가 그에게 물으니 그가 대답했다.

"우리 보이 메뚜기들은 더 이상 싸우기를 원하지 않아요. 단지 몇몇 인질들을 데리고 가길 원했을 뿐이에요."

그리고 그는 마지막 숨을 거두었다. 우리들은 양지바른 곳에 그를 장사지내 주었다. 그리고 나서 몇몇 늙은 대신들을 불러 모아 말했다.

"전쟁은 이제 끝났어요. 불행하게도 나의 동생이 포로로 잡혀갔습니다. 그가 어느 곳으로 잡혀갔는지는 확실히 모르나, 전에 우리들은 의형제를 맺어 생사를 같이하기로 약속했습니다. 나는 지금 이 언약을 지켜야 할 때라고 생각합니다. 그래서 나는 여기에 더 이상 머무를 수가 없으니 여러분들에게 이 수령의 직책을 돌려 드릴 수밖에 없습니다. 어떻게 해서라도 나는 나의 동생을 찾아야 하니까요. 그리고 나서 우리는 다시 여기로 돌아오겠습니다. 그러나 확실히 장담할 수는 없는 일입니다. 여러분들은 이 사실을 여러 백성들에게 알려주기 바랍니다."

모두들 모여 내가 떠나는 것을 말렸다. 그러나 나는 이미 마음을 결정하였다. 의형제의 정, 친구의 의리를 어떻게 저버린단 말인가! 나는 도저히 참을 수 없었다. 메뚜기들은 한 곳에서 최소한 일 년을 지내며 쉽사리 다른 곳으로 움직이지 않는다는 것도 알고 있었다.

내가 떠난다 하니 모두들 슬퍼하였다. 그들은 나를 환송하는 연회를 베풀었다. 그리고 그들은 나에게 부수령인 쮸이를 찾게 되면 언제라도 되돌아오도록 부탁했다. 그들은 또 나와 쮸이가 돌아올 때까지 어느 누구라도 수령으로 모시지 않고 우리를 기다린다고 했다. 나는 대답했다.

"여러분들은 안심하십시오. 언제가 될지는 모르지만 우리는 반드시 여기로 돌아올 것입니다."

그리고 나서 나는 울음을 터뜨리며 짐을 챙겨 길을 나섰다. 메뚜기 종족들은 우두머리를 뽑은 무술시합이 있던 날처럼 나를 배웅해 주었다. 그러나 떠들썩하지도 않았고 조용하게 모두들 슬퍼했다. 그들은 십마일 정도 나를 배웅해 주고 나서야 비로소 파인애플 숲 속으로 돌아갔다. 나는 아무도 모르게 보이 메뚜기 무리들을 찾아가는 것이다. 쮜이를 데려간 메뚜기들은 한 곳에서 적어도 일년을 지내며 쉽사리 다른 곳으로 옮겨가지 않는다.

나는 북쪽으로 방향을 바꾸어 먼 나무 숲을 바라보며 계속 갔다. 간혹 빨리 뛰기도 하고 천천히 뛰기도 하면서 쉬지 않고 계속 가니 너무 피곤하였다. 칠흙 같은 밤에 비치는 달빛은 나 자신을 몹시 외로워 보이게 했다. 나는 얼굴을 들고 하늘을 보며 외쳤다.

"쮜이야! 지금 어디에 있니?"

• • • 4 • • •

몇 달을 이리저리 돌아다녔다. 그러나 쮜이에 관한 소식은 들을 수가 없었다. 가는 곳마다 그 곳에 사는 종족들에게 보이 메뚜기에 관해 물어 보았으나 어느 누구도 그들을 못 보았다고 했다. 나는 혼자 외롭게 걸었다.

옛날 일이 생각났다. 풀을 찾아 헤매고 이슬을 마시던 일, 우리 둘이 위험에 처했을 때 같이 힘을 합하여 벗어나던 일이 얼마나 즐거웠던가! 아! 이

머나먼 길을 나 혼자 쉬지 않고 가야 하다니, 그것도 나 혼자 나의 그림자를 밟으며 가는 길이 얼마나 슬픈 일인지. 나는 깊은 생각에 빠져들었다.

큰 호수에서 길을 잃고 물결따라 한없이 표류하고 있을 때 쮜이는 나에게 자신의 다리를 잘라 주려 했고, 우리 둘이 바람에 밀리는 물결을 따라 헤쳐 나오던 일들!

어느 새 겨울은 다 지나가고 봄이 고 있었다. 새들은 봄을 반기듯 나뭇가지 위에서 지저귀고 반짝이는 햇빛은 들판의 벼이삭처럼 아름다웠다. 풀은 파릇파릇 아주 신선하게 돋아났다.

한참을 가다가 너무 피곤해서 나는 작은 물줄기가 흐르는 곳에서 잠깐 쉬었다. 그 때 갑자기 숲 속에서 노랫소리가 커졌다 작아졌다 하며 규칙적으로 들려 왔다. 나는 큰 바위에 올라 그 노랫소리가 들려 오는 곳을 바라보았다.

어린 풀들이 가득 돋아 있는 넓은 땅이 있었고, 그 곳에서 한떼의 나비들이 서로 날개를 붙이고 둥글게 원을 그리며 노래를 부르고 있었다.

그림 같은 정경에,
바람은 부드럽게 부는구나.
봉숭아꽃은 활짝 웃고,
수양버들은 고개를 숙였구나.
나비는 이리저리 날아다니고,
숲에서는 누런 꾀꼬리가 노래하며,
집 위에서는 붉은 제비가 지저귀누나.

옆에 있던 몇몇 매미들도 입을 모아 한없이 길게 울고 있었고 나비 떼들의 노랫소리도 계속되었다.

나는 이 곳에서 이 무리들이 새봄을 맞는 축제를 여는 것이라고 짐작했다. 초봄이 되면 사람들이 설레임 속에 설을 지내듯이 나의 마음도 즐거움에 이끌려 즐거웠다.

나는 좀더 확실히 듣기 위해서 높이 올라갔다. 나비와 매미 떼 옆에는 춤을 추고 있는 한 무리의 나비 떼가 서 있었다. 이 나비 떼들은 한 마리의 씨엔 똑(귀뚜라미 과에 속하며 귀뚜라미보다 몸체가 크고 힘이 세다)의 주위에서 춤을 추고 있었다. 씨엔 똑의 각 다리마다 나비가 한 마리씩 붙어 있었다.

그런데, 씨엔 똑이 고개를 숙이고 있으면 흰 나비가 두 수염을 잡고 춤을 추었다.

그들은 날아다니며 온갖 노래를 불렀다. 나는 나비들과 어울려 놀고 있는 씨엔 똑의 얼굴을 장난스레 보았다. 그는 아주 장난기 많은 아이 같았다.

누구일까 생각했다. 아, 내가 전에 만났던 바로 그 씨엔 똑이었다. 바로 맞다. 여전히 엄숙하고 잔인해 보이는 생김새. 그는 전에 나를 만났을 때 지독하게 날카로운 검이 이빨 두 개로 양쪽 수염을 물어 뜯어서 잘라 버린 적이 있는 그 씨엔 똑이었다. 나는 양쪽 수염을 잃게 된 날부터 정말 흥미를 느껴 씨엔 똑의 재주와 두둑한 배짱에 탄복해 왔었다. 그는 정말 영웅다운 위엄을 갖춘 무예가 뛰어난 책략가였다. 씨엔 똑은 고집이 세어 누구나 잘 믿으려 하지 않았지만 본래 솔직하고 쾌활하며, 농담을 좋아하는 성격이어서 지금처럼 매미, 나비 떼들과 어울려 노래를 부르고 있는 것이다.

내가 씨엔 똑을 만날까, 아니면 그냥 갈까 망설이고 있는데 갑자기 나비 떼들의 노랫소리가 그치더니 모두들 숲속으로 날아갔다. 그러나 씨엔 똑의 묻는 소리가 들렸다.

"어디에서 온 누구이길래 우리가 노는 것을 방해하지?"

씨엔 똑은 눈을 치켜들어 자세히 찾다가 나를 보았다. 그는 나를 자세히 살피더니 소리쳤다.

"아! 귀뚜라미 맨! 귀뚜라미 맨이구나! 누군가 했더니 옛친구였군. 이리 내려와, 어서 내려와."

씨엔 똑의 기억력은 아주 좋았다. 나는 날아 내려갔다. 그 때야 비로소 나비 떼들도 가까이 다가와 다시 노래를 부르기 시작했다. 아까는 나를 보고 놀라 달아났던 것이었다. 씨엔 똑은 나를 보며 물었다.

"수염은 더 이상 자라지 않았구먼, 그렇지?"

나는 고개를 끄덕이며 미소지었다. 나는 씨엔 똑에게 요즘 어떻게 지내며, 여가는 어떻게 보내고 있는지 물었다.

그는 두 개의 이빨을 드러내며 한숨을 쉬었다. 조금 후에 날이 어두워지자 그가 말했다.

"네가 보기에 내가 옛날에 비해 아주 많이 달라져 보이지? 정말 그럴 거야. 그래, 아주 많이 달라졌지! 나도 역시 알고있어. 나는 나의 생애가 지겨운 생활의 연속이라고 생각한 다음부터 이렇게 변해 버렸어. 너를 만났던 그 때 나는 아주 의로운 일을 했다는 것 때문에 아주 기분이 좋았어. 나는 먹을 것을 찾아 다른 마을로 날아갔지. 뜻밖에도 거기에는 한 어린아이가 선동하여 우리같이 약한 곤충들을 붙들어가는 일을 즐기고 있었어. 수도에 사는 몇몇 아이들이 시골에 놀러와서는 우리를 장난거리로 계속 잡아가곤 하는 거야. 불행하게도 나도 그들에게 잡혀 수도로 가게 됐어. 며칠 동안 아주 먼 길을 함께 갇혔어. 우리 무리들은 점점 죽어가고 있었어. 배고 고프고 무섭기도 하고, 상자가 흔들릴 때마다 상자 벽에 부딪혔기 때문이야. 또 우리는 나무껍질을 먹는데 계속 풀만 넣어주니 먹을 수가 없었어. 그래서 나는 꼭 이틀을 굶었지. 나흘째 되던 날, 나는 아주 운이 좋게도 도망을 쳤지. 나는 날개를 펴고 곧장 날았어. 나에게는 아직 날 수 있는 날개가 있었다는 것이 아주 큰 행운이었어. 저기 여러 나비 친구들도 정말 좋은 날개를 가졌어. 그들은 얇은 두 날개를 안쪽으로 짧게 접어 장난을 치기도 하지. 우리들에게 날개는 정말 소중한 것이야. 나는 있는 힘을 다해 두 날개를 뻗어 바깥에 있는 나무로 날아갔지. 죽지 않으려면 어떻게든 멀리 날아야 했지.

나는 밤낮을 쉬지 않고 날았다. 며칠 후에 비로소 그 무시무시한 수도를 벗어날 수 있었다. 그 무시무시한 일을 겪고 난 후부터 나는 일생을 즐겁고 편하게 살기로 했어. 그래서 나는 여기 이 조용한 곳을 찾았고, 나무껍질을 먹는 습관도 버렸지. 구름과 물과 저 어린 나비, 매미들과 친구하며 여기저기 다니는 동안에 풀도 익숙하게 먹게 되었지. 이곳은 사계절이 있는데 계절마다 풍경이 아름답고, 계절마다 풍기는 독특함이 아주 새로워. 어때? 너도 그렇게 바삐 돌아다닐 필요가 없지 않니?"

나는 머리를 갸우뚱하며 씨엔 똑의 얘기를 조용히 들어보니 한숨이 나고 정말 인생이 지겨운 것 같기도 했다. 내가 보이 메뚜기족이 간 곳을 찾아야 하고 쮸이도 만나야 한다고 하자 씨엔 똑은 갑자기 생각이 난 듯 말했다.

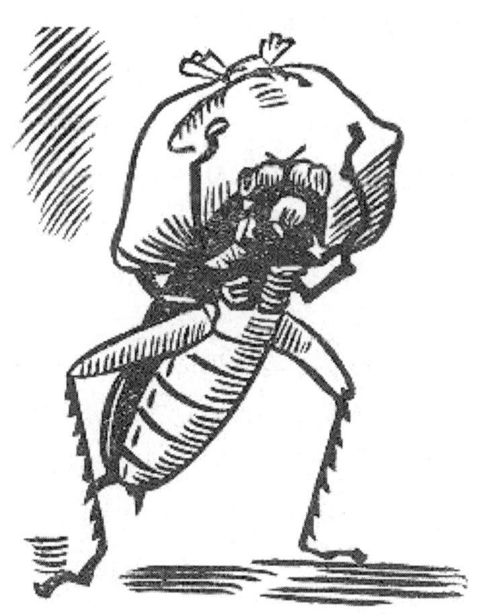

"아! 보이 메뚜기! 생각이 났어. 몇 달 전에 보이 메뚜기가 이곳을 지나가다 여기에서 놀다 갔지. 거기에 귀뚜라미 한 마리도 함께 있었어. 하지만 그는 포로인 것 같지는 않았는데. 그는 보이 메뚜기 떼들과 자유롭게 어울리던걸. 언제인지 확실한 날짜는 잊어버렸는데 그들이 이곳을 지나는 목적은 아마 그들이 하고자 하는 일에 행동을 같이할 친구들을 구하려고 온 것 같았어. 아! 정말 그 일! 그 일은, 우리들 공통의 희망을 위해, 즉 지구 위의 모든 종족들의 고향을 여러 곳 다니면서 어떤 종족도 다른 종족과 서로 싸우지 않도록 하기 위한 것이라고 하더군. 나는 그 얘기를 듣고 매우 힘든 일이라고 생각되어 손을 내젓고 머리를 흔들며 싫다고 했어. 그러자 그들은 이곳에 있던 조그만 게들에게 물어 보았고 그들은 같이 가겠다고 해서 보이 메뚜기들은 그 게들과 함께 떠났지. 나는 지금의 이곳이 아주 좋아서 다른 일에 신경을 쓰고 싶지 않았거든. 그들은 이곳의 강과 들판을 둘러보고는 이곳으로 다시 돌아오겠다고 약속했어. 그러니 그들이 만약 다시 돌아온다면 너는 더 이상 갈 필요가 없는 것 같은데? 여기에 있다가 그들이 돌아오는 날을 기다리는 것이 더 좋을 것 같아. 쮸이도 다시 만나게 될 것이고 말이야. 보이 메뚜기들은 나쁜 종족 같지는 않았어. 쮸이도 그 무리들을 떠나 어디 다른 곳으로 갈 것 같지도 않았고 말이야. 그들은 틀림없이 돌아 올 거야. 왜냐 하면 그들이 그 일을 계속 하려면 그들은 몸과 마음이 모두 지쳐 버릴 거야. 그 일이 매우 힘든 일이라는 것을 그들은 잘 모르거든. 보이 메뚜기들이 중요한 일이라 하는 것은 한낱 계획일 뿐이야. 꿈처럼 허황된 일이거든."

나는 씨엔 똑의 얘기를 듣고 보이 메뚜기들을 다시 한 번 생각하게 되었다. 또한 그들이 모든 종족들이 싸우지 않고 평화롭게 살게 하는 일을 하려고 한다는 말에 전번에 그들과 싸웠던 전쟁을 매우 후회했다. 그런 착한 메뚜기들이라면 쮸이도 역시 무사할 것 같았다.

나는 씨엔 똑의 지금의 생활이 너무 나태하다고 생각되었으나 순간순간의 즐거움만 쫓아 혼돈 속에 빠진 모습을 보고 불쌍한 생각이 들었다. 나는 여기에 머물기로 했다. 그것은 나도 씨엔 똑처럼 방탕하게 살려고 하는 것이 아니라 우선은 여기 있어야 쮜이를 만날 것 같았고 또한 씨엔 똑이 염려가 되었기 때문이었다.

하루 종일 노래만 부르는 것이 여기의 일이었다. 매일매일은 나의 어린 시절과 다름이 없었다. 어머니는 나로 하여금 혼자 나가 놀게 하였고, 나는 저녁 늦게까지 여러 다른 친구들과 노래하고 춤추며 지냈다. 이 곳의 모든 생활은 즐겁게 노는 것만이 전부였다. 이 곳의 친구들은 놀 일이 없으면 언제나 싫증을 냈다. 그래서 원래 이 무리들에 대해서 별 호감이 없던 나는 혼자 다니는 적이 많아졌고 더욱이 여기에 머물고 싶지 않았다.

얼마 오래지 않아 나는 그들과 함께 지내는 날들이 별로 이롭지 못함을 알게 되었다. 그들은 진정한 삶을 포기한 무리들이다. 몹시 게으르고 일들도 하지 않았다. 만약 쮜이를 만나기 위해 기다린다는 희망이 없다면, 나는 벌써 오래 전에 이곳을 떠났을 것이다. 봄이 지나갔다. 여름도 지나갔다. 지금 꽃들은 모두 지고 푸른 숲 속의 나뭇잎들도 붉게 물들기 시작했다. 가을이 온 것이다. 어느 날 저녁 나비 떼들은 나를 숲 속에 초대하여 노래 경연에 참가하도록 청했다. 나는 내키지 않아서 개울가 쪽으로 슬슬 기어갔다. 그리고 고개를 들어 하늘을 바라보았다. 마음은 몹시 울적했고 쮜이가 그리웠다. 옛 생각이 떠올랐다.

그 때 갑자기 저 쪽에서 "윙윙"하는 소리가 들려 오더니 한 떼의 모기 떼가 날아와 대나무숲과 꽃가지 위에 앉았다. 먹이를 찾아 나갔다가 돌아온 것이다.

그들은 "윙윙" 큰 소리로 얘기했다. 아무도 없는 조용한 이 곳은 그들의 세상이었다. 잠시 그들을 지켜 보았다. 그 모기 떼들은 그 먼 길을 다녀왔다.

옳다! 세상을 사는 어느 누구나 이 세상을 올바르게 살아가려면 무엇이든지 해야 하고, 먹고 살기 위해서 일을 해야 가치가 있는 삶이다. 모기들은 나에게 삶의 가치를 다시 일깨워 준 것이다. 나의 머릿속에는 내가 어디론가 움직이는 모습, 강을 건너는 모습, 날고 뛰어다니는 모습으로 가득 찼다. 나의 발은 근질거렸다. 자꾸 어디론가 가고 싶었다. 내 방식대로 살기 위해서는 이 곳을 떠나야 한다.

이곳의 풍경과 이 곳의 친구들이 모두 싫어졌다. 나는 울적한 마음으로 숲 속으로 돌아갔다. 대나무 숲 속을 지나며 나는 생각에 잠겨 있는 씨엔 똑을 보았다. 쓸쓸하게 미소를 짓는 그의 얼굴은 매우 슬퍼 보였다. 그는 주위의 나무를 올려다보면서 노래를 불렀다.

강물은 맑고 산은 옥과 같은데
바람은 휘휘 불어 대나무를 치고 지나가고,
갈대는 끝없이 하얗게 펼쳐 있구나.
나무는 붉은 색 푸른 색 어우러지고,
환한 달빛에 소녀는 잠이 드누나.
발길을 돌려 밖에 나가니 마음이 흔들리고,
향기로운 국화 향기는 무엇에 비길까?
아! 고향 땅이여!

씨엔 똑의 그 지친 듯한 노래를 들어 보니 그의 슬픈 노랫소리는 마치 연설문을 낭독하는 목소리 같았다. 갑자기 내 앞에는 서로 다른 두 전경이 스쳐 지나갔다. 하나는 모기떼들의 즐거운 생활이고, 또 하나는 목적도 희망도 없이 삶을 사는 씨엔 똑의 모습이었다. 원래 나태하게 생활하는 것을 싫어하는 나는 씨엔 똑을 보자 더욱 더 싫증이 났다. 나는 쮜이를 기다리며 이 곳에 있다가는 미칠 것 같았다. 그래서 이곳에서 머무는 것을 포기하고 떠나기로 마음먹었다. 나는 씨엔 똑과 그 무리들을 남겨 두고 길을 떠났다.

한 열흘쯤 갔을까, 나는 큰 제방 가에 도착했다. 제방은 아주 크고 높았다. 나는 반나절을 걸려 비로소 제방 위로 올라섰다. 제방 아래의 강물은 붉고 세차게 흘렀다.

그 때 머리 위에서 "꾸엑꾸엑" 하는 소리가 들렸다. 얼른 고개를 들고 쳐다보니 큰 물총새였다. 아! 저 멋있고 당당한 풍채! 물총새는 물 속의 고기만을 잡아먹고 살며, 고기를 잡을 때는 하늘 위로 머리를 들어 퍼덕퍼덕 날개짓을 하고는 쏜살같이 물 아래로 내려가 먹이를 낚아챈다. 그래서 그의 별명은 고기잡이 왕이라 불리었다. 그 큰 물총새는 나이가 아주 많아 보였다. 원래 물총새들은 아주 매력 있는 목소리를 가졌고 여러 가지 색상의 옷을 입고 있으며, 배는 희고 몸은 푸르다. 두 날개는 푸른 보랏빛으로 빛나고 그의 다리는 연한 붉은 색을 띠고 있다. 만약 부리만 적당하게 컸다면 그는 아주 훌륭한 용모일 것이다. 하지만 그는 아주 크고 긴 부리를 가지고 있다. 그의 부리는 몸보다도 길고 커서 땅에까지 닿을 것 같았다. 나는 그것을 보고 누군가 장난으로 그의 얼굴에 말뚝을 세워놓은 것으로 생각하기도 했다. 또한 그의 약한 다리는 등에 무거운 나사 모양의 짐을 얹고 다니는 달팽이처럼, 그 거대한 부리를 지고 힘들게 버티며 다니는 것 같았다. 그래서 나는 다시 물총새의 부리를 쳐다보다가 나 혼자 비웃는 듯한 미소를 지으면서 계속 보고 있었다. 그러나 나는 내가 마음 속으로 비웃고 있던 그 큰 부리 때문에 불행을 겪게 될 것이라는 것을 미리 생각지 못했다. 내 바로 앞의 나뭇가지에 올라 앉아 있던 물총새는 그의 붉은 두 눈으로 위를 쳐다보다 나를 보고는 아래로 내려와 입을 열었다. 나는 그의 입 속에서 피처럼 붉은 혀를 보자 어안이 벙벙했다. 물총새는 당당한 태도였다.

나는 오래 전부터 여러 가지 위험 속에서도 부모님을 제외하고 누구에게도 머리를 숙여 보지 않았고, 그전에 씨엔 똑에게 위협을 받은 것밖에 없다는 것을 아주 자랑스럽게 여겨 왔다. 그러나 이제 나는 아주 힘이 센 상대에 대해서는 머리를 숙여야 한다는 것을 이해할 수 있었다. 다시 말하면 머리를 숙이지 않으려면 이 물총새 —아주 탁월하고 강력한 힘을 가지고 있다. —에게서 벗어날 방법을 찾아야 했다. 그는 아주 악하기로 소문이 나 있었고 그는 어느 누구도 그냥 놓아 준 적이 한 번도 없다. 나는 모든 신경이 곤두섰다. 나는 날개를 펴고 다리와 집게발을 밖으로 뻗어 자줏빛 덩굴풀꽃처럼 만들어 나의 몸을 숨기려 했다. 물총새는 머리를 들이대며 내 몸에 큰 부리를 올려놓았다.

"헤헤, 요 조그마한 것이 아주 제법인데."

부리는 너무 무거워서 나는 옴쭉달싹 못 하고 단지 아픔을 참고 있을 뿐이었다. 조금만 더 있으면 나는 숨이 막혀 죽을 것만 같았다. 나는 더 이상 못 참고 그를 할퀴려고 했지만 그는 즉시 나를 부리로 물더니 하늘 위로 높이 날려 버렸다. 아! 아! 내가 태어난 이래 한번도 이렇게 높이 날아 본 적은 없었다.

• • • 5 • • •

그러나 나의 일생은 여기서 끝나지 않았다. 어떤 초자연적인 힘이 우리를 만들어 내어 오늘까지 나로 하여금 살게 하고, 독자들이 잘 알다시피 전에 연꽃 잎사귀를 타고 강을 건너 물에 오르게 하고, 모험의 생활을 하는 동안에도 모래밭의 맛을 보여주었다.

나는 아직 죽지 않았다. 물총새가 나를 잡아 강물로 떨어뜨렸지만 나는 어디엔가 부딪혔다가 떨어졌다. 물총새가 나를 공중으로 집어던졌을 때 나는 다리를 세우고 집게발을 들어 올려 다치지 않으려고 등을 땅 쪽으로 하여 떨어질 준비를 했다. 물총새는 웃으며 말했다.

"제법인데. 너는 나에게 틀림없이 어떤 용감성을 보여주려 하는 모양인데 허튼 행동하지 마. 나는 내 부리로 네 머리를 즉시 부수어 버리고 네 다리를 부러뜨릴 수 있어. 그러니 내 말을 잘 들어. 나는 지금 막 내 새집을 다 지었다. 그런데 관리인이 필요해. 네가 그 일을 좀 도와줘야 되겠어. 어때, 할 수 있겠지?"

나는 머리를 내저으면서 말했다.

"난 어디든지 자유롭게 다닐 수 있어야 해요. 당신은 나의 자유를 속박할 어떤 권한도 없어요"

물총새는 눈을 깜빡이며 말했다.

"자! 필요없는 말은 그만하고. 하겠니, 못 하겠니?"

나는 어쩔 수 없이 고개를 끄덕였다. 그는 즉시 나를 집어 올려 그의 새 집에 옮겨 놓았다. 그의 새 집은 모래땅 위에 있는 깊은 굴이었다. 그는 굴 속에 다시 조그마한 구멍을 하나 더 파서 집을 지킬 관리인을 넣어 둘 작장이었다. 그는 나를 그 속에 밀어넣었다. 내가 밖으로 나오려고 하면 부리로 또 밀어넣어 나갈 수 없게 했다. 그는 부리로 나를 세게 밀어넣고 큰 돌덩어리로 구멍을 막아 버렸다.

나갈 길이 없어졌다. 굴 속은 엎어진 항아리처럼 캄캄했다. 발 하나 내밀 정도의 조그마한 틈이 있을 뿐이었다.

그는 밖에서 나에게 말했다.

"너의 일은 어느 누구도 나의 집에 들어오지 못하도록 지키는 것이야. 누군가 들어오려고 하면 너는 계속 소리를 지르고 하루 종일 노래를 부르는 거야. 바깥문에 누군가가 지나갈 때에는 여기에 누가 살고 있다는 걸 알리고 감히 어느 누구도 발을 들여놓지 못하도록 해야 해. 어때! 별로 힘든 일이 아니지? 매끼 식사는 내가 충분히 넣어 주겠어. 너는 너의 일생을 그 캄캄한 굴 속에서 나의 집을 돌보며 살아야 해."

그러나 나는 노래를 부르지 않았다. 그러자 물총새는 내가 먹을 풀을 넣어 주지 않았다. 나는 생각했다. 이런 반항은 어리석다. 여기에서 죽어야 할 이유는 없다. 노래를 부르고 그의 집을 지키는 체해야 한다. 죽지 않고 여기서 버텨야만 이 굴을 벗어날 수 있는 방법을 찾을 수 있다.

그 날부터 나는 그의 말을 듣기로 했다. 물총새는 아주 즐거워하며 좋은 풀을 찾으러 나갔다가 돌아와 내가 먹도록 밀어넣어 주었다. 그 날부터 낮과 밤 모두 나는 굴 속에 갇혀 지내야 했다.

그리고 언제나 노래를 해야 했다. 물총새는 하루 종일 집을 나가 있고 어떤 때는 집에 돌아오지 않았다. 밤이면 그가 없기 때문에 나는 노래를 부르지 않아도 되었다.

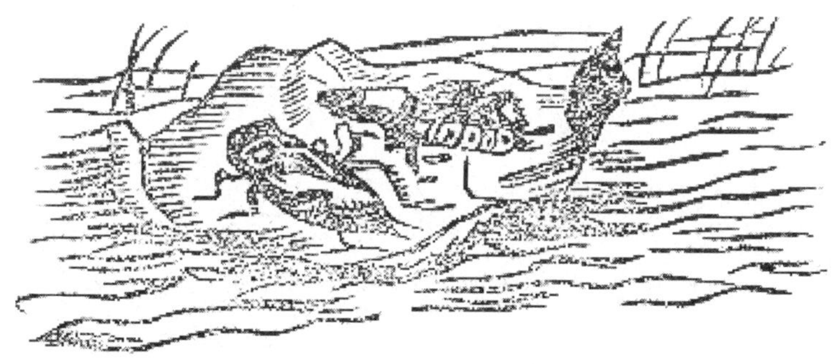

나는 도망가기 위해서 문 입구를 찾으려고 노력하였으나 소용이 없었다. 옆에는 단단한 벽이 막혀 있었고, 앞은 물총새가 박아 놓은 돌이 있어 발톱으로 있는 힘을 다해서 뚫어 보려 했지만 헛수고였다.

나는 포기하고 계속 참을 수밖에 없었다. 나는 생각했다.

'살기 위해 참다 보면 희망이 생기겠지!'

그러나 그 동안 노래하는 일은 여전히 하지 않으면 안되는 큰 일이었다. 노래를 하지 않으면 물총새는 먹이를 주지 않았기 때문이다. 그는 나를 그의 집을 지키는 기둥으로 밖에 생각지 않았다.

그러나 나는 더 이상 마음에 없는 노래를 부르고 싶지 않았다. 내 생각대로 부를 수 있는 노래를 찾으려 노력했다. 내 운명을 한탄하며 원망하는 노래를 지었다.

그 날부터 물총새가 나가고 나면 내가 지어 낸 노래를 부르곤 했다.

누가 만들어 놓았나!
어리석지만 참고 지내면 언젠가 즐거운 날이 오겠지

어두운 굴 속에서 나의 노래는 점점 조용히 가라앉았고 눈에서는 눈물이 흘렀다. 그러나 나는 계속 노래를 불렀고 또 불렀다.

어느 날 문 밖에서 어렴풋한 소리가 들려 왔다.

"누구의 노랫소리지? 형님 맨의 목소리 같은데?"

나는 서둘러서 외쳤다.

"거기 누구야? 바로 여기 있어. 내가 바로 맨이야. 누군지 더 큰 소리를 질러 봐!"
"아! 하느님! 맞았다. 거기 맨 형 맞지? 쮸이가 여기 왔어. 형의 동생 쮸이가 여기 있어. 형, 어디 있어? 형, 거기 어디야?"

나는 눈이 확 뜨이는 것 같았다. 쮸이의 목소리였다. 우리는 몇 년이나 떨어져 있었지만 나는 역시 그의 "오! 오!"하는 목소리를 잊을 수가 없었다.
나는 굴 밖을 향해 크게 소리쳤다.

"나, 여기에 있어. 나, 이 바닥에 있는 굴 속에 갇혀 있어. 너, 거기 누구와 같이 왔니?"
"네, 형님! 보이 메뚜기 친구들과 씨엔 똑 아저씨와 제가……."

나는 크게 말했다.

"잠깐 기다려! 조금만 참아! 지금 여기에 들어오면 다 죽게 돼. 조금 잇으면 물총새가 돌아올 시간이야 너는 저 밖에서 기다려야 해. 물총새가 들어 왔다가 날아갈 때를 기다려야 해. 그 뒤 들어오는 것이 더 안전할 거야. 자 어서 저 밖으로 숨어……."

과연 조금 후에 물총새가 날아 들어왔다. 그러나 쮸이의 무리가 그 곳 주위에 숨어 있다는 것을 물총새는 전혀 눈치채지 못했다. 그는 굴 앞에 누워 바로 잠이 들었다.
날은 이미 어두워진 것 같았다. 그 날 밤 내내 나는 얼마나 흥분을 했는지, 내 머릿속은 수많은 의문으로 꽉 차있었다. 어떻게 쮸이가 여기까지 찾아왔을까 등으로.

아! 내일이면 비로소 이 굴을 빠져 나갈 수 있다는 희망이 보이는 것 같았다. 푸른 하늘을 다시 볼 것이다. 햇빛도 다시 볼 것이다. 나의 사랑하는 동생, 쮸이를 다시 만날 수 잇을 것이다.

그러나 이 밤이 왜 이다지도 긴지! 다음 날 아침 물총새는 먹이를 찾아 날아갔다. 그가 집을 나가자마자 큰 소리로 외쳤다.

"쮸이야! 쮸이야, 어디 있니?"

쮸이가 대답하는 소리가 들렸다.

"네, 여기 있어요!"

그리고는 몇몇이 굴 밖에서 바쁘게 굴을 파려고 움직이는 것 같았다. 그들은 내 앞에 있는 돌들을 파고, 지레로 들어올리고, 재빨리 바쁘게 움직였다. 물총새는 아주 주의 깊게 단단히 돌을 올려 놓은 것 같았다. 한참 동안 작업을 한 후에야 비로소 조그만 구멍이 생겼다.

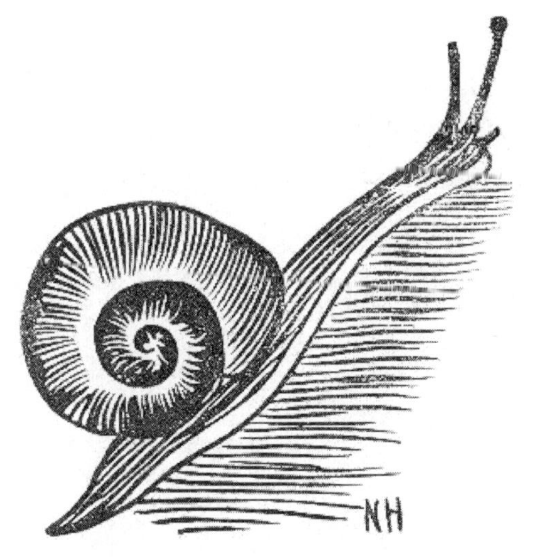

나는 밖의 여러 친구들이 힘이 들어 숨을 헐떡이는 소리를 들었다. 구멍은 점점 커져 머리를 내밀 수 있었다. 조금 후에 등을 내밀 수 있었다.

얼마 후 두 다리를 앞으로 내밀어 미끄러질 수 있을 정도로 구멍이 커졌다. 나는 두 다리로 있는 힘을 다해 벽을 한 번 힘껏 찼다.

드디어 굴 문이 뚫렸다. 나는 굴 문 밖으로 팔짝 뛰어나왔다. 우리는 모두 큰 소리로 외쳤다. 그러나 나는 갑자기 물총새가 생각나서 그들과 함께 미친 듯이 뛰기 시작했다. 얼마나 뛰었을까?

한참을 간 후에 나는 나무숲 속에 이르러 멈추어 섰다. 그제서야 우리는 멈추고 쉴 수 있었다.

그 맨 앞에 쮸이가 서고 뒤에 보이 메뚜기 떼들과 사는데 싫증을 느껴 방탕한 생활을 하던 씨엔 똑이 보였다.

씨엔 똑은 나를 얼싸안고 이를 드러내며 입을 맞추고 서둘러 말했다.

"너는 너무 나빠! 내 곁을 떠나면서 아무말도 않고 떠나다니, 그럴 수 있니? 네가 떠난 후 며칠 후에 보이 메뚜기 떼들과 함께 쮸이가 돌아왔어. 나는 네가 막 떠나 버렸다고 얘기를 했지. 주위를 둘러보았으나 찾아낼 수 없자 그들은 매우 서운해했지. 아 참! 내가 이곳에 같이 오게 된 것은 쮸이 덕분이야 쮸이는 얘기를 아주 잘 하더군. 어쩌면 그렇게 설득력 있게 말을 하던지 안 따라올 수 없었지. 나는 그말을 듣고 완전히 깨달았어. 이제 더 이상 실망하지 않고, 생활을 지겨워하지도 않고 일을 피해서 즐겁게 놀려고만 하지도 않게 되었어. 나비 떼들을 내쫓고 그 따분한 매미 떼들과 달팽이들을 멀리 쫓아버렸지. 또 내가 살던 그 농장도 떠나면서 문을 닫아 버렸지. 그리고 나는 이들과 일을 함께 하기 위해 쮸이를 따라 온 거야."

씨엔 똑의 말이 끝나자 쮸이는 나를 보이 메뚜기 친구들에게 소개했다.

"이분이 맨 형입니다. 맨 형과 나에 대한 얘기는 제가 여러분에게 여러 번 했죠!"

쮸이는 다시 나를 보며 말했다.

"형, 우리가 헤어진 후 형은 틀림없이 내가 죽었다고 생각했지요? 하지만 아니에요. 보이 메뚜기들은 나를 데리고 어디론가 갔어요. 그러고 며칠 후에 나는 그들이 아주 좋은 친구들이라는 것을 알게 되었어요. 만약 우리가 싸우던 날, 우리가 싸우기 전에 먼저 그들과 얘기를 했더라면 아마도 그 같이 후회할 만한 일은 생기지 않았고 서로 즉시 화해했을 거예요. 보이 메뚜기들은 우리 형제들처럼 여행하는 것을 좋아하는 이들이었어요. 그들은 여행하면서 서로 복잡하게 얽힌 일들로 미워하고, 경쟁하고, 서로 시기하며 싸우는 모든 종족들로 하여금 화해하도록 하는 것이었어요.

형님! 나는 보이 메뚜기들의 그 같은 얘기를 듣고 매우 감탄했어요. 그래서 나는 그들과 여행을 했어요. 그러다 보이 메뚜기들은 개미 나라에 도움을 청하면 이 평화의 사업을 좀더 빨리 해결할 수 있을 거라고 했어요.

그들은 스무 명의 보이 메뚜기들을 선출하여 개미 나라로 보낸다고 하더군요. 그런 참에, 나는 언제나 형을 잊을 수가 없어 그 스무명의 보이 메뚜기들이 개미 나라에 가는 길에 형을 찾아보자고 제안하여 그들과 같이 길을 떠났죠. 도중에 형을 만나면 같이 가기를 청하여 가려했고, 만약 못 만나면 우선 개미 나라로 가서 일을 마친 후에 형을 찾으려 했지요.

그래서 이 친구들과 그 파인애플 숲으로 돌아가서 형을 찾았죠. 그러나 형은 이미 나를 찾아 길을 떠났다고 메뚜기들이 얘기하더군요. 저는 그 곳을 떠나면서 그들에게 이 평화의 얘기를 들려준 후 따르도록 했어요. 그들은 박수를 치며 같이 이 일을 하겠다고 하여 매우 기뻤어요. 저는 다시 가는 도중에서 혹시나 하고 씨엔 똑에게 들렸더니 그는 형이 여기에 오래 머물다가 며칠 전에 어디론가 가 버려서 아무도 모른다고 하더군요. 부득이 저는 여러 친구들과 함께 일을 하기 위해 길을 떠날 수밖에 없었어요. 우리는 개미들과 협상하기 위해 개미 나라로 갈 예정이었어요. 그런데 여기서 맨 형을 만나게 되다니 이보다 더 큰 기쁨이 어디 있겠어요? 아! 정말 기뻐요."

쮜이는 여기까지 얘기하고 조금 쉬었다가 다시 말했다.

"제 얘기와 제가 이들을 따라 그 일을 같이하려는 것을 어떻게 생각하세요? 형의 생각을 듣고 싶어요."

나는 말했다.

"쮜이야! 나는 지금 너를 만난 것이 너무나 기뻐서 마치 어린아이처럼 설레고 있단다. 그리고 나는 쮜이, 네가 성질이 급하고 흥분을 잘하는 성격인 줄 알았는데 이제 보니 너는 아주 침착하고 늠름해 보이는구나. 또한 네가 하고자 하는 그 일은 아주 훌륭한 일이라고 생각해. 그래서 나는 지금 너의 머리 위에 진주라도 달아 주고 싶은 마음이란다. 나의 사랑하는 동생아! 그리고 진정한 친구들이여! 이전부터 나도 그런 평화에 대해 많은 생각을 했었습니다. 저도 그 평화의 사업을 위해 한 몫을 담당할 수 있도록 친구들과 동행하기를 진정으로 원합니다."

모든 무리들은 크게 소리쳐 환영했다. 그리고 개미 나라로 발걸음을 옮기기 시작했다. 가는 도중에 쮜이가 이상하게 생각하며 나에게 물었다.

"형! 왜 그렇게 힘이 없어 보여요? 얼굴도 아주 창백해 보이는 것 같아요."

나는 대답했다.

"캄캄한 굴 속에 일 년 가까이 갇혀 있어서 햇빛을 오랫동안 쬐지 못했어. 그러다 보니 얼굴과 피부가 이렇게 창백하고 말라 보이는 거야. 정말 햇빛은 없어서는 안 될 중요한 것임을 밖에 나와 보니 알 것 같애."

여기에서 나는 보이 메뚜기 떼들의 공적과 이상에 관해 잠시 얘기하고자 한다.

그들은 제일 먼저 평화의 이론을 생각해낸 이들이다. 어떤 동물이라도 다른 동물과 서로 싸움을 하지 않는 동물은 없다. 보이 메뚜기들도 나와 쮸이를 만났을 때에 피를 흘리는 싸움을 했다. 그 때는 그들이 평화의 일을 막 시작하려는 때였다. 만약 그 날 내가 그들의 일에 대해 조금이라도 알았다면 싸움은 일어나지 않았을 거고, 쮸이도 잃어버리지 않았을 것이며, 씨엔 똑의 마을에서 몇 년 동안 머무르지도, 물총새의 굴 속에서 일 년 동안 포로로 지내지 않아도 됐을 것이다. 이 평화의 일을 이루기 위해 보이 메뚜기들은 단지 스무 명의 아주 건강한 젊은이들로 무리를 만들어 많은 땅을 돌아다녔고, 아주 많은 종족들을 만났다. 그들은, 모든 종족들은 본성이 매우 착하나 서로가 이해심이 없어 싸움을 먼저 하려는 것이 원인이라고 들었다. 많은 곳을 돌아다녔으며, 그 중 몇몇 지역은 개구리, 올챙이, 메뚜기, 빈대, 하루살이 등의 마을이었다. 그 마을들을 지나가면서 그들은 많은 경험을 얻었다. 따라서 다른 모든 종족들도 누구나 할 것 없이 평화를 사랑하며 조용히 지내기를 원한다. 서로 싸워 생명을 잃는 일은 부득이한 경우에만 생기는 일인 것이다. 그래서 정말 재능이 있는 몇몇을 찾을 필요가 있고, 그 영웅들을 모아서 하나의 칙령을 만들어 천하의 모든 동물이 이 일에 참여하도록 알리기 위하여 여러 곳으로 보내야 했다.

그러려면 우선 개미 나라로 가서 개미들한테 도움을 청해야 했다. 그러나 어느 누구도 이 무리에 가입시키지 못하고 오히려 더 많이 잃었다.

강을 건너고 산을 넘고, 나쁜 기후를 이겨 가며 어려움을 겪는 동안 병에 걸려서 열 명의 보이 메뚜기가 죽었다. 내가 갇혀 있는 곳으로 오던 날도 네 명이 무작정 강—물총새가 나를 집어 던졌던 강—을 건너다가 그만 빠져 죽고, 쮸이와 씨엔 똑, 나까지 합쳐 모두 아홉 명이 남았다. 왜 이들은 그 지독한 고통을 견디어 가며 강을 건너고 바다를 건너 개미 나라를 찾아가려 했을까?

거기에는 이유가 있다. 옛날부터 개미들은 비록 세계 주위에 있는 생물들 중 가장 조그마한 생물에 속하지만 가장 넓게 퍼져 있다.

그래서 세계 여러 곳, 즉 부엌 구석에서부터 식탁, 들판, 숲 속 어디에든 개미 종족이 없는 곳은 없다. 또 그들의 종류도 아주 많다. 지오 개미(바람 개미), 깡개미(장다리 개미), 깐 개미(홍가슴 개미), 르어 개미(불개미), 댄 개미(검은 개미), 낌 개미(참개미), 보좃 개미(독개미) 등 셀 수 없이 많다. 개미들은 아주 용감한 성질과 어려움을 참는 것, 끈질긴 것, 가장 멀리 보는 것, 세계에서 가장 고집이 센 것의 대명사로 불린다. 또한 그들은 세계 곳곳에 있는 개미들을 모두 다스리는 특별한 나라를 두고 있다.

그래서 우리는 그 나라의 개미 여왕에게 모든 곳에 있는 개미들에게 전 세계 모든 생물들에게 평화의 조약에 동참하도록 개미들이 알리는 역할을 해 달라고 부탁하려고 개미 나라로 건너가려는 것이다. 그렇게 되면 오래지

않아 천하가 다 알게 될 것이다. 개미들이 이 평화의 일에 참여할 수만 있다면 이 일의 전달은 다 이룬 거나 다름없기 때문이다. 특히 검은 개미 종족은 소식을 전하는 일에 전문이고 아주 민첩하여 개미들의 연락 담당이다.

그러나 개미 나라에 들어가는 것은 쉬운 일이 아니다. 개미 종족들은 다른 종족과는 어떠한 협상도 하지 않으며, 누구나 다 적으로 생각한다. 특히 개미 여왕을 직접 만난다는 것은 더욱 어렵다. 그것은 개미 종류들은 저마다 다른 수령을 두고 있으며, 그 수령들이 모두 모여야 비로소 개미 여왕을 만날 수 있기 때문이다.

지금까지 나는 보이 메뚜기들의 용기있는 희생과 개미 나라로 가게 된 이유, 개미들의 종류와 그들에 대한 여러 가지 성질을 얘기했다. 이제 나는 얘기를 돌리려고 한다. 그것은 내가 보이 메뚜기와 씨엔 똑, 쮸이와 함께 개미 나라로 가려고 떠난 후부터 시작된다.

삼사 일 후면 드디어 개미 나라에 닿게 된다. 그 곳에 가려면 아직도 여러 마을과 들판을 지나야 했다. 개미 나라에 도착할 쯤이면 봄이 시작될 것이다. 가벼운 바람, 높은 하늘, 흰구름, 파릇파릇 돋아나는 푸른 풀, 선명한 지평선, 흰 배꽃 가지, 점점이 맺힌 꽃봉오리. 모든 이들은 봄노래를 부를 것이다. 봄이 오는 것이다.

옆을 보니 씨엔 똑이 있었다. 그를 보자 나는 한숨을 내쉬며 후회했다. 숲 속에서 여가를 보내며 많은 시간을 허비한 일, 올바르지도 않고 가치도 없이 지내던 일 등으로.

그러나 지금 나는 씨엔 똑의 마을에서 지낼 때부터 캄캄한 굴 속에서 벗어난 지금까지의 모든 생활이 나를 좀더 강하게 만들었다고 생각했다. 길은 험했다. 우리는 언덕을 몇 개나 기어 올라서야 개미 나라의 입구에 닿았다. 그러나 우리는 하루를 쉬어야 했다. 여기까지 오면서 하루도 쉬지 않고, 계속해서 왔기 때문에 우리 일행은 몹시 지쳐 있었다. 우리는 개미 왕국으로 들어가는 굴 안을 들여다보았다. 굴 안은 겹겹으로 싸여져 있었고

성은 **빽빽**하게 서로 붙어 있어서 어느 곳이 나가고 들어가는 길인지 분간할
수가 없었다. 개미들의 집 짓는 솜씨는 칭찬할 만했다. 다음 날 우리는 개미
나라로 발을 들여 놓기 시작했다. 그 때부터 얼마나 많은 어려움이 시작됐
는지 모른다. 그 지독한 개미 나라에 닿던 날부터 개미들과 싸운 일들을
나의 일기에 몇 줄로 적어 보았다.

일흔 아홉 번째의 봄날

개미 나라로 가는 길 어느 곳이나 개미 떼들이 가득했다. 이 곳에
있는 개미 중 가장 먼저 본 것은 지오 개미였다. 지오 개미는 숙련된
기술자로 몸 색깔은 땅과 혼돈될 정도로 진한 회색이며, 우리 발 아래
로 아주 많이 몰려 있었다. 우리는 그들의 몸집에 비하면 아주 컸다.
지오 개미는 우리 다리만한 크기였다. 그들은 우리들을 보고 이상하
다는 듯이 얼굴을 들어 수염을 밖으로 내밀고 가만히 쳐다보았다.
지오 개미는 서로 싸울 줄 몰랐다.

그들은 독을 갖고 있지 않으며, 이 개미 나라에서 일만 하는 노예
인 것이다. 우리는 다시 르어 개미를 만났다. 그의 별명은 방 개미(황
색개미)이다. 진한 황색을 띠기 때문이다. 르어 개미는 숨을 헉헉거
리며 땅을 파고 있었다. 그들은 아주 능숙하게 땅을 팠다. 땅 속의
굴은 모두 르어 개미가 판 것이었다.

개미들은 누군가 보는 것을 두려워하여 바깥으로 나오지 않고 땅
속으로 굴을 뚫어 서로 왕래하며 사는 것이다. 나는 르어 개미에게
개미 여왕이 있는 곳을 물었으나 그들은 쳐다보기만 할 뿐 아무런
말도 하지 않았다. 그래서 우리 무리들은 안으로 더 들어갔고 그들은
계속 쳐다보기만 했다. 만약 우리의 몸집이 조그맣고 약해 보였다면
그들은 우리를 어떻게 했을까?

여든 두 번째 봄날

개미의 땅은 너무나 넓었다. 도대체 개미 여왕이 사는 성이 어디쯤 있는지 도저히 알 수가 없었다.

우리는 낌 개미(침개미)의 굴 아래로 내려가다 복잡한 일을 만났다. 열 명의 낌 개미가 기어 올라와서 우리를 공격한 것이다. 낌 개미들은 우리의 머리를 공격했고, 우리들 중 보이 메뚜기 한 명이 죽었다. 그리고 검은 개미 척후병이 서둘러 자기 종족들에게 알리러 가는 것이 보였다. 조금 후에 한 떼의 낌 개미와 검은 개미가 우리 쪽으로 몰려왔다. 그러나 어느 누구도 함부로 덤벼들지는 못했다. 만약 그들이 무지막지하게 공격했다면 우리는 그들에게 둘러싸여 물려 죽었을 것이다.

여든 세 번째 봄날

하늘 위에서 셀 수 없이 많은 개미들이 우리의 머리 위로 떨어졌다. 그것은 날개가 있는 깡 개미 종류였다. 그들은 우리를 공중에서 공격하려고 날아온 것이다. 그들은 몹시 거칠게 공격했다. 때문에 나도 배 양쪽을 물리고 뒤쪽으로 물러섰다. 그들도 수없이 많이 죽어서 그 시체는 거름더미처럼 높이 쌓였다.

낮이 되어 우리 쪽의 보이 메뚜기가 그들에게 죽임을 당했으나 그 시체는 그들에게 빼앗기고 말았다. 쮸이 역시 산 재로 잡혀가 그들에게 끌려 갔으나 밤에 그들을 피해 도망쳐 올 수 있었다. 그들은 쮸이를 땅굴 속에 가두었으나 두 집세빌을 시용하여 벽을 뚫고 도망쳐 나왔다. 쮸이가 여러 종족들의 개미들이 아주 많이 몰려온다고 말했다. 아! 우리의 뜻은 싸우는 것이 아닌데 어떻게 하면 저들이 이해하도록 설명할 수 있을까?

여든 네 번째 봄날

과연 쮸이의 말대로 오늘은 아주 많은 개미(보좃 개미)를 상대로 한 차례 큰 전쟁을 했다. 보좃 개미는 깡 개미보다도 더욱 크고 힘이 셌다. 그들은 아주 독한 독을 갖고 있으며, 그들에 의해 또 한 명의 보이 메뚜기가 죽었다. 역시 그들은 시체를 끌고 가 버렸다. 우리는 아주 가슴 아픈 장례를 지내야 했다. 그 날 저녁 양쪽은 모두 군대를 철수했고 개미들도 더 이상 공격을 해 오지 않았다. 그들도 많은 수가 죽었기 때문이다. 우리는 피난처로 삼았던 굴로 철수했다.

그 때 갑자기 씨엔 똑이 양 날개를 펴며 펄쩍 뛰더니 비명 소리를 지르며 쓰러졌다. 우리가 서둘러 가 보았으나 그는 양쪽 수염을 부르르 떨더니 숨을 거두었다. 나는 그의 시체를 자세히 살펴 보았다. 목의 갈라진 틈에서 뭔가 움직이는 것이 있었다. 나는 이빨로 움직이는 물체를 물어 끄집어 내었더니 두 마리의 보좃 개미였다. 나는 이 보좃 개미가 씨엔 똑을 죽이러 온 특공대임을 알았다. 개미들은 씨엔 똑을 철로 된 아주 강한 용장으로 보았고, 씨엔 똑의 목에 독을 넣어 죽이기 위해 두 생명의 희생을 각오했던 것이다. 씨엔 똑은 자신의 목에 틈이 있어 죽음을 부르게 된 것이다.

우리는 씨엔 똑의 장례를 아주 정중히 치렀다. 우리들은 슬퍼했다. 아! 씨엔 똑이여! 이 맨은 당신을 알게 된 것이 매우 기뻤습니다. 이제는 당신이 하늘 나라로 갔지만 나는 당신이 내 수염을 잘라 버린 것을 기념으로 삼고 영원히 당신을 기억할 것입니다.

장례를 마친 우리들은 다시 개미 여왕을 만나러 앞으로 전진하기로 했다. 아! 누가 씨엔 똑이 그렇게 일찍 세상을 뜨리라고 짐작을 했겠는가!

오늘은 나와 다른 친구들의 처참한 날이었다. 철수했던 굴에서 보니 개미 나라는 매일 아침 일찍부터 저녁 늦게까지 걸어도 앞이나 뒤 모두가 끝없는 성과 벽만 보이는 것 같았다. 여기서 우리는 한 떼의 검은 개미들을 보았다. 그들은 아주 빨리 달렸다. 그들은 신기할 정도로 빨리 달렸는데 크고 말라빠진 그들의 발은 꼭 나는 듯이 달렸다. 이들은 달리면서 다른 종족을 만나도 다른 말은 하지 않고 아주 짤막하게 소식만 전한다. 그것은 그들이 긴급한 소식을 전하는 임무를 띤 연락병들이기 때문이다. 이것이 그들이 소식을 전하는 방식이었다.

아! 우리는 개미 여왕을 빨리 만나야 했지만 언제쯤이 될지는 아무도 몰랐다. 개미 여왕은 저 깊은 굴 속에 있었고, 개미들은 모두가 우리를 나쁜 침략자로 보아 만날 때 마다 싸움을 걸어 왔으니까!

기운이 다 빠졌다. 우리가 여기에 처음 왔을 때는 모두 아홉 명이었다. 그러나 지금은 단지 여섯 명밖에 안 되었다. 그러나 아직도 그들은 셀 수 없이 많았다

나는 우리가 굴에서 떼죽음을 안 당하려면 다음 날 아침에 쮸이로 하여금 포위망을 뚫고 나가 구원병을 찾아오도록 해야 한다는 것을 알았다. 그 계획은 우리 모두가 개미 나라로 쳐들어 가는 듯이 하여 개미들이 우리를 쳐다보고 있을 때 쮸이가 밖으로 나가는 것이었다. 누구나 다 그 의견에 찬성했다.

다음 날 쮜이는 개미들의 포위망을 뚫고 밖으로 빠져 나갔다. 쮜이는 전처럼 급하게 행동하지도 않았고 침착하게 빠져 나갔다. 그는 계획한 대로 정확하게 행동했다.

쮜이는 밖에 나가자마자 호수를 날아다니는 잠자리들을 찾았다. 그는 잠자리들에게 보이 메뚜기 마을, 사마귀 마을, 개구리 마을, 메뚜기 마을에 급하게 구원을 요청하는 소식을 책임지고 전해 줄 것을 부탁했다. 잠자리들은 비행기처럼 빠른 속도로 날아갔다. 잠자리들은 아주 빠르기로 유명하다.

그러는 동안에 더욱 더 포위망이 좁아지고 있었다. 한편 성 안에 있는 여왕 개미는, 자기네를 갑자기 쳐들어온 사나운 침입자들에게 몹시 화가 나 있었다. 여왕개미는 모든 곳을 둘러보고 그것을 확인했다. 많은 개미들이 죽었고, 많은 집이 파괴되었다. 여왕 개미는 나라 안의 모든 부대를 일으켜 우리를 몰아내라고 했다.

아! 이 얼마나 큰 오해인가! 그 때 쮸이가 들어왔다. 그러나 구원병이 오려면 더 있어야 하고 우리는 꼼짝없이 여기서 죽어야 했다. 그러나 하늘이 무너져도 솟아날 구멍은 있다. 나는 내가 죽을 뻔한 처지에서 살아나온 일이 여러 번 있다.

이제까지 그래 왔듯이 여러분들이 책을 덮기 전에 한 가지 얘기를 꼭 들어 주기 바란다. 이제껏 여러분들은 일반적으로 내가 겪은 여행 중에서 생긴 여러 가지 얘기들만 들었겠지만 실제 이 개미들과의 전쟁에서 일어난 일에 대해 여러분에게 하고 싶은 중요한 얘기가 하나 있다.

다섯 명의 여학생, 그들의 이름은 마이, 디엔, 멘, 리, 응아이다. 그 다섯 아가씨들은 흰색 비단 옷을 입고 시가 씌어진 모자를 썼다. 일요일에 다섯 아가씨는 함께 산으로 놀러갔다. 아가씨들이 저 쪽 낮은 산으로 건너가기 위해서는 강 위의 다리를 지나가야 했다. 저 쪽 산에는 아주 많은 노랑나비 흰나비와 많은 장미꽃들이 어우러져 있었다. 나는 그 아가씨들이 어떤 생각을 갖고 있었는지는 몰랐으나 잠시 후에 그들이 서로 하는 얘기를 들을 수 있었다.

마이가 말했다.

"얘들아! 나비를 잡고 꽃을 꺾으려면 다리를 건너야 해. 여기서 고기를 잡는 것보다 다리를 건너가서 나비도 잡고 꽃도 꺾는 것이 어때? 고기를 잡기에는 오늘은 날씨가 별로 안 좋아!"

아가씨들은 마이의 말에 찬성하고, 노래를 부름 다리를 건너 산으로 뛰어 올라갔다. 아가씨들은 서로 할 일을 나누었다. 디엔과 멘, 응아는 나비를 잡고 마이와 리는 산의 구석에서 꽃을 꺾기로 했다. 그 산의 구석은 보이 메뚜기들과 쮸이와 내가 개미와 싸움을 벌이는 곳이었다. 그때 우리는 수많은 보죳 개미들과 싸움을 하고 있었다.

나는 이상한 소리를 듣고 머리를 들어 보니 아주 커다란 물체 둘이 가까이

다가왔다. 사람이었다. 꽃을 꺾으러 온 마이와 리, 두 아가씨였던 것이다.

옛날 나는 고향에 잇을 때 두 어린아이에게 잡혀 죽을 뻔했었다. 지금은 죽은 씨엔 똑도 옛날에 무덤 근처에서 몇몇의 애들 손에 잡혀 죽을 뻔했던 일이 있다. 우리에게 어린이들은 제일 무서운 존재들이다. 우리를 아무 이유도 없이 잡아서 손으로 쥐어 죽인다. 두 아가씨도 곧 이곳으로 다가올 것이고 그들은 우리 무리들을 보게 될 것이다. 그러면 틀림없이 꽃 꺾는 일은 그만두고 우리를 잡아 장난치려 할 것이다. 또한 그들은 개미보다도 우리들과 장난치기를 더 좋아할 것이다. 누가 개미와 놀겠는가! 나는 그 같은 생각을 한 후 큰 소리로 외쳤다.

"친구들이여! 도망 가라, 도망 가라, 사람이 왔다!"

나는 쮸이와 보이 메뚜기들에게 전쟁을 포기하고 그 곳을 빠져나가 수풀 속으로 날아가 숨도록 했다. 마이와 리는 우리가 있는 곳으로 다가왔다. 두 아가씨는 꽃을 보며 여기저기 돌아다녔다. 그 때 그 아가씨들이 개미집들을 밟았다. 개미들은 자신들의 집을 건드리는 그들을 공격했다.

그 곳에 있던 모든 개미들이 다 공격했다. 그래서 그들은 우리와의 싸움을 포기하고 그 아가씨들의 슬리퍼 위로 올라가 발등을 물기 시작했다.

르어 개미들은 뒤로 돌아가 아가씨들의 뒤꿈치를 침으로 찔렀다. 그들은 맹렬하게 공격했다. 그들의 독은 지독하여 몹시 쑤셨다. 두 아가씨는 소리를 지르며 꽃을 따는 것을 포기하고 펄쩍 뛰면서 아픈 신음 소리를 질렀다. 마이의 두 발은 개미 떼들로 가득했다. 그러자 다른 세 아가씨가 친구들의 외치는 소리를 듣고 하는 일을 그만두고 서둘러 달려와서 마이와 리를 개미 떼들로부터 벗어나게 하였다.

두 아가씨의 하얀 발이 개미 독으로 발갛게 부어올라 있었다. 그 두 아가씨는 눈물을 흘리며 계속 아픈 표정을 지었다. 친구들은 마이와 리를 강으로 데려가서 발을 씻도록 했다. 발을 씻으니 개미 독이 조금은 가시는 듯했다. 아가씨들은 몹시 화를 내며 개미들에게 앙갚음을 하기로 하고, 각기 모자에 물을 떠서 개미집 속에 쏟아붓기 시작했다. 얼마나 많은 물이 쏟아져 내려오는지 수많은 성곽과 개미들의 재산, 많은 개미들이 강 아래로 떠내려 갔다. 순식간에 우리가 개미들과 싸우던 그 장소는 아주 조용한 땅으로 바뀌어지고 물에 흠뻑 젖어 버렸다. 엄마개미, 아들개미, 검은 개미, 누런 개미 등 많은 개미가 죽었다. 그 때서야 그들은 화가 풀린 듯 집으로 돌아갔다.

그 날 밤 달빛은 아주 밝았다. 수풀 속에 숨어 있던 우리는 감히 숨도 크게 쉬지 못했다. 여전히 낮에 있었던 공포는 가시지 않았다. 어디에선가 사방에서 '띠띠' 우는 소리가 들려 왔다. 개미들의 비통한 소리였다. 가족을 잃고, 친구를 잃고, 집을 잃은 그들의 울음 소리는 밝은 달빛과 어우러져 더욱 애닯은 것 같았다. 사람들은 자신들이 저지를 잘못은 모르고 집을 지키기 위해 공격한 개미들에게 물린 상처만 보고서 화를 내어 수많은 개미를 몰살시킨 것이다.

다음날 우리는 모여서 두 가지 결의 사항을 내놓았다.

① 전쟁을 당장 중지할 것.

② 대표 한 명을 선출하여 적을 이해시키기 위해 설명하러 보낼 것.

쮜이와 보이 메뚜기들은 내가 가장 모험을 많이 하였고 말재주도 있다고 하면서 나에게 그 일을 맡겼다. 나는 기꺼이 승낙했다.

"내가 비록 재주가 부족하고 덕도 없지만 우리가 하려고 하는 일에 몸을 바치겠소."

그들은 모두 나를 격려해 주었다. 나는 곧 길을 떠났다.

평화의 표시로 대나무 잎을 꺾어 머리 위에 꽂고 개미 마을로 들어갔다. 전에는 몇 개의 대나무 잎사귀를 꽂고 가더라도 그들은 싸움을 걸어왔다. 그러나 오늘은 싸움을 걸어오는 개미는 보이지 않았고, 새 길을 파고 새

벽을 세우고 있는 지오 개미와 르어 개미만이 보였다.

그들은 더위도 참으며 열심히 일을 하고 있었다. 이상한 일은 어느 개미도 나에게 관심을 두지 않고 계속 일만 하는 것이다. 개미들은 땅 바로 밑의 성채와 아주 깊은 곳의 성채, 즉 두 곳의 성채를 갖고 있었다. 그 깊은 곳의 성채는 아주 견고하게 되어 있는 것 같았다.

나는 계속 굴 안으로 들어가면서 개미 여왕을 찾았으나 보이지 않았고 알려주는 개미도 없었다. 나는 계속 주의를 해 가며 나아가다 큰 성채 같은 곳에 이르렀다. 나는 소나무 잎사귀를 들고 나를 소개하고 나서 여왕개미를 만나기를 청했다. 그러자 두 개미가 나를 이끌고 높은 성채 안으로 안내했다. 개미의 수령들이 그 곳에 다 모여 있었다. 개미 여왕은 그 가운데에 있었다. 여왕개미는 크기가 보좃 개미보다 두 배 정도로 컸고, 머리는 콩알만했으며 홍옥처럼 붉었다. 뒷다리는 길었음, 배는 무거운 것을 들고 다니듯 불쑥 튀어 나와 있었다. 꼬리 아래에는 아주 날카로운 침이 있었고 두 눈은 쳐다볼 때마다 게의 두 눈처럼 불쑥 튀어나오는 듯했다. 그는 위엄스런 모습으로 나를 쳐다보더니 말했다.

"우리는 당신들과 싸울 어떠한 일도 한 일이 없는데 무슨 이유로 우리에게 싸움을 걸어왔는지 궁금합니다."

나는 몹시 놀랐다. 원래는 낌 개미가 먼저 우리를 공격한 것을 여왕개미가 모르는 것이 아닌가! 나는 싸움의 전말을 처음부터 끝까지 상세히 여왕개미가 알아듣도록 얘기했다. 그리고 나서 결론적으로 말했다.

"그러니 이제 우리는 서로 이해하고 사랑해야 합니다. 존경하옵는 여왕님께서는 경험도 풍부하고 아량도 넓으시니 저희들이 고행을 겪으며 죽음도 두려워하지 않고 산으로 강으로 헤매다니며 이 평화의 일을 하려는 것은, 우리 자신의 이익이나 영화를 누리기 위해서가 아닌 우리와 세계의 모든 종족의 평화만을 생각한다는 것을 이해하실 줄 믿습니다."

내 말을 듣고 난 개미 여왕은 나를 껴안으며 말했다.

"존경하옵는 귀뚜라미님, 제가 잘못 알았군요. 나의 부하들이 나에게 잘못된 소식을 전했군요. 나의 부하들은 나에게 당신들이 먼저 쳐들어 와서 이곳을 파괴한다고 했어요. 아! 당신의 그 훌륭한 뜻을 잘 알지도 못하면서 우리가 정말 큰 실수를 했군요. 당신의 생각은 우리 모두가 실현해야 할 문제이며, 정말 가치있는 일입니다. 내 힘이 보탬이 될 수 있다면 그 훌륭한 일에 저를 동참시켜 주기를 감히 청합니다."

나는 기뻐하며 말했다.

"우리는 이미 다 성취시킨 거나 다를 바 없습니다. 존경하옵는 여왕님이

도와주신다면 아주 빨리 이 평화의 일이 실현될 것 같군요."

　나는 개미 여왕에게 보이 메뚜기들의 평화의 일을 달성하기 위한 계획을 들려주고 그들이 다닐 행로에 대해서도 자세히 설명했다. 그는 몹시 탄복했다.

　그 날 밤 나는 즉시 선언문 하나를 작성했다. 내가 세계의 모든 생물들에게 제의했다.

　"이제부터 어떠한 종족도 서로 싸울 수 없습니다. 들판이나 숲 속에는 아주 많은 풀과 나무들이 있어서 언제나 마음대로 부족하지 않게 먹을 수 있습니다. 그러니 서로 무슨 일이 있어도 싸워서는 안됩니다……."

　이 글을 읽던 개미 여왕은 박수를 치며 나의 글재주에 감탄했다. 개미 여왕은 우리들에게 잔치를 베풀어 주며 지금까지의 노고에 대해 치하해 주었다.

　아침이 되자 사방에서 시끄러운 소리가 들렸다. 구원병들이 우리를 도우려 막 도착한 것이다. 메뚜기들은 하늘을 나는 비행기처럼 날아왔고, 땅으로는 사마귀, 벼메뚜기, 온갖 개구리, 올챙이들이 왔다.

　그러나 땅 위 모든 곳에 평화의 상징인 대나무 잎사귀가 꽂혀 있는 것을 보고 그들은 웅성거리고 있었다. 나는 나가서 그 동안의 얘기를 해 주고 나서 그들에게 선언문을 읽어 주었다. 그들은 환성을 지르면서 그들의 땅으로 돌아갔다. 나는 평화의 선언문 그 앞머리에 이 일을 완수하기 위해 목숨을 바쳤던 씨엔 똑과 여러 보이 메뚜기들의 이름을 적어 넣었다. 그 날 수많은 검은 개미 통신병들은 이 새로운 소식을 세계 각지 아주 좁은 곳에서부터 구석구석에 이르기까지 전달하러 길을 떠났다. 오래지 않아 세계 곳곳에서 많은 종족들이 그 일에 참여한다는 서신을 보내왔다. 물 속에서는 뱀장어, 붕어, 잉어, 모샘치, 물 위에서는 두꺼비, 개구리, 올챙이, 뱀, 청개구리,

모기 등이며 땅 속에서는 귀뚜라미, 지렁이, 개미 등등 수없이 많았다. 세어보니 수천 종류가 넘었다. 그러고도 보지 못한 편지가 아직도 많이 남아 있었다. 굴뚝새와 참새도 같은 뜻을 전해 왔다.

신기하게도 전에 나를 깜깜한 굴 속에 가두었던 물총새의 답신도 있었다. 그는 나에게 용서를 구하며 다시는 그런 일을 하지 않겠다고 했다. 평화의 사업은 끝이 났다.

나는 크게 한 번 숨을 내쉬었다. 지금까지 고통스러웠던 모든 일들이 다 사라지는 것 같았다. 우리는 여왕개미와 작별 인사를 하고 개미 나라를 떠났다. 떠날 때 낌 개미와 보좃 개미가 우리를 잘못 이해하고 싸움을 한 것 때문에 매우 부끄러워하며 사과를 했다.

돌아오는 길에 보이 메뚜기들도 나와 쮸이와 헤어져 그들 무리한테로 돌아갔다.

이제는 쮸이와 나만 남았다. 지금까지 고생을 같이하며 지내 온 친구들도 모두 떠났다. 그러나 나는 서운하지 않았다. 우리들은 누구나 생각만 했지 실행에 옮기지 못한 큰 일을 해 냈기 때문이었다. 자랑은 아니지만 우리는 우리가 아주 가치 있는 삶을 살았다고 후세에 말할 수 있다. 이제부터 모든 종족들이 더 이상 싸움 없이 평화롭게 살 수 있도록 우리가 그 일을 해 냈으니까!

나는 고향에 돌아가 늙으신 어머님과 한때를 보내기로 했다. 돌아가는 길에 어느 곳을 기든지 쮸이와 나는 열렬한 환영을 받았다. 그들은 우리를 살아 있는 성인으로 여겼다. 개구리, 올챙이 마을을 지날 때는 개구리 대왕이 우리를 환영해 주었다. 어느 곳에서나 평화롭고 우애로웠다. 고향에 돌아와 보니 많이 달라져 있었다. 떠난 지 오래 되니 뭣이 그대로 있으랴. 이 곳에서도 검은 개미가 전달한 평화의 선언문이 오래 전에 도착하여 나와 쮸이가 도착했을 때 모두들 나와 반겨 주었다.

나의 큰형은 훌륭한 동생을 두었다고 몹시 기뻐하면서 좋아했다. 그는 이웃들에게 돌아다니며 인사하고 나서 나와 함께 여행을 떠나겠다고 나섰다.

몸이 약하던 둘째형은 오래 전에 죽었다고 했다. 그러나 더욱 슬픈 일은 어머니가 이 년 전에 돌아가신 것이었다. 나는 어머니의 묘소 앞에서 절을 하며 여전히 어머니가 살아계신 것 같아 마음이 찢어질 듯 아팠다.

"아! 존경하옵는 나의 어머니여! 나뭇잎이 단풍들면 낙엽이 되는 것은 자연의 섭리겠지요. 하지만 어머니가 운명하는 것도 뵙지 못한 이 불효자식을 용서하여 주십시오.

그러나 어머니, 기뻐하여 주십시오. 저는 이번 여행에서 모든 종족들이 싸움을 하지 않고 평화롭게 살 수 있도록 하는 데 큰 힘이 되었습니다. 다만 존경하옵는 어머니의 무릎에 누워서 어머니께 말씀드릴 수 없다는 것이 가슴 아플 뿐입니다."

나는 고향에서 한동안 쉬었다. 그리고 나서 쮜이에게 여행을 한 번 더 가자고 했더니 그는 기꺼이 받아들였다. 또한 몇몇 보이 메뚜기들도 같이 가기로 결정했다. 나는 만약 이번에 여행을 떠나게 된다면 일기를 쓰지 않을 것이다. 이제는 쓸 일이 없을 것이다. 이 세상 어느 누구나 우리에게 친절할 것이며, 어느 누구와도 싸울 일이 없기 때문이다. 아마도 몹시 따분할 것이다. 그래서 나는 이번 여행에서는 각 종족들의 고유한 풍속, 생태 등을 살피려고 한다. 그리고 나서 정치, 지리, 세상을 떠난 대학자들에 대한 연구를 하고 싶다.

고향에 있는 동안에 나는 이 이야기를 썼다. 지금은 가을이다. 가을! 울타리 너머 노란 국화가 한창이고 길에는 붉은 낙엽으로 가득하다. 새 계절로 접어들면 항상 이슬비가 오나 보다. 쓸쓸한 전경에 마음조차 스산하다.

2. 거위 한 쌍

"끼우……, 끼우……, 끼우……"

거위 두 마리는 땅에 내려놓자마자 머리를 내밀고 이리저리 쳐다보았다. 그리고는 자기들을 담아 온, 대나무 조각으로 얼기설기 엮은 조그만 소쿠리 위로 뛰어올라 발을 딛더니 땅으로 뛰어내렸다.

아침부터 지금까지 갇혀 있어서 두 다리가 감각을 잃은 것 같았다. 그들은 부리를 쳐들고 발걸음을 떼어 보았다. 자유로웠다. 아주 가벼워 보였다. 정말 견디기 힘들었었다. 굽어 있던 아주 작은 두 다리를 펴고 섰다. 그리고는 조그마한 두 날개(그것은 정말 너무나 조그마했다)를 몇 번 흔들었다. 그 같은 몸짓은 닭이나 백조, 거위 등이 즐거움을 나타내는 표시이기도 했다.

거위 두 마리는 시장에서 막 팔려와 우리 속에 넣어졌다. 이 우리는 마당 쪽에 대나무 조각들로 낡은 그물처럼 높이 묶어서 둘러쳐져 있고 한쪽은 문을 달아 놓았다. 거위들은 정말 작았다. 날개는 타일라이 잎(베트남에 있는 식용 풀잎의 하나)처럼 매우 짧았다. 털도 아직 제대로 가지고 있지 못하여 모두가 연한 흰색의 솜털들로, 얼기설기 구멍이 많고 목화처럼 깃털이 부스스 일어났다. 부리는 큰 거위들처럼 완전히 검지 않고 흰색으로, 손으로 쥐어서 세게 눌러 놓은 것 같았다. 다리도 아직 발가락이 발달하지 못했다. 검게 보이는 갈색의 두 눈은 항상 두리번거렸다.

가만히 보면 멍청한 듯하여 누구라도 손을 뻗어 거위의 눈을 만지려 하면 즉시 희고 얇은 막을 끌어내려 감아 버렸다. 거위들은 하는 짓에서부터 몸체에 이르기까지 모든 동작이 느리고 경솔하고 빠르지 못했다. 그러나 단지 그것은 그 거위의 겉으로 드러나는 모습이다. 어디 그와 같은가! 이 두 마리의 거위는 아주 재빠르고 총명하다.

거위들은 땅에 풀어 놓자마자 몇 발자국을 떼기 시작했다. 천천히 발걸음을 떼는 모습이 아주 이상해 보였다. 그래서 발자국을 뗄 때마다 거위들은 어기적어기적 아주 무거운 듯 휘청거렸다. 거위들은 그들이 지금부터 살게 될 이 신기한 마당과 정원을 진지하게 둘러보았다.

거위들이 살 곳은 아담한 마당과 많은 나무들이 있고 한 귀퉁이에는 연못이 있다. 토란의 푸른 잎들도 떨고 있다. 햇빛이 내리쬐는 아주 무더운 날이면 그 곳에 내려가 머리를 파묻고 있으면 정말 시원하고 살 만할 것 같았다.

그들이 살 집은 마당 구석에 있었다. 그런데 다른 친구들의 집도 마당 안에 또 있을까? 아니다. 늙은 백조 부부, 한 무리의 닭과 병아리, 비둘기 네 마리들이 모두 함께 있었다. 거위들이 마당으로 걸어 나왔을 때 그들은 호기심으로 가득 차서 바라봤다. 그것은 마치 그들의 작은 성에 자동차가 올 때마다 승객들이 내려서 호기심으로 세밀히 살펴보는 것과 같았다.

백조 부부는 어린 거위 한 쌍을 보면서 "코코" 하고 숨을 쉬었다. 거위들은 무엇을 들을 수가 없었다. 닭들은 거위보다 더 어려서 거위를 두려워하는 듯 저 멀리에서 이러 저리 돌아다니며 쳐다보았다.

그러나 비둘기들은 새로운 친구에 관해서 관심이 없는 듯 자기 집에서 계속 먹이를 쪼아 먹고 있었다. 그들은 다른 세계에 사는 것 같았다.

거위는 몇 발자국을 더 걸었다. 그러나 백조와 닭들은 아무 얘기도 하지 않았다. 몇몇 병아리들만이 서로 소곤거리고 있을 뿐이다. 거위는 나지막이 백조에게 물었다.

"아저씨들은 밥 먹었어요?"

백조가 대답했다.

"그럼, 벌써!"

다른 백조가 물었다.

"너희 거위들은 어디서 왔니?"
"시장에서요."
"여기 무엇 하러 왔지?"

거위 한 마리가 웃음을 터뜨리며 말했다.

"아저씨는 참 이상하네요. 우리가 여기에 무엇 하러 왔느냐고요? 사람들이 아저씨들을 여기에 데려온 것처럼 우리도 여기에 데려왔잖아요."
"아, 맞아! 너희 말이 옳아. 너희들은 언제 이 세상에 태어났니?"
"우리는 지난 봄에 이 세상에 나왔어요."
"지난 봄에 태어났다. 지난 봄……."

백조는 느릿느릿 발걸음을 옮기면서 말을 되풀이했다. 다른 백조도 역시 꼬리를 쳐들고 남편을 따라 빠져 나갔다. 갑자기 얘기가 끊어졌다. 거위들은 마주 바라보며 말했다.

"좀 이상하지?"
"아니 보통이야. 백조 아저씨는 꽤 친절한 것 같아."
"어때? 가까이서 보니 우리 나이보다 몇 배 더 늙은 것 같지는 않지?"
"그래, 아마도 그럴 거야. 아침부터 지금까지 계속 서 있어서 몹시 피곤해."
"아! 정말, 나도 피곤해."

거위 한 쌍은 고추 덤불 아래에 함께 누웠다. 눈을 꼭 감고 둘은 잠이 들었다. 잠을 자는 동안에도 그 늙은 백조아저씨에 대한 생각은 과히 나쁘지 않았다.

실제로 그 늙은 백조는 평범하였다. 원래 백조들은 좋은 것이 별로 없는 종족이다. 생김새도 밉고, 더럽고, 목소리도 별로 좋지 않으며 생각도 짧다. 이들 백조들은 좀 열등한 편에 속했다. 어린 거위들도 역시 그렇다고 생각했다.

그러나 맞지 않는 일이 있었다. 아마도 거기까지 미처 생각지 못했던 일이었다.

작은 거위 한 쌍이 계속 자고 있었다. 아침부터 그들은 몹시 피곤했기 때문이다. 그러나 후닥닥 쫓아가는 발소리 같은 어렴풋한 소리를 듣고 그들은 눈을 떴다. 늙은 백조부부와 닭 떼들이 저 쪽 마당 구석으로 달려가고 있었다. 거기에는 큰 그릇이 있었다. 식사 시간인가 보다. 우리도 빨리 가서 먹어야지. 사람들은 그 질그릇 속에 콩이 섞인 찬밥을 쏟아 부었다. 이 때 거위들도 배가 몹시 고픈 것을 느꼈다. 어떻게 아침부터 지금까지 배가 고픈 것을 잊었을까? 그들은 먹을 것이 놓인 그릇 쪽으로 쏜살같이 달렸다. 목은 앞으로 길게 빼고 어기적어기적 서둘러 뛰어갔다.

아! 몹시 배가 고프다! 밥그릇 주위에서는 치열한 먹이 전쟁이 벌어지고 있었다. 밥그릇 안에는 콩이 섞인 찬밥과 물이 있었다. 거위들은 서로 부리를 집어넣어 먹을 것을 들어 올리려 했다.

백조는 아주 많이 먹었다. 발을 먹이그릇 속에 집어넣고 그릇 한가운데 서서 듬뿍듬뿍 먹었다. 백조는 본래 먹는 습관이 좋지 않아서 온 사방에다 밥을 흘뜨린다. 밥알은 닭 떼들이 긁어모아 반 톨도 빠뜨리지 않고 먹는다. 거위들은 그릇 속에 입을 들이대려 했지만 눈 깜짝할 사이에 그릇 안은 비워졌다.

그래도 거위는 혹시나 해서 그릇 안에 부리를 넣어 이리저리 움직여 보았다. 그러다 둘은 포기하고 마당 구석으로 나가 맥없이 주저앉아 잠이 들었다. 저녁때가 되자 다시 거위들은 먹이그릇으로 열심히 쫓아갔으나 낮처럼 먹이는 없었다. 거위들은 몹시 화가 나 백조 부부에게 투덜댔다.

백조 부부가 말했다.

"우리 부부와 저기 저 닭들은 항상 이 정도의 밥을 먹을 뿐이야. 여기에 있는 밥은 우리를 위한 밥이니 너희들이 먹을 것은 없어."

"언제나 그 정도라고요? 사람들은 우리를 여기에 데려왔으니까 우리가 먹을 밥을 줘야 되잖아요!"

"그럼 너희가 사람에게 그렇게 얘기하렴."

거위들은 사람에게 물으러 갔다. 그는 마당에서 닭, 오리를 보살피는 정원사였다. 거위들이 물었다.

"당신은 우리를 여기에 데려오고서 왜 우리에게 먹이를 주지 않지요?"

"아무것도 먹지 못했니?"

"어디에서 먹어요?"

"어디라니! 그 백조 무리들과 함께 먹어야지."

원래 착한 거위들은 그 말을 그대로 믿었다. 다음 날 그들은 백조와 함께 먹으려고 기다리고 서 있었다. 그 정원사는 밥을 쏟아 붓고 나서 집 안으로 들어가 버렸다.

백조와 닭들은 먹이를 부리나케 먹어 치웠다. 거위는 서둘러 밥그릇에 부리를 밀어 넣었지만 밥그릇에 닿자마자 밖으로 밀려났다. 거위는 부리를 다시 밀어 넣었지만 더 멀리 밀려났다. 실제로 몸집이 큰 백조들은 그릇의 둘레를 대부분 차지한다. 거위 한 마리가 부리를 밀어 넣어도 백조는 즉시 머리를 위로 들고 한 번 밀어붙인다. 거위는 밖으로 또 밀려난다. 거위는 닭보다 조금 더 크지만 백조의 위압에는 꼼짝 못한다.

그것은 먹고 살기 위한 전쟁이었다. 버티지 못하면 밀려난다. 몇 번 싸우고 나면 밥그릇은 모두 동이 나 버리는 것이다. 그러나 거위는 아직 한 번도 제대로 먹어 보지도 못한 채 먹이는 동이 났다. 거위와 백조는 서로 밀치면서 말다툼을 했다.

"왜 우리는 못 먹게 하지요? 그 사람은 여기에 우리의 몫이 있다고 하던데요."

"몫? 몫이 어딨어? 우리는 단지 우리의 밥을 충분히 다 먹어 버릴 뿐이야. 너희 몫이 어디 있다고 그래?"

거위들은 백조가 두려워지기 시작했다. 어제 자기들이 어리고 약한 것을 보여 준 탓도 있다.

백조는 흔히 어리석고 경솔하다고 한다. 그러나 백조는 먹이를 먹어 치우고 그들의 몫까지도 다 먹어 치우는 것이 아닌가! 거위들은 백조들의 틈으로 살금살금 기어 들어가 보려 했지만 그것도 여의치 않아 배는 역시 고플 뿐이다. 때때로 너무 배가 고파서 그들은 머리를 숙이고 땅 속을 파헤친다. 땅 속을 파헤치느라 부리가 몹시 아프지만 뱃속에 과일 씨나 낱알을 주워 넣을 수 있기 때문이다.

더욱더 멀리까지 찾아나서 보니 옆마당에 잔디가 있었다. 매우 어린 풀이었다. 그러나 그 어린 풀들도 모두 백조나 닭들이 먼저 뜯어먹고 지나가 삼키기 어려운 질긴 풀만 있을 뿐이다. 풀은 원래 밥을 먹고 난 후에 먹는 것이다. 밥과 물을 배부르게 먹고 난 후 놀러 나가 풀을 뜯으면 풀의 향내가 아주 맛이 있다. 거위들은 풀이 맛있고 풍부한 곳을 찾아다녔다. 향내가 좋은 깃은 무엇이든지 조금씩 물어뜯어 보고 배가 찰 때까지 먹어야 했다.

그러나 조금 남았던 풀들도 역시 다 없어졌다. 여전히 배는 고팠다. 그때 갑자기 거위가 외쳤다.

"아!"

다른 한 마리가 놀라서 쳐다보았다.

“왜 그래?”
“먹을 것을 찾았어!”
“어디, 어디?”
“저기, 저기…….”

거위 한 쌍은 마당 담장 위 새집 쪽을 올려다보았다. 비둘기 네 마리가 즐겁게 낱알이 든 그릇 주위에 모여 있었다.

“혹시 우리의 밥도 저 무리들 속에 있는 것이 아닐까?”
“그 곳으로 가 보자.”

둘은 서둘러 새 둥우리로 뛰어 올라갔다. 그릇에는 낱알이 몇 알 남지 않았다. 그러나 거위들은 계속 그릇에 다가갔다. 수줍음을 잘 타고 약한 비둘기들은 저 멀리 밖으로 날아갔다. 거위는 부리를 들이대고 먹기 시작했다.
그 때 정원사가 비둘기의 먹이를 뺏어 먹고 있는 거위들을 보고 재빨리 달려왔다. 그는 거위들을 붙잡아 줄로 다리를 묶어 장미덩굴 밑에다 매어 놓았다. 거위들은 이리저리 돌아보기도 하고 계속 바깥쪽으로 끌어 보기도 했지만 어떻게 할 수가 없었다.
그들은 몹시 화가 나서 목을 위로 길게 빼고 아주 시끄럽게 “끼우 끼우” 울기 시작했다. 귀가 멍멍할 정도였다. 참다못한 정원사가 달려 나와 소리쳤다.

“너희들 왜 그래?”
“당신이 우리를 묶었기 때문이에요.”
“죄를 졌으니까 묶어 놓은 거야. 나는 너희가 미워서 이렇게 묶어 놓은 것이 아니야. 그러니 시끄럽게 굴지 마. 귀가 멍멍해.”
“아니 당신은 우리를 미워하잖아요! 우린 알아요.”
“내가 너희를 왜 미워해?”
“당신은 우리에게 먹이를 주지 않았잖아요!”

"내가 너희에게 먹이를 주지 않았다고?"

"그래요. 그래서 우리는 비둘기의 먹이를 먹으러 올라갈 수밖에 없었어요."

"그러면 너희들은 저 백조들과 함께 아무것도 먹지 않았니?"

"당신은 우리가 먹는 것을 보았어요? 언제나 서서 얘기만 하고 돌아갔지, 한 번도 본 적이 없잖아요? 우리는 백조와 함께 먹어 본 적이 없어요. 또한 그 밥은 백조가 먹기에만 충분한 것이에요. 백조는 배가 부르면 잠을 자러 가지만 우리는 이렇게 살금살금 나와서 배고픔을 못 참아 비둘기의 먹이를 조금이라도 먹어야 해요. 당신은 우리에게 어제 저녁부터 아무것도 주지 않았으면서 지금은 또 우리를 묶어 놓고 있어요. 어떻게 그럴 수가 있어요? 당신은 얼마나 불공평한지 몰라요. 우리는 두 다리가 자유롭고, 밥을 먹어야 살 수 있어요. 무슨 이유로 당신은 우리들의 배를 곯리고 우리의 다리를 이렇게 묶어 놓는 거예요??"

정원사는 말이 막혀서 거위에게 뭐라고 대답할 수가 없었다. 거위의 말이 맞기 때문이다. 왜냐 하면 그는 끼니 때마다 잊어버리고 거위의 밥을 더 부어 주지 않았다.

그는 비로소 말했다.

"내가 잊어버렸어!"
"아! 당신이 잊었다고요? 매번 당신이 그렇게 잊어버리면 우리들은 죽을 수밖에 없어요. 당신이 매일매일 잊지 않기를 바라요. 또 지금 우리를 밖으로 나갈 수 있게 풀어 주고 우리를 위해 먹이를 갖다 주세요."

거위는 즉시 풀려났다. 그 정원사는 바로 먹이를 내다가 거위가 먹도록 해 주었다. 그는 좋은 사람이었다. 비록 거위에게 밥 주는 것을 잊었지만 자신의 잘못을 인정할 줄 알고 또 힘이 없는 동물들의 얘기에 귀를 기울여 주었다.

늙은 백조 부부와 어린 거위들 사이에 문제가 완전히 끝난 것은 아니었다. 정원사가 먹이 문제는 해결해 주었지만 이제 잘 곳이 문제였다. 원래 이 마당에는 닭 우리 하나와 새 둥우리가 하나 있었다. 비둘기의 둥우리는 정원 위쪽에 따로 마련돼 있었으나 닭우리는 바깥의 넓은 마당 사이에 있어서 새둥지보다 아주 더럽고 모양도 추했다. 닭의 우리는 두 칸으로 나뉘어져 있고 위칸에는 닭들이 자기 위해 올라갈 수 있는 대나무 조각으로 된 둥근 받침대가 있다. 몇 달 전에는 닭의 가족들이 지금보다 더 많았다.

그런데 돌연 병이 휩쓸고 지나갔다. 수탉, 암탉, 병아리 할 것 없이 거의 죽었다. 아주 지독한 돌림병이었다. 단지 몇 마리의 말라빠진 닭만 남게 되었다.

저녁이 되어 해가 대나무 덤불 위로 넘어 갈 때 햇살이 우리 위로 비친다. 닭들이 잠자리에 시간이었다. 몇몇 남은 닭들은 슬프게 울며 이리저리 왔다 갔다 하며 서로를 쳐다본다. 그들은 엄마와 친구를 그리워하는 것이다.

해질녘이 되면 우리 주위로 자기 식구들이 하나 둘씩 모여 드는 시간이었지만 언제부터인가 아무도 보이지 않았다. 그들은 우리 위로 뛰어올라 어두워질 때까지 계속 슬프게 울어댔다. 그들의 가족을 그리며 부르는 소리이다.

백조는 어디에 사는가? 백조는 닭들과 함께 닭우리에서 산다. 위쪽의 받침대에서는 닭들이 자고 위보다 더 넓은 밑의 땅에 대나무로 얼기설기 얽어 놓은 울타리를 세워 그 곳을 백조의 잠자리로 만들어 놓은 것이다. 원래 백조는 높이 오르는 것을 싫어하고 우리 같은 곳에 가둬지는 것도 좋아하지 않으며, 시원한 땅바닥에서 자는 것을 좋아했다.

매일 저녁마다 정원사는 백조들을 우리 속으로 몰아넣어 그 속에서 잠을 자는 습관을 계속 연습시켰다. 나중에야 그들은 비로소 알게 되었다. 여우나 늑대가 배가 고프면 마당에서 자는 동물들을 잡아채어 먹는다는 것을. 그런 방식에 익숙해진 날로부터 매일 황혼이 질 때면 백조 부부는 천천히 우리로 들어가서 그들의 잠자리에 나란히 누웠다. 그 위에는 닭 떼들이 그들의 머리 위로 더러운 것들을 떨어뜨렸지만 그래도 역시 조용했다. 하늘에서 떨어지듯이 그들의 등으로 떨어지는 더러운 것들도 그들은 잘 견디었다. 아무 불평도 없었다.

그러나 지금은 달랐다. 더 이상 참을 수가 없었다. 아주 무더운 여름이었기 때문이다. 어른들은 발가벗고 계속 손으로 부채를 부치고 있었고, 어린이들은 하루 종일 연못에 들어가 수영을 했다. 개들도 초여름부터 혀를 길게 내밀고 옆으로 비스듬히 누워 숨을 헉헉거린다. 몹시 덥다. 찌는듯하다. 태양은 하늘 땅 모두를 난로 속에 집어넣고 불태우고 있는 듯하다. 닭의 우리 속에 있는 백조도 너무 더워서 몹시 화가 났다. 만약 정원사가 그대로 놔둔다면 그들은 틀림없이 시원한 땅을 찾아 밖으로 쉬러 나가고 싶었을 것이다. 그렇게 할 수 있다면 얼마나 기쁠까?

그러나 정원사가 그들을 그대로 놔두는가! 그래서 백조 부부는 몹시 화가 나지만 비좁은 우리 속에서 계속 견디어야 했다. 게다가 이제는 조그마한 거위들까지 좁은 우리에 비집고 들어왔다. 아, 얼마나 화가 나는 일인가! 어두운 우리 속에서 건강한 거위들은 계속 움직여댔다. 일어설 때마다 그들은 찔로 백조의 얼굴을 쓸어 올렸고 앉을 때마다 두 다리로 우리를 밀쳐댄다. 게다가 거위들은 뱀새 내내 앉았다 섰다하며 수선을 떤다. 백조는 큰 몸이 죄었다. 백조와 거위는 계속 다투면서 밤를 지샜다.

"이 집은 우리 부부의 집이야. 내일 저녁부터는 제발 이리로 들어오지 말고 아무데나 다른 곳으로 가 줘"

"아저씨는 어떻게 그리 쉽게 말할 수 있어요? 아저씨가 여기에 온 것처럼 우리도 시장에서 사람들이 사다 여기에 가두어 둔 거예요. 그러니 이 우리는 어느 누구의 집도 될 수 없어요. 아저씨는 우리에게 너무하는 것 같아요! 사람들이 여기에 가두었으니 계속 이곳에 있어야 되잖아요? 그런데 어째서 우리를 다른 곳으로 가라는 것이에요!"

백조는 더 이상 따지기도 피곤하여 그냥 견디어 보기로 했다. 실제로 이 우리의 주인은 사람이기 때문이다. 그러나 거위와 백조는 밤새 내내 시끄럽게 다투었다. 양쪽 다 고집을 부리고 양보를 하지 않았다.

밤마다 어느 누구도 지지 않으려고 싸웠고 어디론가 가지도 않았다. 그러나 거위들은 이제 우리가 지겨워졌다. 우리는 낮고 어둡고 매일 밤 닭들의 더러운 배설물들이 거위들의 머리맡에 떨어져 튀기 때문이었다. 거위는 원래 백조처럼 무관심하게 견뎌내지 못했다.

거위들이 말했다.

"우리가 저 백조들보다 못난 것은 하나도 없어. 그런데 왜 우리가 거기서 계속 싸우면서 같이 자야 하니? 나는 이제 더 이상 우리에서 자고 싶지 않아. 너무 더러워서 너는 어떻게 생각하니?"

"나도 마찬가지야."

"그러니 우리는 잠을 잘만한 다른 곳을 찾아보자. 우리가 뭐 백조처럼 어쩔 수 없이 견딜 필요는 없잖아! 우리는 그들처럼 평범하게 살아갈 필요는 없어."

"다른 곳을 어떻게 찾지?"

"너는 왜 그렇게 말하니? 우리는 어떻게 해서라도 다른 곳을 찾아야 해. 우리는 원하기만 하면 우리를 책임지고 있는 정원사에게 가서 요구할 수도 있잖아. 정원사에게 가서 물어보는 거야!"

"옳아, 그 정원사는 우리의 일생을 책임져야 돼. 우리를 기르고 있으니까."

"그래, 그것이 옳아. 우리는 정원사를 찾아가 보자. 정원사를 붙잡고 우리에게 새 집을 지어 달라고 하자. 어때, 좋은 생각이지?"

그러나 어디에도 정원사는 보이지 않았다.

거위가 말했다.

"나는 정원사를 찾아 붙잡고 얘기해 봐도 우리가 살 집을 지어 주지 않을 것 같애."

"왜?"

"정원사는 힘이 세고 우리는 약하잖아. 우리가 그에게 얘기한다 해도 그가 우리 말을 들어주겠어? 그러니 우리는 꾀를 내야 돼."

"무슨 꾀?"

거위들은 서로 얼굴을 맞대고 무언가 소곤거렸다.

한 마리는 다 듣고 나더니 "끼우……, 끼우" 소리를 지르며 아주 훌륭한 꾀라고 좋아했다. 거위들은 해가 지기를 기다리며 서늘한 토란잎의 그늘 아래 조용히 누워 있었다.

해가 지고 어둠이 드리워졌을 때 거위들은 지는 해와 함께 잠이 들었다. 정원사가 비둘기와 닭의 우리를 잠그려고 나왔다. 닭들은 그 때까지 우리 속 받침대에 다 올라가 있었고 백조 부부도 우리로 돌아와 조용히 있었다. 거위들만이 보이지 않았다. 캄캄해진 집 주위를 바라보며 정원사는 큰 소리 로 외쳤다.

"이 지겨운 거위들아! 내가 문을 잠글 시간이 됐는데 우리로 돌아오지 않고 아직도 무엇을 하고 다니니?"

거위 한 마리가 한숨을 쉬면서 말했다.

"정원사님, 우리는 매우 지쳤어요."
"뭐, 지쳐? 너희들 지금 꾀를 부리고 있지? 낮에는 먹고 밤에는 자는데
뭐가 지쳐. 사람들은 아침부터 저녁 늦게까지 열심히 일을 해도 지쳤다고
말하지 않아. 그러니 너희는 다행으로 생각해야 돼."
"정원사님! 우리가 지쳤다고 하는 것은 다른 뜻이에요."
"뭐가 다른지 나에게 얘기해 봐."
"지금은 무더운 계절이에요."
"음, 무더운 계절……, 무더운 계절이 어떻게 됐단 말이니?"
"무더운 철은 아주 찌는 것 같아요."
"그렇지, 아주 찔 것 같지?"

"사람들도 이때는 병이 많이 퍼지는 시기예요. 우리 동물들도 유행병이 이 계절에 많이 발생해요. 어둡고, 구석지고, 음침하고, 햇빛도 잘 안 들어오고, 공기도 부족하고 위생적이지 못한 곳에서는 더욱 그래요."

"옳아, 너희가 말하는 뜻을 잘 알아들었어. 그래서 어떻게 하란 말이니?"

"정원사님은 우리 속이 저희들이 여느 때처럼 잘 수 있는 곳이라고 생각해요? 그 곳은 콧구멍만큼이나 비좁아요. 또 그곳은 어둡고, 침침하고, 햇빛도 부족하고 공기도 부족해서 정말 위생적이 못 돼요. 게다가 닭 떼들도 있고 털이 많은 백조 부부와 우리들이 그 안에서 서로 밀치며 싸우고 있어요. 그러니 나쁜 돌림병이 아주 번지기 쉬울 거예요. 자, 정원사님! 우리는 지칠 대로 지쳤어요. 오늘 밤에 우리들은 그 우리에서 잘 수 없어요."

"……."

"오늘 밤 저희들은 바깥에서 잘 거예요. 그 속에 들어가서 자면 돌림병이 우리를 죽일 거예요. 바깥에선 여우와 늑대들이 역시 우리를 위협하고 있겠지만 어느 쪽도 다 마찬가지예요. 우리가 죽으면 정원사님도 우리도 모두 손해잖아요."

"너희들은 참 말도 많다. 나는 너희들이 무슨 말을 하려는지 알고 있어. 그러니 내가 묻는 말에나 제대로 대답해. 너희를 지치게 만드는 그 병을 고치려면 어떻게 해야 되겠니?"

"저희들을 위해 다른 우리를 만들어 주었으면 해요."

정원사는 웃으면서 말했다.

"아! 이제 알았다. 하지만 나는 오늘 하루 종일 정원을 가꾸고 식사를 두 끼나 준비해야 했기 때문에 숨도 못 쉴 정도로 피곤해. 오늘 밤은 죽은 것 같이 잠에 취할 거야. 그러니 무슨 힘이 남아 있어서 너희들을 위한 우리를 만들어 줄 수 있겠니. 그러니 오늘은 더 이상 문제를 일으키지 말아라.

날은 이미 어두워졌고 나는 저녁을 지으러 가야 해. 그리고 또 내일을 위해서 잠도 자러 가야지. 자, 어서 우리로 돌아가거라.”

"그럼 내일 우리들을 위해 새 우리를 만들어 주세요."

"그래 알았다."

정원사는 거위들이 어두운 우리 문으로 들어가는 것을 확인하고 나서 문을 걸었다. 안에서는 백조와 거위가 다시 밤새 서로 밀치고 다퉜다.

다음 날 정원사는 거위들을 위해 새 우리를 만들어야 했다. 그러나 어제 그 거위들이 말한 이유 때문만은 아니었다. 옛날이나 지금이나 집에는 닭이나 오리를 기르기 위해 여전히 우리가 하나밖에 없었다. 그리고 모두 그곳에 다 밀어 넣었다. 이제까지 그렇게 길러 왔다.

그래서 정원사는 거위들에게 쉽사리 우리를 만들어 주려고 하지 않았다. 거위는 다른 우리로 나오려고 사실과 다른 꾀를 생각해낸 것이다. 매일매일 저녁마다 백조와 거위는 여전히 서로 자리다툼을 했다. 우리가 너무 좁아서 매일 밤 "깍깍" "끼우끼우" 하면서 항상 자기 자리를 더 차지하려는 싸움을 해 댔다.

그러던 어느 날 밤 늑대 한 마리가 그 곳을 지나다가 닭의 우리에서 나는 시끄러운 소리를 들었다. 그는 가던 길을 멈추고 잠시 생각하더니 혼자 중얼거렸다.

"아! 여기에 닭들이 새로 많이 왔나 보다!"

그리고 늑대는 쏜살같이 달려갔다. 여우를 찾으러 달려 간 것이다. 이곳에는 늑대와 여우들이 닭과 오리들을 훔쳐 잡아먹곤 하였다.

늑대와 여우의 만남! 그러나 늑대나 여우처럼 잔인한 동물들에 못지않은 위험이 또 있다. 그것은 사람들이 가축을 잡아먹으려 할 때이다.

여기에는 어떠한 이유도 없다. 사냥을 엄격히 금하고 있기 때문에 그들은 마당에 닭이나 오리를 많이 기르고 있었다. 또한 여우나 늑대들도 역시 우리를 계속 노리고 있다. 곧 죽게 되지 않을 것들도 먹이로 잡혀간다.

그 우리에는 한 쌍의 늙은 백조가 있으나 그 늙은 백조들은 너무 커서 어떻게 할 수 없었고, 닭 떼들도 있었지만 닭은 우리 속에 있어서 늑대나 여우는 대나무 울타리를 뛰어넘어 들어오지 않는다. 그러나 늑대나 여우가 갑자기 나타나서 잡아채 갈 걱정은 버릴 수 없었다.

늑대는 여우에게 소식을 알렸다.

"친구여! 비로소 새로운 먹이를 찾았어."

"어디 어디? 나는 몹시 배가 고파."

"저기 저 우리에 있어. 내가 아까 지나다 보니까 서로 시끄럽게 얘기하는 소리를 들었거든. 사람들은 다 들어가 버렸어. 친구! 어때, 무슨 좋은 계획 없어?"

"계획은 무슨 계획이야! 나는 아무 계획도 필요 없어. 열 사람의 정원사가 쇠로 만든 괭이를 가지고 온다 해도 나는 겁 안나. 자, 이제야 내 배가 차겠구나. 지금 나는 단지 한 생각뿐이야. 나는 어떻게 해서라도 배고픔을 벗어나야 해. 그러니 닭을 잡아먹으러 가자."

"오늘 밤에?"

"그럼, 더 이상 생각할 것도 없어."

그 날 밤 늑대와 여우는 우리 둘레에 숨어들었다. 닭의 우리에 아주 많은 닭들이 새로 와서 살고 있을 거라고 생각했다. 그러나 거위 두 마리가 더 왔을 뿐이었다.

그런데 거위와 백조가 밤새 싸웠기 때문에 늑대는 닭과 오리가 많은 것으로 잘못 생각했던 것이다. 물론 여우나 늑대는 대나무 울타리 위로 기어오르지 못한다. 왜냐 하면 그 우리는 아주 높고도 빽빽이 잘 둘러쳐져 있기 때문이다.

그들은 울타리 아래에서 주위를 서성거리다가 부주의한 한 마리의 닭이나 오리를 훔쳐 내려는 속셈이었다. 그러나 불행하게도 그런 닭이나 오리는 없었다. 닭 몇 마리와 거위 두 마리와 늙은 백조만 있을 뿐이었다. 그들은 밤새 소리를 내며 밀치고 싸워 잠을 설치곤 했다.

그래서 여우와 늑대가 둘레를 서성이는 것을 알게 되었다. 백조 부부는 소리치지 않고 조용히 있었다. 백조들은 여기서 오래 살아왔기 때문에 경험이 많아서 여우나 늑대가 우리로 들어오지 못한다는 것을 알기 때문이다.

그러나 거위는 몹시 두려웠다. 거위들은 크게 소리쳤다. 우리 위에 있던 닭들도 꽥꽥 소리치며 크게 울었다. 우리가 온통 시끄럽게 울렸다. 그러자 집 안에서도 사람들이 그 소리를 듣게 되었고 재빨리 큰 개 두 마리가 앞으로 달려 나왔다. 정원사는 급히 손에 큰 막대기를 들고 나와 여우와 늑대를 내리쳤다. 여우와 늑대는 꼬리를 얻어맞고 도망쳤다. 그러나 다음 날도 그들은 왔고, 또 다음 날도 왔다. 거위들은 그들이 올 때마다 시끄럽게 울어 댔고 정원사와 개 두 마리 또한 그 때마다 달려 나왔다. 정원사와 개들은 나와서 아주 멀리까지 늑대와 여우를 쫓아 버렸다. 계속 그런 일이 되풀이 되었다. 정원사는 며칠 밤을 꼬박 자지도 못했고 개도 계속 짖어 댔다.

어느 날 정원사는 닭 우리를 쳐다보며 생각에 잠겼다. 백조와 닭들이 같이 있을 때에는 한 번도 여우나 늑대가 나타난 적이 없었다. 그런데 저 고집 센 거위 두 마리가 여기 오자마자 며칠째 계속 성가신 일만 일어났다.

이 같은 일을 계속 그대로 놔둔다면 여우나 늑대는 정말 거위를 잡아채 갈지도 모른다. 그래서 생명의 위협을 느낀 거위들이 시끄럽게 소리 지르는 것이다.

'저 거위들 때문에 새 우리를 만들어야 하겠구나.'

그리고 나서 정원사는 더욱더 심각해졌다.

'거위에게 줄 우리를 만들려면 꼬박 하루는 걸려야 하는데 그 동안 여우나 늑대가 그들을 잡아가 버릴까 봐 밤새도록 서로 소리 지를 것이다.'

여기까지 생각한 정원사는 귀찮은 듯이 말했다.

"아무래도 거위에게 줄 우리를 새로 하나 만들어야 되겠군."

다음 날 우리가 다 만들어지자 거위들은 새 집으로 옮겨졌다. 그 때부터 백조와의 자리다툼은 끝이 났다.

새 집은 예쁘고 아름다웠다. 앞에는 담장이 있고 옆 기둥 위에는 비둘기 둥지가 있었다. 거위들의 새 집은 조금 높게 지어졌고 벽돌 몇 장을 앞에 놓고 올라서야만 문으로 들어가게 되어 있다. 집은 대나무로 얽어져 아주 시원하고, 움직이기에 넓었고, 위에는 볏짚을 덮어서 비나 햇빛을 가리게 되어 있었다. 그 곳은 높고도 사람들이 사는 집에 가까워 아무리 사나운 여우나 늑대들이 잡아먹으려 해도 감히 들어올 수가 없었다. 그러나 거위들은 계속 두려워했다.

늑대와 여우는 우리 속에 새로운 닭이나 오리가 늘어난 것이 아니라 두 마리의 어린 거위만이 더 늘었다는 것을 알게 되었다. 사람들이 거위들을 새로운 우리로 옮겼지만 여우나 늑대들에게 거위들은 더할 수 없이 아주 맛있는 고깃거리여서 만약 잡을 수만 있다면 잡아채 가려 하는 것이다. 더구나 거위의 울음소리는 어느 누구도 쉽게 구별 할 수 있는 목소리이다.

거위들이 새 우리로 옮겨져서 여우나 늑대가 머리를 들이밀 수는 없지만 밤마다 굶주린 여우나 늑대가 마당 주위를 빙빙 돌고 있었다. 그들은 두 눈을 번쩍이며 거위를 올려다보고 침을 꿀꺽 삼키곤 했다.

아무것도 모르는 두 마리의 거위는 저녁이 되어 우리 속에 들어가면 새 집 속에서 아주 즐거워하기만 했다.

거위, 백조, 오리 등 집 안에서 기르는 동물들은 여우나 늑대가 가장 두려운 적이다. 어린아이들이 제일 무서워하는 것은 몇몇 어른들이 지어 낸 도깨비들이다. 아무런 이유 없이 어린아이를 잡아간다고 한다. 잘 때 침대 밖으로 다리가 나가는 어린애들은 도깨비가 잡아간다고 한다.

그러나 늑대와 여우에 대한 동물들의 생각은 어린애들이 도깨비를 무서워하는 것처럼 어렴풋이 두려워하는 것이 아니라, 정말 무서운 것이다. 조금이라도 주의를 기울이지 않으면 언제라도 사악한 늑대나 여우는 그 동물들을 잡아먹을 수 있기 때문이다.

그래서 닭, 백조, 오리들은 새끼들에게 혼자서는 낯선 곳에 가지 않도록 단단히 이른다. 두 마리 거위는 어릴 적부터 멀리 잘 나가곤 했다. 어머니의 사랑의 가르침을 잘 듣지 않았던 것이다.

그러나 그들은 총명했다. 형은 더 총명했다. 그는 이 곳 저 곳을 다니며 많은 쓰라린 경험을 겪었기 때문이다.

저녁 때가 되어 두 마리 거위는 잠시 마당을 둘러보고 천천히 자신들의 집으로 올라갔다. 어두운 그림자가 빨리 드리워졌다. 한동안 닭들이 시끄럽게 울고 나자 조용해졌다. 집에서는 밝은 불빛이 어렴풋이 비치고 있었다. 밤이 되자 둥글고 큰 달이 머리 위로 솟아올라 주의를 밝게 비추었다. 그 날 밤 달빛은 너무도 환하여 마치 낮과 같았다. 나무 그림자는 마당 위에

선명하게 비춰지고 연못가의 수풀 속에서도 개똥벌레의 불빛이 켜졌다 꺼졌다 하며 번뜩 거리고 있었다. 하늘은 높고 구름 한 점 없었다. 둥근 달님은 너무도 아름다웠고, 달빛은 마당에 가득하여, 거위의 우리 주위를 환히 비춰 주있다. 거위들은 잠을 자지 않고 환한 달빛을 바라보고 있었다. 마당 밖은 너무 아름다웠다. 나무들은 환한 달빛에 어렴풋이 젖어 있었고 그들에게 친숙한 장미꽃들은 환히 웃고 있었다.

지금이야말로 우리 밖으로 나가 이리저리 천천히 놀러 다니고 싶었다.

휘황찬란한 달빛 아래 한가히 걸으며 자유로운 시간을 즐긴다면 얼마나 좋을까!

동생거위는 나가 놀고 싶어졌다. 동생거위가 형거위에게 말했다.

"형 우리 둘이 지금 밖에 나가서 놀까?"

형거위는 눈을 크게 뜨면서 말했다.

"너 무슨 그런 이상한 말을 하니? 아무도 없는 밤에 놀러 나가다니 너는 밤마다 이때가 되면 소름 끼치는 여우나 늑대들이 먹이를 찾으러 다닌다는 것을 모르니? 우리 거위들도 그들에게 잡혀 먹힌 적이 있어. 우리는 그들을 피할 만한 아무런 무기도 없어. 너는 아무도 없는 밤에 밖에 나가 놀러 다니는 그런 어리석은 생각은 하지마라."

동생거위는 아무 말도 하지 않았지만 형의 말에 순종해서 가만히 있는 것은 아니었다. 조금 후에 그는 다시 얘기를 꺼냈다.

"저 바깥마당은 너무나 아름다워. 맑은 하늘과 달빛 좀 봐. 어떤 여우나 늑대도 이 곳에는 감히 가까이 오지 못 할 거야. 분명해."
"이 때가 되면 그들이 여기 주위를 어슬렁거리는데 넌 어떻게 장담할 수 있니?"

동생거위는 고집 센 목소리로 형거위에게 대답했다.

"형은 이 곳을 돌아다니는 늑대나 여우가 그렇게 무서워? 나도 늑대나 여우가 매우 무섭지만 아무 일도 없는데, 우리는 그들에 대해서 너무 두려워하는 것 같애. 그들은 날카로운 발톱과 예리한 이빨을 가지고 있어. 그러나 여기 있는 나도 긴 다리를 가지고 있고 아주 큰 소리를 낼 수 있는 입을 가지고 있어. 내가 만약 그들을 보게 되면 아주 빨리 집으로 달려와서 큰 소리로 그들이 나타났다고 외칠 거야. 사람들은 그 소리를 들을 것이고, 그러면 입을 벌려 소리칠 테야. 형! 우리는 한 번도 저토록 아름다운 달빛 아래 놀러 나간 적이 없잖아? 너무나 재미있을 거라고 생각해. 우리 잠시 나가서 산책을 해 보는 것이 어때? 계속 집에 있었는데 잠시 집을 벗어난다고 해서 무슨 큰 잘못이 되겠어? 저 밝고 아름다운 달빛을 어떻게 그냥 보기만 하고 잘 수가 있겠어."

말을 마치고 난 동생거위는 부리를 들고 대나무 우리를 빠져 나갈 방법을 찾았다. 동생거위가 너무 고집을 부리자 형거위는 한숨을 쉬고 있을 뿐이었다.

오래지 않아 우리의 대나무 가지가 벌어졌다. 동생거위는 그 좁은 곳을 통해 유유히 나갔다. 그리고는 형에게 말했다.

"형! 형은 집에 있어. 놀러 갔다 올게."
"얘야!"

동생거위는 벌써 마당을 지나 재빨리 나아가고 있었다. 꿈꾸는 듯한 달빛 속에서 그 거위는 달빛에 비치는 꽃과 나뭇잎들과 함께 천천히 걷고 있었다. 너무나 좋았다.

그러나 형거위는 좋을 수가 없었다. 그는 서서 긴 한숨을 쉬며 연못가 쪽으로 사라져 가는 고집 센 동생의 그림자를 다만 걱정스럽게 바라볼 따름이었다. 시간이 한동안 흘렀다. 벌써 한밤중이 지나 있었다. 형거위의 마음 속에는 점점 더 걱정이 늘어 갔다. 그런데 갑자기 어디선가 동생거위가 나타났다. 그는 우리 속으로 살금살금 기어 들어오며 말했다.

"형! 정말 재미있어. 아름다운 달빛 속을 걸으니 마치 신선이 된 기분이야. 형도 놀러 갔으면 좋았을 텐데."

달빛은 이미 기울고 마당도 이미 어두워져 있었다. 동생거위는 계속해서 달빛이 빛나던 밤의 즐거웠던 일들을 형에게 얘기했다. 형은 아무 얘기노 하지 않았다. 동생거위는 자랑스러운 듯 더욱더 신이 나서 얘기했다. 그리고 동생의 머릿속에는 형의 연약함을 경멸하는 생각이 조금씩 자리잡고 있었다.

다음 날도 달빛은 여전히 밝게 비추었다. 동생거위는 또 다시 놀러 나가 며 형에게 같이 가기를 청했다. 형이 말렸으나 그는 이번에는 아예 대꾸도 하지 않았다. 그는 바깥으로 사라져 갔다. 그는 형의 연약함을 경멸하였다.

그 날 밤도 한밤중이 되어서야 그는 당당한 모습으로 집으로 돌아왔다.

달은 이미 기울고 아무 일도 일어나지 않았다. 여우나 늑대도 그를 잡지 않았다. 다음 날 밤도 역시 밝은 달이 떠올랐다. 동생거위는 다시 마당 밖으 로 놀러 나갔다. 집에 잇는 형은 앉으나 서나 걱정뿐이었다. 동생의 그림자 는 점점 사라져 갔고 바깥 마당에는 달빛이 유난히 차갑게 퍼지고 있었다. 갑자기 "꽥" 하는 몹시 떨리는 듯한 소리가 들렸다. 그리고 계속해서 연못가 쪽에서 "꽥꽥" 하고 구해 주기를 청하는 소리가 여러 번 들려 왔다. 찢어지는 듯한 소리가 계속해서 몇 번 들려오더니 조용해졌다.

달빛은 여전히 차갑게 비치고 있었다. 한밤중이 지나 아침이 되어도 동생거위는 돌아오지 않았다. 다음 날 아침, 형거위는 연못가 쪽으로 나가 보았다. 동생의 깃털이 여기저기 드문드문 보였고, 연못 쪽으로 붉은 핏방울이 몇 방울 흩어져 있었다. 그리고는 그 근처에 여우의 발자국이 보였다. 형거위는 그 자리에 조용히 섰다. 그리고는 갑자기 몇 번 크게 외쳤다.

"끼우! 끼우!"

우는 소리인지 한숨을 쉬는 소리인지, 동생을 원망하는 소리인지 알 수가 없었다.

그 때부터 거위는 고집 센 동생을 잃어버리고 혼자가 되었다.

3. 고양이가 여우가 되다

작은 고양이 두 마리가 있었다. 미미와 땀테에(세가지 색이라는 뜻)였다. 미미는 새까맣고 빛나는 비단처럼 부드러운 털과 푸른 눈을 가졌고, 땀테에는 자기 이름처럼 흰색, 노란 색, 검은 색이 섞인 삼색 털을 가졌다. 둘은 모두 영리하고 아주 장난을 좋아했다.

작년 겨울에 세상에 태어나 아직 일 년도 못 되었기 때문에 이들의 가장 긴 여행길이라야 고작 뒷마당에서 지붕 위로 오르는 것이었다. 대문까지는 나가 본 적도 없고, 큰 길은 구경조차 못했다. 그래도 미미와 땀테에는 자신들이 아주 날카로운 발톱을 가졌고, 빈틈없이 날렵하고 겁도 없으며 잔인하다고 생각했다.

이 고양이들의 어미는 작년에 병으로 죽고 이들이 사는 집에는 늙은 고양이 므업밖에 없기 때문에 그들에게 가르쳐 주는 이가 없었다. 또한 므업도 너무 늙어 약해질 대로 약해져서 하루 종일 게으르게 앉아만 있다가 어두운 밤이 되면 어디론가 살금살금 기어 나가곤 했다.

그들이 알려고 하면 늙은 고양이는 포기하고 그대로 주저앉아 버렸다. 그래서 그들은 항상 둘만이 어울리고 자신들은 아주 훌륭한 재능을 가졌다고 생각하게 되었으며, 이 세상이 자기 둘만의 세상인 것처럼 콧대를 잔뜩

세워, 거만하기 이를 데 없었다. 그러다 보니 조그만 선머슴 같은 고양이들은 이 세상을 솥뚜껑만한 것으로밖에 보지 않았다.

어느 날 아침, 아침을 먹고 난 후 미미와 땀테에는 한가롭게 낯을 씻으며, 자신들은 매우 영리하다는 생각에 빠져 있었다.

사실 게으른 사람들은 너무 많다. 또한 그 게으른 습관들은 이루 다 말할 수 없을 정도이다. 추운 겨울 아침에 일어나면 두 손가락 끝만 물에 적셔 두 눈의 눈곱을 닦아 내고는 세수를 다한 것으로 여기는 사람도 있고, 밥을 다 먹고 난 후에야 한 손가락을 물에 적셔 입을 닦아 내는 것만으로 세수를 다 끝낸 것으로 생각하는 사람도 있다. 하지만 이것들은 이 세상 사람들의 천 가지 만 가지 게으른 습관 중의 일부이다. 그래도 사람들의 게으름을 고양이와 비교한다면 사람들은 나은 편이다. 사람은 물로 세수를 하지만 고양이는 물도 사용하지 않고 앞발로 입과 코를 닦고 귀를 닦아 내는 것만으로 세수를 끝낸다. 그러나 그것도 고양이가 오늘 아침처럼 한가할 때나 날씨가 좋은 날에나 하는 일이다.

그래서 오늘 아침 미미와 땀테에도 밥을 배불리 먹고 앉아 세수를 하면서 한가로이 생각에 잠겨 있었다. 그 때 갑자기 정원 밖에서 강아지 놈이 뛰어 들어왔다. 미미와 땀테에는 강아지 놈을 보고 놈에 관해 얘기하기 시작했다.

놈은 다른 개들과 다른 점은 별로 없지만 몸은 아주 지독한 옴투성이이고, 힐끗힐끗 눈치를 보며 두리번거리는 것이 먹을 것을 훔치러 온 도둑처럼 보였다.

미미는 땀테에를 보며 말했다.

"먹는 것만 찾는 저 놈은 꼭 더러운 도둑 같지?"
"그래, 저 더러운 눈 좀 봐."

갑자기 미미가 큰 소리로 말했다.

"아, 좋은 생각이 떠올랐어."

그리고는 미미는 땀테에의 귀에 입을 바싹 대고 소곤거렸다. 땀테에는 거만하게 웃고 있었다. 둘은 비밀히 신호를 하고는 미미가 소리쳐 놈을 불렀다. 강아지와 고양이들은 아직 한 번도 서로 만난 적이 없기 때문에 강아지 놈은 살살 다가오더니 부끄러운 듯 두 눈을 깜박이면서 고양이들을 쳐다보았다. 원래 놈은 착하지만 먹이만 보면 게걸스럽게 먹었기 때문에 누구나 잘 어울리려 하지 않았다.

미미가 말했다.

"자, 동생, 내가 동생에게 일러줄 게 있어. 동생은 하루에 밥을 몇 끼나 먹나?"

놈은 머뭇거리다가 말했다.

"세 끼 먹지요. 하지만 제 밥은 모두 물그릇 속에 쏟아 부어져서 물과 함께 먹어요."

"그렇게 먹으면 배가 충분히 부른가?"

"어디 충분할 수 있어요? 나가서 먹이를 찾아다녀야지요. 한 그릇은 더 먹어야 비로소 배가 차는 걸요."

미미는 웃으며 부드러운 목소리로 말했다.

"동생 말이 맞아. 이 집 주인은 아주 지독해서 한 번도 동물들에게 먹이를 배불리 준 적이 없어. 아! 정말 여기의 생활은 아주 견디기 어려워."

놈은 머뭇거리며 말했다.

"네, 이곳은 정말 견디기 어려워요."

미미는 다시 웃으며 말했다.

"그렇지만 우리는 이곳에서 우리 자신을 잘 지켜야만 해. 이 곳은 그렇게 나쁜 생활은 아니거든. 우둔한 이들에게나 안 좋을 뿐이야. 만약 조금이라도 총명하다면 즐거울 수 있을 텐데……."

놈은 자신이 어리석다는 듯이 말했다.

"저……, 형님……, 형님이 말하는 총명하다는 것은 어떤 것이에요?"

"총명이라……, 아주 똑똑한 것이지."

"?"

"그 뜻은 이래. 인색한 주인집에 사는 모든 동물은 항상 배고픔을 겪고 있어. 하지만 우리들은 언제나 배가 불러 배를 두드리고 있지. 우리는 찬장에서 몰래 훔쳐먹고 있거든. 하지만 그것은 몹시 두려운 일이야!"

"오, 정말 무섭네요. 그렇지만 두 분은 어떻게 항상 배를 채울 수 있단 말이에요?"

"우리는 몰래 계획을 짜거든."

"계획? 무슨 계획인데요?"

"음, 이 계획은 아주 비밀이야. 하지만 내가 너를 보니 매우 안 됐어. 또 너는 우리의 이 귀중한 계획을 무척 알고 싶은 모양이지, 그렇지?"

"네, 정말 그래요."

"그러면 내가 너에게 한 가지 물어 볼게. 너는 너의 어려운 점을 주인 아저씨에게 얘기할 수 있겠니? 이 집에 살고 있는 우리 모두가 마찬가지 이겠지만 나 역시 아주 어려운 일 아니고는 주인에게 아무 말도 할 수 없 거든!"

놈은 생각에 잠겼다가 슬프게 말했다.

"저는 주인을 매우 두려워해요. 예나 지금이나 감히 주인에게 한 번도 무어라 얘기한 적이 없어요. 그는 저를 매우 미워하거든요. 아마도 틀림 없이 제가 더러운 병을 앓고 있기 때문에 저를 볼 때마다 싫어하는 걸 거예요. 그러니 제가 무슨 말을 할 수 있겠어요. 저는 아무 말도 할 수 없어요."

미미는 고개를 끄덕이며 말했다.

"음, 그렇지……. 내가 생각해도 동생이 주인에게 얘기하는 것은 안 좋을 것 같아. 그러면 내가 동생에게 아주 이치에 맞고 합당한 몇 가지 방법을 가르쳐 줄게. 그러면 주인은 즉시 동생을 배불리 먹게 할 거야. 이제 내가 방법을 일러 줄 텐데 너의 다리는 건강하겠지?"

"그럼요, 아주 튼튼해요."

“너는 현관 위로 뛰어올라 좁고 높은 길을 지나갈 수 있어?

“물론이에요.”

“그럼 됐어. 그 길을 따라 부엌의 찬장 끝에 가면 주인 아저씨가 밥이 쉬지 않도록 바깥에 밥을 내놓았을 거야. 지금 너는 그 선반 위로 조심스럽게 올라가 배가 부를 때까지 계속 먹으면 되는 거야. 다 먹고난 뒤에는 집안으로 들어가 주인 아저씨에게 ‘주인 아저씨, 제가 먹어 치웠습니다.’ 라고 말하는 거야. 그러면 주인 아저씨는 고개를 끄덕일 거야. 그것으로 끝이야. 다음 날도 너는 다시 그 길로 올라가 그 선반의 밥을 먹으면 돼.”

“아 그렇게 잘 될까요? 정말로 주인 아저씨가 그렇게 쉽게 인정할까요?”

“주인은 자기가 이해만 하면 아주 쉽게 모든 것을 인정하지. 너는 그가 너를 이해하지 않는다고 생각하는데 그것은 네가 그를 잘 모르고 있기 때문이야.”

“아, 네네. 그를 이해시키려면 그렇게 해야겠네요.”

“맞아, 계속 그렇게 하면 돼.”

강아지 놈은 당장 그렇게 하려고 나갔다. 즉 찬장 구석으로 달려간 것이다. 정말 선반 위에는 음식을 담아 두는 바구니가 있었다. 냄새를 맡아 보니 찬밥을 담아 두는 바구니였다. 놈은 즉시 기어 올랐다. 놈은 실제로 배가 조금 고팠다. 불쌍하게도 이 바싹 마른 강아지는 항상 배가 고픈 것은 아니었으나 음식을 보면 다른 생각은 모두 잊어 버리고 무조건 달려들었다. 놈은 선반으로 오르려고 뒷발로 딛고 서서 앞발을 내밀어 선반에 올려 있는 바구니를 잡아채어 쩝쩝 먹기 시작했다.

얼마 지나지 않아 바구니의 밥은 모두 없어져 버렸다. 그의 배는 더 들어갈 곳이 없을 정도로 꽉 차 버렸다. 그는 천천히 내려서서 퉁퉁한 배를 흔들면서 집 안으로 들어갔다. 뒤에는 미미와 땀테에가 발끝을 세우고 숨을 죽이고 따라가면서 놈의 그 모양을 보고 눈을 가늘게 뜨며 웃고 있었다. 집 안에 들어간 놈은 주인아저씨를 찾았다. 나무침대 위에 앉아 있는 주인을 보고 놈은 아주 즐거운 듯 꼬리를 흔들면서 말했다.

"주인님, 저는 다 믹어 치웠딥니다."

주인은 일어나 놈을 빤히 쳐다보며 말했다.

"무엇을 먹었지?"
"밥을 먹었어요."
"밥을 먹어? 어디서?"

"저 밖에서요."

뇸은 코를 들어 그릇을 얹은 선반 쪽을 가리켰다. 주인은 그가 가리키는 곳을 쳐다보더니 갑자기 놀라 소리를 질렀다. 그리고는 곧장 그릇을 얹은 선반으로 달려갔다. 그러나 밥그릇의 밥은 이미 다 없어진 후였다.

그는 소리를 버럭 질렀다.

"내 밥! 그 곳에 놓아 둔 밥을 네가 감히 먹다니!"

그리고는 문 구석에 놓여 있던 지팡이를 재빨리 들어 뇸을 한 차례 세게 후려쳤다. 뇸은 옆으로 쓰러지며 비명을 질렀다. 그 때 미미와 땀테에는 열린 문틈으로 들여다보면서 웃고 있었다. 그리고는 고소해했다.

뇸은 그 얄미운 고양이 두 마리를 찾아갔다. 그 고양이들은 이를 드러내며 싱긋 웃었다. 미미가 말했다.

"어이 동생! 우리들은 주인 아저씨에게 혼나지 않고 향상 잘 먹고 있거든. 사실 너는 운이 좋지 못했어. 틀림없이 그 때 그 주인 아저씨는 무엇인가 몹시 화 나는 일이 있었던 것 같아. 자, 이제는 우리와 함께 슬픔을 나누자."

사실 뇸은 말다툼이나 결투라도 할 생각으로 고양이들을 찾아갔다. 너무나 화가 났고 분했기 때문이다. 그러나 뇸은 그들의 농담처럼 하는 말에 아무 말도 대꾸할 수 없었다. 어린 뇸은 그들에게 화도 낼 수가 없었고 말재주도 모자라 한없이 속상하기만 했다. 뇸은 그냥 울어 버렸다. 두 줄기 눈물을 뚝뚝 흘리며 뇸은 천천히 뒤뜰로 걸어갔다. 미미와 땀테에는 재미있어 죽겠다는 듯 서로 웃으며 즐거워했다.

다른 이를 속여 매를 맞게 해 놓고 그다지도 고소한가! 그러나 미미와 땀테에는 아직도 뇸을 더 곯려 줄 계획을 짜고 있었다. 실제로 그들은 장난

이 몹시 심하여 무엇이라도 곯려 주기를 너무 좋아했다.

어느 날 미미와 땀테에는 대문 밖에서 장난을 치고 있었다. 그 때 고양이들은 갑자기 뭐라고 속닥거리더니 함께 집 안으로 달려 들어갔다. 몹시 걱정스러운 일이 일어나 서두르는 표정이었다. 그들은 놈의 어머니를 찾아 달려갔다. 이 늙은 개는 나무 침대 밑에서 꼬리를 말고 잠을 자고 있었다.

땀테에와 미미는 늙은 개를 흔들어 깨우며 크게 소리쳤다.

"아주머니! 아주머니!"

놈의 어머니는 놀라 일어났다.

"무슨 일이니?"

"놈이 저 밖의 연못에 빠져 죽었어요!"
"어이구 하느님! 어디 어디?"
"저 쪽 연못이에요."

놈의 어머니는 정신없이 달려갔다. 허겁지겁 몸을 떨며 달리는데 땀테에는 뒤를 따라오며 소리쳤다.

"제발 천천히 달리세요. 어느 쪽에 놈이 빠졌는지 모르잖아요?"

그러나 놈의 어머니는 그 소리가 들리지 않았다. 정신없이 달릴 뿐이었다. 그리고 나서 한숨을 쉬면서 말했다.

"불쌍한 우리 놈! 어이구 불쌍한 내 자식!"

그러나 놈의 어머니가 연못가에 다다랐을 때는 놈은 어디에도 보이지 않았다. 그래서 어머니는 큰 소리로 불렀다.

"놈아! 놈아! 놈!"

그러자 연못 가장자리 풀더미 속에 누워 있던 놈이 어슬렁어슬렁 나타났다. 어머니는 기쁘기도 하고 한편으로는 몹시 화가 났다.

"나는 네가 물에 빠져 죽은 줄 알았잖아. 왜 이 엄마를 놀라게 하니?"
"아녜요. 저는 아침부터 여기에 누워 놀고 있었는데요."
"아니, 네가 여기서 놀고 있었어? 그런데 어째서 털이 그렇게 젖었지?"
"저 풀이슬에 젖은 거예요, 어머니!"
"너 거짓말이지? 연못에 내려가 수영을 했지, 그렇지? 네가 물에 빠져 죽었다고 누가 나에게 알려 주던데!"
"누가요?"
"땀테에가."

"오! 또 고양이의 속임수다!"

"속임수? 너와 무슨 싸움이라도 했니? 하여튼 너 역시 잘못한 것이 있어. 이제부터 이 연못에 내려가서 헤엄치면 안 돼. 알았지? 응! 응!"

놈의 어머니는 자식을 타이르고 있었다. 놈은 몹시 화가났다. 정말 억울했다. 아침부터 놈은 연못가 풀 위에 누워 놀고 있었다. 그런데도 어머니는 놈의 잘못이라고 몹시 때렸다. 놈은 너무 아팠다. 놈은 자신을 골탕 먹인 땀테에 생각을 하니 더욱더 억울해서 어머니에게 화를 내며 입을 벌려 짖어 댔다. 아직 분이 안 풀린 놈의 어머니는 놈을 계속 쫓아오며 때리고, 놈도 시끄럽게 짖어 대며 대문 밖에서 마당으로 쫓겨 들어왔다. 그래서 현관 앞은 매우 시끄러웠다. 낮잠에 취해 있던 주인은 개들이 사납게 짖은 소리에 잠을 깨고 말았다.

그는 손님이 찾아온 것으로 생각하고 마당을 내다보았다. 손님은 보이지 않았다. 놈의 어머니와 놈이 서로 마구 직고 있을 뿐이었다. 그는 미친 듯이 화가 났다. 그는 지팡이를 들고 마당으로 나가 두 마리를 모두 후려쳤다. 매를 맞자 놈의 어머니는 급히 나무 침대 밑으로 달려가 버리고 놈은 대문 밖으로 쏜살같이 도망갔다. 그러나 주인은 여전히 화가 풀리지 않았다. 정말 큰일이었다. 주인은 이 집안 동물들의 생사에 관한 모든 권한을 가지고 있기 때문이다.

그날 저녁 주인은 앉아서 술을 마시며 말했다.

"저 놈과 어미는 이제 아주 버릇이 나빠졌어. 언제나 서로 으르렁거리고 있거든. 내일 날이 밝는 대로 저 강아지 놈을 팔아 버려야지. 그러면 저희들이 더 이상 어떻게 싸울 수 있겠어?"

다음 말 아침 그는 정말 어제 얘기한 대로 정원사를 불러 놈을 시장으로 끌고 가게 하였다. 마친 그 날은 시장이 서는 날이었다. 그렇게 해서 놈과 그의 어머니는 서로 헤어졌다. 놈의 어머니는 며칠이 지나가도록 정원 밖을 헤매고 다니며 혼자 쓸쓸히 슬퍼하였다. 어미가 자식을 그리는 것이다. 자식이 잘못하며 어미는 매를 때려야 한다. 하지만 어느 어머니도 자식을 미워서 때리지는 않는다. 놈의 어머니는 한없이 슬퍼했다. 미미와 땀테에만이 슬퍼하지 않았다. 그들은 이 일이 아주 재미난 것 같았다. 그래서 이 일을 들먹이며 서로 얘기를 나누고 있었다. 그리고도 며칠동안을 두고두고 재미있어 했다. 그러나 얼마 지나지 않아 그들도 역시 슬퍼졌다. 왜냐하면 놈이 없어져서 더 이상 그들의 장난 상대가 없어졌기 때문이다. 그러나 슬픔도 오래 가지 않았다. 그들은 또 다시 곯려 줄 일을 찾고 있었다. 장난거리들은 생각만 해내면 매일 매일 얼마든지 있다. - 만약 우리 어린아이들이라면 매일 매일 책을 가지고 학교에 공부하러 갈 것이다. - 조그만 고양이들은 일정하게 갈 곳도 놀 곳도 없다. 그래서 미미와 땀테에는 닥치는대로 놀러 나간다. 이렇게 시간 여유가 너무 많으면 어떠한 한 가지 일에 몰두할 수 없게 되며 좋지 않을 일에 빠지게 된다. 똑똑함이 지나치면 오히려 화를 부른다는 것도 흔히들 하는 말이다. 그들은 자신들이 아주 총명하다는 생각에 빠져 있었다. 미미가 땀테에에게 물었다.

"곰곰이 생각해 보았는데 이 세상에서 고양이들은 왜 살지?"

"머기 위해서."

"그래! 누구나 다 먹지 않으면 안 돼. 무엇을 하기 위해서 먹지? 무슨 일? 우리 고양이들은 무슨 일을 할까?"

땀테에가 소리쳤다.

"생각해냈어. 사람들은 우리들이 사람들을 위해서 일을 해 주기 때문에 우리를 기르는 거야."

"무슨 일?"

"쥐를 잡는 거야, 쥐를 잡는 것. 쥐는 옷도 물어뜯고, 먹을 수 있는 것은 무엇이든지 교활하게 훔쳐 먹잖아! 슬리퍼도 갉고 사람들의 발도 물어. 쥐는 아주 해가 많고 별로 이롭지 못한 동물이야. 우리 일은 주인 아저씨에게 해를 입히는 쥐를 잡는 일이야."

"그래 맞아."

"그러면 우리는 벌써 쥐를 잡았어야 되잖아? 그런데 아직 우리는 한 마리도 못 잡았어."

"아! 지금부터라도 우리는 쥐를 잡으러 가야 해. 우리는 사람들에게 아주 많은 해를 입히는 쥐들을 모두 잡아 없애야 해. 그렇게 해야만 우리는 비로소 이로운 동물이 되는 거야. 그리고 또 우리는 훌륭한 고양이가 될 거야."

그 날부터 미미와 땀테에는 서로 짝을 지어 쥐를 찾아다니기 시작했다.

지붕 위에서 부엌 구석구석까지 야옹야옹 쥐를 꾸짖는 소리를 내면서 다녔다. 씩씩하게 행군하는 장군처럼, 생명을 주관하러 나온 지옥의 사자처럼, 재빠르고 조그마한 귀여운 군인처럼, 그러나 이 조그만 군인들은 결국 쥐를 하나도 잡지 못했다. 쥐를 잡으러 다니는 고양이가 그렇게 큰 소리로 떠들고 다니니 어떤 쥐가 나올까? 또 감히 어떤 쥐가 얼씬거릴까. 미미와 땁테에는 하루 종일 다녀서 다리도 몹시 피곤하고 입도 몹시 아팠다. 그들이 담장 위를 걸어갈 즈음에 날은 이미 캄캄해져 있었다. 두 고양이는 가기를 멈추고 앉아서 정원을 내다보았다.

　　사실 이 집에는 쥐가 한 마리도 없었다. 옛날에는 여러 종류의 쥐들이 아주 많았다. 쥐들은 그릇을 넣는 선반 위에 집을 짓고 살면서 모든 것들을 다 먹어 치웠다. 그러나 10년 전에 늙은 고양이 므업이 이곳에 온 날부터 쥐들은 모두 도망쳐 버렸다. 다만 아주 힘센 두 마리의 쥐만이 도망가는 그 무리들을 따라 달아나지 않고 고양이 므업에 대항하여 쥐들의 원수를 갚으려 했다. 그들은 여러 차례 아주 지독하게 므업을 공격했다. 그들은 항상 둘이 공격을 해와서 므업은 그들에게 대항할 수가 없었다. 만약 므업이 강하지 않았다면 그 힘센 쥐들에게 지게 될지도 몰랐다. 그러나 므업은 꾀를 써서 하나씩 하나씩 대항했다. 과연 쥐 한 마리가 넓적다리 근육에 심한 상처를 입었다. 다른 한 마리 쥐는 그것을 보고 몹시 위험하게 생각하여 친구를 데리고 재빨리 도망가 버렸다. 어디로 가 버렸는지는 알 수 없으나 그 때부터 다시는 나타나지 않았다.

　　고양이 므업은 온 집안을 평정하였고, 구석구석까지 독차지했다. 가끔 어디선가 생쥐가 흘러 들어오기도 하지만 고양이 냄새를 맡고는 즉시 달아나 버린다. 때때로 호기심 많은 쥐가 놀러 오긴 하지만 고약한 쥐 냄새가 코를 찌르면 므업은 잡아먹을 생각은 않고 단지 야옹 소리만 내어 쥐를 즉시 쫓아 보낸다. 그래서 이 집 안에는 지금도 쥐 한 마리 얼씬거리지 않는다. 아예 쥐털조차 볼 수가 없다. 그러니 두 마리의 고양이가 며칠을 야옹거리며 다녀도 한 마리 생쥐도보지 못했던 것이다. 그 날 밤 두 고양이는 누워서 서로 의기양양하게 말을 주고받았다. 미미가 말했다.

"우린 아주 위엄이 있어."

"왜?"

"우리의 소리만 들어도 쥐들은 아주 무서워 달아나 버리거든. 두 귀를 땅바닥에 바싹 대고 듣고 있나 봐."

"응! 정말 우리가 무서운가 봐."

미미는 잠시 생각에 잠기다가 다시 말했다.

"우리는 조용히 앉아서 쥐가 지나가는 발자국 소리나 서로 재잘대는 소리를 들은 후 잡아야 하는데 소리를 크게 지르면서 다녔기 때문에 그들은 어디론가 다 사라져 버렸어. 우리가 그렇게 소리를 지르는 것도 좋지만 그렇게하면 쥐를 잡을 수가 없어. 내일부터는 조용히 다니면서 놀고 있는 산 쥐를 잡도록 하자."

"그것 참 좋은 생각이야. 내일 몇 마리를 산 채로 잡아보자."

다음 날 아침 미미와 땀테에는 정말 쥐를 잡기 위해서 조용히 더듬어 찾아다녔다. 발걸음을 죽이고 깜깜한 대문앞까지 모두 둘러보았지만 쥐의 그림자는 보이지 않았다. 밤이 되자 고양이는 다시 서로 의기 양양해졌다. 땀테에게 말했다.

"우리는 정말 재능이 있어."

"무슨 재능?"

"우리는 오늘 하루를 꼬박 찾아다녔지만 쥐는 어디에도 없었어. 나는 쥐가 지나가는 소리를 들어 보려 했지만 오늘도 확실히 아무 소리도 듣지 못했어. 그러니 우리는 이제 자러 가야 해. 그러나 계속 엿보고 있어야 해. 우리가 며칠 더 찾는다고 해도 쥐는 보이지 않겠지만."

그리고 난 후 깜깜한 밤이 되어 미미와 땀테에는 바깥마당에 우두커니 앉아 있었다. 뒷정원을 바라보며 있는데 마당 흙 위에 어렴풋한 그림자들이 흔들렸다.

두 고양이는 너무나 놀랐으나 서로 확신했다.

"쥐?"

"틀림없어."

두 마리는 발걸음을 죽이며 그 곳으로 다가갔다. 둘은 흥분했다. 정말 쥐일까? 흔들리는 그림자는 정말 쥐의 그림자 같았다. 그들은 달렸다. 정말 좋았다. 아! 쥐, 쥐, 드디어 찾았다. 두 고양이는 뛰어갔으나 그것은 쥐가 아니었다. 쥐와 비슷한 몇 마리의 두꺼비였다. 어두워지자 땅 위로 기어 나와 이리저리 움직이고 있었다. 그러나 빨리 달리지 못해 커다란 배를 펄떡이며 한참 동안 서 있곤 했으나 두려운 빛은 전혀 보이지 않았다. 미미와 땀테에는 코가 빨간 고양이이다. 코가 빨간 고양이는 동물의 고기를 지나치게 탐한다. 그래서 쥐 대신 두꺼비를 잡아먹었다.

그 날 저녁부터 두 고양이는 정원에 나와 두꺼비를 잡기 시작했다. 어떤 때 집의 현관 앞에서 두꺼비를 잡아먹기도 했다. 앉아서 한입에 먹는 것이다. 정원사가 그 모습을 보고 달려와 때려 내쫓았다. 고양이들은 그 나쁜 습관을 버리지 못하고 항상 두꺼비들을 잡아먹었다. 그렇게 되자 두꺼비들도 두려워하여 더 이상 마당에 나타나지 않았다. 고양이들이 다 잡아먹어서 아주 가끔 한 마리씩 나타나곤 했다. 그럴 때면 이 둘은 서로 물어뜯으며 싸움을 했다.

밖의 정원에는 한 떼의 병아리들이 다정하게 엄마와 함께 살고 있었다.

그러나 사람들은 이 암탉으로 하여금 알을 낳게 하기 위하여 그들의 어미를 가두어 놓고 새끼들이 스스로 먹이를 찾아 먹게 하였다. 병아리들은 하루 종이 밖의 정원을 헤매기도 하고 먹이를 찾으러 나갔다가 송아지 떼에 쫓겨 오기도 한다. 밤이 되면 그들은 놀란 듯 소리치며 우리로 올라간다. 그러던 어느 날 미미와 땀테에가 밖의 정원에서 놀고 있을 때 병아리들의 소리를 듣고서 그들은 대문 밖으로 달려 나갔다. 따분해하던 두 고양이는 놀고 있는 병아리들을 곯려 줄 생각이 떠올랐다.

그들은 밖으로 나가서 거름더미에 몸을 숨겼다가 갑자기 나타나며 거짓으로 병아리들을 쫓는 체했다. 병아리들은 놀라서 혼비백산하여 멀리 연못 가에까지 도망을 쳤다. 그리고는 아주 어두워져서야 우리를 찾아왔다.

그 후로 미미와 땀테에는 매일 오후마다 나가서 병아리를 곯려 주었다. 그러던 어느 날 병아리 두 마리가 사라졌다. 집안 사람들은 여우가 잡아갔을 거라고 생각했다. 여우는 무섭고 아주 잔인하며, 특히 닭, 오리 등 집짐승을 닥치는 대로 잡아가기 때문이다. 그러나 이 근처에는 여우가 없다. 사람들은 한 동물을 의심하기 시작했다. 즉, 집안에 있는 여우, 그것은 다름 아닌 고양이 므업이었다. 므업이 의심을 받는 것은 므업이 정말 닭들을 잡아먹었기 때문인가? 본래 사람들은 고양이가 늙으면 여우가 된다고 한다. 고양이가 늙으면 점점 원래의 본성으로 돌아가 야수로 변한다는 말이다. 털은 길게 자라 털투성이가 되고 두 눈은 매섭게 반짝이고 날카로운 발톱은 점점 더 길어져서 고기를 자르기 편해진다고 한다, 성격도 변하여 고양이는 집에 거의 붙어 있지 않고 자주 집 밖으로 나돌아 다니며, 드디어는 집을 버리고 완전히 나가 버린다. 나가서는 더러운 거름더미 주변을 돌아다니기도 하고, 여우굴 속에 살기도 하는 등 아주 이기적이며 악한 여우 같은 생활이 시작된다.

그것은 몇몇 사람들이 늙은 고양이에게 의심을 품고 퍼뜨린 소문이다. 실제 늙은 고양이가 여우로 변하는지 아닌지는 어느 누구도 알 수 없는 일이다. 불행하게도 이 집에는 늙은 고양이가 한 마리 살고 있는데 그게 므업이다.

　두 마리의 병아리가 없어지자 사람들은 므업이 해쳤을 거라고 의심했다. 몇몇 오리들도 언제나 므업이 우리들 주위를 더듬거린다고 하였고, 정원에 있는 거위도 그저께 밤에 마당 구석에서부터 현관 복도로 한 마리 여우가 달려가는 것을 확실히 보았다고 했다. 여우는 무슨 여우가 달려 들었겠는

가? 그것은 므업이었다. 닭 떼들도 해질녘이 되면 므업이 연못가로 자주 나가는 것을 보았다고 얘기를 퍼뜨렸다. 그 소문을 미미와 땀테에는 아주 대수롭지 않게 들었다. 그러나 그 소문은 고양이의 친척들에게는 아주 중요한 것이었다. 두 고양이는 병아리 우리를 가리키며 말했다.

“참 이상한데, 어제 저녁에는 병아리들이 모두 다 보였는데 오늘은 왜 안 보이지, 미미?”
“글세.”
“혹시 정말!”
“정말 뭐?”
“정말 므업일까?”
“우리가 물으러 가 보자. 만약 그 늙은이가 정말 여우로 변한다고 하면 우리들은 그 늙은 이를 집 밖으로 쫓아 내야 돼. 어떻게 생각하니?”
“나도 같은 생각이야. 그러니 내일 아침에 물으러 가 보자. 지금 그 늙은 이는 기어 나갔을 거야!”

이튿날 아침 미미와 땀테에는 므업에게 물어 보았다. 용기가 대단했다. 감히 가까이 다가가서 므업에게 물었다. 그러나 그 두 작은 고양이는 므업의 얼굴을 가까이 보지 않고 평상시처럼 여전히 두려워하면서 겸손하게 말했다.

“아저씨, 사람들이 소문을 내기를…….”
“무슨 소문인데?”
“사람들은 아저씨가 곧 여우가 된다고 말을 하던데요.”
므업은 웃으면서 발을 모아 올려 발톱을 세우며 말했다.
“나도 사람들이 그처럼 얘기하는 것을 들었어. 너희들은 어떻게 생각하니?”
“저희들이 생각하기는요, 저, 저…….”
“저희들이 생각하기는요, 저, 저…….”
“너희늘도 내가 정말 여우가 될 것이라고 생각하지? 내가 지금부터 너희가 알아듣도록 얘기해 주마. 우리 고양이 종족은 원래 착한 동물이었어. 우리는 인간들에게 해를 끼치는 쥐를 잡으며 집 안에서 모든 생애를 다 살았지. 그러나 여기에 있는 나처럼 인간들을 위하여 이제는 더 이상 도울 일이 없다고 생각을 하게 되면 밤에는 나가서 이리저리 돌아다니며 대나무 더미 속 등을 뒤져 보기도 하면서 남은 생애를 쉴 곳을 찾게 되지. 나는 너무 약하고 병이 들어서 이제 더 오래 살 수 없다는 것을 알고 있어. 나는 언제든지 그곳에 가서 죽을 것이야. 그래서 사람들 모르게 숨을 곳을 찾아 다니는 거지. 그것 때문에 사람들은 우리가 여우가 된다고 믿고 있는 거야. 그러나 그게 어디 말이 되는가! 우리는 단지 건강할 때에는 사람들에게 이익을 주고 우리가 몸이 약해져서 일을 더 이상 할 수 없을 때에는 죽을 자리를 찾아가서 마지막 숨을 쉬는 거야. 조용히, 슬퍼하지 않고, 소리치지 않고, 어느 누구에게도 알리지 않고 말이야.

그러나 고양이가 실제로 여우가 되는 경우도 있지. 그것은 너희 같은 애들이지. 아마도 너희들은 늙으면 꼭 여우가 될 것이다. 왜냐 하면 너희들은 아주 사악한 애들이기 때문이야. 너희들은 개를 골탕 먹이고, 두꺼비를 잡아먹고, 병아리들을 괴롭혔다. 너희들이 병아리들을 쫓아갔기 때문에 병아리들이 우리 틈 사아에 발이 끼어 그 속에서 죽어 버렸어. 그러니 너희들은 여우가 될 거야. 여우가 되자 않더라도 사람들은 너희도 여우가 된다고 할 것이야. 내가 이렇게 알려 줘서 너희들이 일찍 깨달아 착하에 생활하여 여우가 되지 않는다면 얼마나 좋으냐!"

두 고양이는 서로의 얼굴을 걱정스럽게 쳐다보면서 밖으로 나왔다.

다음 날 아침 미미와 땀테에는 닭 우리에 들어가 보았다. 과연 두 마리의 병아리가 우리 사이 틈에 다리가 낀 채로 죽어 넘어져 있는 것이 아닌가! 두 고양이는 갑자기 한숨이 나왔다. 그리고 늙은 고양이 므업이 몹시도 두렵게 생각되었다. 그들은 어머니가 죽은 날부터 아무도 그들에게 무엇인가 가르쳐 주는 이를 만난 적이 없었다. 어제 그들이 므업에게 들은 몇 마디의 충고가 난생 처음이었다. 그들은 오랫동안 생각에 잠겨 있었다.

원문

1. DẾ MÈN PHIÊU LƯU KÝ

⋯ I ⋯

Ông anh Cả và ông anh Hai của Mèn Một người tri âm
không đợi mà gặp Giang hồ quen thói

BẠN đọc hẳn còn nhớ, khi hai đứa trẻ Lâm và Hiệp, đem tôi ra làm
<<cúp>> để treo giải cho lũ bạn trong xóm đá bóng?[1] Chúng đương mải
tranh đấu kịch liệt thì tôi tẩu thoát được. Trốn đi, trong Trí tôi nảy ra
hai điều phân vân : một là đi du lịch ngay, hai là hãy trở về quê thăm
mẹ. Nghĩ mãi, rồi tôi làm theo điều thứ hai. Mẹ tôi chắc nhớ tôi lắm,
cần phải về thăm. Vả lại ngày tôi bị hai đứa trẻ bắt đi, mẹ tôi tuyệt nhiên
không hay biết gì cả.

Tôi trở về quê hương. Tôi đã quỳ gục đầu dưới đôi càng gầy yếu của

---

1) Xem Con Dế Mèn - Nhi đồng số 1

bà mẹ già yêu dấu mà kể lại truyện những ngày luân lạc cũ. Người nghe và người đã rất bằng lòng.

Mục đích của tôi về quê chuyến này, vừa để thăm mẹ vừa để tìm một vài kẻ đồng tâm cùng lấy sự du lịch trong cõi đời làm một công việc chín chắn của tuổi trẻ. Việc thăm hỏi mẹ già, tôi đã trọn. Giờ đến việc đi tìm bạn. Ở đời, nào mấy ai là tri âm? Tìm bạn đã rất khó, huống chi lại là sự đánh bạn với nhau trong một cuộc lên đường lâu đài! Du lịch! Du lịch! Hỡi ơi! còn có chi buồn bằng tuổi thì trẻ, gân thì cứng máu thì nhiều mà đành chỉ sống theo một khuôn khổ bằng phẳng : ban ngày hí húi. Bới đất làm tổ, ban đêm đi ăn uống và khiêu vũ đảng điếm với chúng bạn. Tôi tưởng sống như vậy tồi quá. Tôi không muốn, cho đến lúc chết, vẫn ân hận rằng chẳng biết đằng cuối cái cánh đồng mênh mông kia còn có những gì lạ? cuộc đời ở đấy ra sao? nếu phải chết hậm hực như thế, tôi sẽ chết không nhắm được mắt.

Tôi có hai người anh cùng một lứa sinh Trong cuộc đi tìm bạn, tôi đã nghĩ đến hai anh tôi đầu tiên.

Tôi đến thăm anh Hai tôi trước. Mới nhìn thấy cửa hang, tôi đã hơi thất vọng. Cửa hang bé như cái lỗ giun, đi vào thì đầu đụng từng đám rễ cỏ, y như vào một nhà hoang. Đến khi trông thấy ông anh tôi thì tôi giật mình. Phải chú ý mãi mới nhân được mặt. Anh tôi gầy và yếu đến nỗi tưởng như sức tôi mà đá thì chỉ một cái cũng đủ bắn xa đến mười lăm trượng. Nghe tiếng chân tôi bước thình thịch, anh hoảng hốt, luống cuống cả càng lẫn râu. Đến lúc tôi đánh tiếng và anh tôi đã nhận được mặt tôi, anh mới yên lòng. Nhưng trông tôi khỏe mạnh, cứng cáp và đen bóng như cột nhà cháy bôi mỡ, anh cũng hỏi sợ. Đôi râu của anh vẫn rung rung. Tôi hỏi: <<Anh ốm hay sao mà người cỏm nhỏm vậy?>>

Anh tôi nhăn mặt: <<Gớm chú nói to quá, anh váng cả đầu. Không, anh có ốm đâu. Cái tạng người anh thế đó. Bấy lâu chú đi làm ăn ra sao mà tôi thấy những đứa độc miệng chúng bảo chú chết rồi?>>. Tôi cười: <<chết làm sao được! Ra ngoài thích lắm. Em về quê chuyến này, trước là thăm mẹ và các anh, rồi sau rủ các anh cùng đi... >> Anh tôi thất kinh, thò cả hai cái dâu mũi ra. Rồi anh ngất đi, tôi phải gọi mãi mới tỉnh. Khi mê, mồm anh cứ nói lảm nhảm: << Đi... ra... ngoài... chếết..>>

Tôi không dám nói thêm một lời về cuộc du lịch. Ngại rồi anh tôi có thể ngất lịm đi mà chết hẳn chăng! Tôi ra ngoài bãi, hái một mớ cỏ non và tươi nhất, biếu anh ăn. Tôi lựa nói mấy câu an ủi. Tôi than phiền rằng sao hồi đó. anh tôi không trùng lại vừa đánh vừa lùi về hang, phỏng chim Chích đã làm chi chổi! Anh lại chạy chốn để đến nỗi thân tàn ma dại như bây giờ! Anh hai tôi cừ lắc đầu hoài...

Tôi đến thăm anh cả tôi. Nhà cửa cũng khang trang. Coi vẻ phong tưu tợn. Tôi chào thì mặt anh hầm hầm, như tức tôi điều gì. Tôi phải thưa với anh rằng cớ sao mà đại Huynh trông thấy tiểu đệ, mặt mày lại nhường như kém vui? Anh tôi nói: <<Chả dám! Chú lại còn lễ phép với ta quá đỗi thế ư? Ta tưởng chú mất mạng ở đâu rồi. Nhưng thế cũng còn hơn.

Tôi nghĩ bụng rằng, ví thử tôi lại giở chuyện du lịch ra nữa, hẳn anh tôi gầm lên, xua ngay tôi ra khỏi hang. Tôi bèn từ giã anh tôi, để mặc cho ông giở hơi, dở hồn ấy ôm nỗi căm tức, bởi vì đã có một đứa em hỗng láo.

Tôi còn đi tìm vài anh em quen nữa. Song xem ra chỉ những phường giá áo túi cơm thì lắm lắm. Có anh nói rằng nhà mình con một, không giám nhất đán rời bỏ quê hương lá nơi đầy những một phần của các dấng tổ tiên. Có anh mơi nghe tôi nói, đã xanh mắt lại và vái tôi đủ sáu vái. Có anh ngẩn ngơ hỏi tôi: đi như thế, độ bao giờ về. Tôi chán chẳng buồn trả lời.

Một buổi chiều, tôi đứng bờ hồ, trông ra trời nước mênh mang. Bỗng nghe sau lưng có tiếng ồn ào. Quay lại thì thấy ở bên kia giòng sông, một anh Dế Trũi đương giao chiến với hai con mụ Bọ Muỗm. Hai mụ vừa đánh, vừa chửi, vừa kêu làng om xòm. Chúng giơ càng, giơ chân và nhe răng, đánh Trũi tới tấp. Trũi bình tĩnh dùng hai càng để gạt đòn và tấn công móc sang. Hai càng của Trũi móc đằng trước, nên khi hươi lên, coi hùng dũng như một cặp chùy đồng. Tôi đứng ngắm và khen thầm. Xưa nay tôi vẫn có ý coi thường loài dế Trũi. Tỉ như con Trũi ốm o, hàng xóm tôi ngày trước. Nhưng bây giờ trông gã Trũi này thì tôi hiểu rằng không nên vơ đũa cả nắm mà khinh khi một cách vô y thức.

Tuy Trũi gan góc, một chống với đôi, nhưng hai mụ Bọ Muỗm vừa đánh vừa la. Làm cho những con bọ Muỗm khác ở gần đấy nghe tiếng. Thế là, có mấy chục con Bọ Muỗm lốc nhốc chạy ra tiếp cứu. Trũi biết thế nguy, bèn lùi khỏi vòng chiến nhảy bõm xuống sông mà bơi về bên này. Rồi Trũi đứng hướng về bên kia sông, giơ chân, giơ càng, ra lối dọa nạt. Bấy giờ bọn Bọ Muỗm vừa kéo tới. Thấy thế, chúng tức lắm. Chúng bay à sang đánh nhau với Trũi. Trũi ta không ngờ bọn Bọ Muỗm lại bay mau thế. Anh chỉ kịp giơ hai càng lên, thì đã thấy không biết bao nhiêu răng, móc, cẳng đánh tới tấp xuống đầu, Trũi ngã quỵ xuống. Lũ kia nhảy cưỡi lên, nhất định đánh nhau có án mạng.

Tôi vội vàng và nhảy tới. Lũ Bọ Muỗm hốt hoảng bay đi hết. Trũi nằm chỏng gọng, bất tỉnh nhân sự. Tôi vực hắn về cửa hang, lấy nước lạnh phun vào mặt hắn. Được một lát, hắn tỉnh và rên hừ hừ. Hắn bị đánh nhiều đòn đau lắm, thâm tím cả mình mẩy. Hắn kể cho tôi nghe rằng hắn vốn người xóm này. Một lần sang bên sông kiếm ăn, thấy cỏ tốt quá, hắn bèn di cư sang đó. Xóm ấy là xóm của Bọ Muỗm. Chúng thấy tự dưng có một thằng khác loài mà lông bông ở đâu, đến sinh cơ, lập nghiệp, ăn hết của cải của Trời cho riêng chúng thì chúng giận lắm. Không ngày nào là không chửi nhau, đánh nhau. Chúng lại dọa giết chũi. Trũi rất ngang, không sợ. Đứa nào chửi những điều gì, Trũi chửi lại đủ bấy nhiêu điều. Đứa nào muốn đánh nhau với Trũi, Trũi sẵn lòng đánh nhau ngay. Tiếng thế, cũng mới có những trận xô xát xoàng thôi. Chỉ có trận đánh hôm nay là gớm ghê hơn hết. Chúng định kéo cả lò ra giết Trũi. May nhờ có tôi mà hắn thoát.

Hắn lạy tôi để ta ơn cứu sống. Tôi khuyên hắn nên ở lại hang tôi mà dưỡng bệnh cho tới khi khỏi hắn. Được ba hôm thì các vết thương đều liền dấu. Tính tình Trũi vui vẻ và ưa những sự đi đây đi đó. Hắn thường khoe với tôi rằng tuy hắn cò ít tuổi, nhưng đã tằng được đi nhiều nơi xa xôi lắm. Tôi ngỏ ý muốn rủ hắn cùng đi du lịch. Hắn reo lên mà nhận lời tôn tôi là anh. Còn tôi gọi hắn là em. Thề rằng từ đây sinh tử có nhau...

Chúng tôi sửa soạn ra đi.

Một ngày cuối thu, tôi và Trũi lên đường. Nước hồ trông xanh. Cỏ non tươi rời rợi. Trời đầy mây trắng. Gió thu thổi hiu hiu như giục lòng khách giang hồ cất bước. Tôi rời quê hương lần thứ hai.

Từ đây :

Giang hồ quen thói vẫy vùng,

Gươm đàn nửa gánh, non sông một chèo

❊ ❊ ❊ II ❊ ❊ ❊

Một sự vô ý rất nguy hiểm - Địa thế và dân trí xóm Ếch Nhái như thế nào - Vì lẽ gì Mèn và Trũi trốn khỏi được cái xóm bẩn thỉu đó.

Di lui về phía sau bãi tôi ở, là một cánh đồng rất lớn. Trèo lên ngọn cỏ lau cao nhất, ngước mắt trông mà cũng chẳng thấy chân trời. Chúng tôi đặt một chương trình đi suốt bãi đó.

Chúng tôi, ngày đi đêm nghỉ, ngắm phong cảnh dọc đường. Non sông và phong tục mỗi nơi một lạ. Càng đi càng thấy tuyệt vời. Nhìn không biết chán. Mỏi chẳng muốn dừng. Có đi có biết, ro ró cái thân ngơ ngẩn sớm chiều ở góc bãi nhà, còn hiểu trời đất, bến bờ là đâu nữa!

Một ngày kia, chúng tôi mê mải đi, tối lúc nào không biết. Mặt trăng từ từ nhô lên. Đêm ấy, trăng sáng lắm. Tôi bàn với Trũi, nhân đêm sáng trăng thì cứ đi, không cần phải ngủ đỗ. Nhưng nửa đêm, nổi cơn mưa lớn. Chúng tôi phải ẩn lại, Sáng hôm sau, bừng mắt dậy, trời đã lạnh hẳn. Tôi nhìn ra trước mặt thì thấy một làn nước trắng xóa, chảy veo veo giữa đôi bờ cỏ. Đấy là một con sông mà đêm qua, chúng tôi không trông thấy. Tôi bảo Trũi : <<Chúng mình đi bộ khá nhiều, đã chán cả chân. Tôi xem như giòng sông này chẩy ngoặt về phía bên kia, tức là cũng dóc theo con đường mà ta sẽ đi. Ta nên xuống sông mà đi thủy một chuyến. Chú nghĩ thế nào? Ta phải tập đi sông nước cho quen chứ

!>> Trũi bàn nên mỗi người nên đi một thuyều bằng lá sen nhật-bản khô. Giống sen nhật bản mà khô thì nhẹ lắm. Tôi cũng nghĩ nên dùng lá đó. Nhưng tôi chê Trũi nông nổi. Dùng một thuyền tiện hơn nhiều. Chúng tôi ghép ba bốn cành sen nhật lại, làm một cái bè, đem thả xuống sông. Bè theo giòng, trôi băng băng.

Nước mùa thu trong vắt, trông thấy cả những hòn cuội trắng tinh nằm dưới đáy. Nhìn sang hai bên ven sông, thực đủ điều ngoạn mục. Cỏ cây luôn luôn thay đổi. Có những anh Gọng vó nhìn hai tôi, ra lối bái phục lắm. Nhưng cậu cua kềnh càng. giương đôi mắt lồi. ngó hai tôi với muôn vẻ Thèm thuồng. Cứ đi chừng gần nửa buổi. Trũi lại lái bè vào bờ để lấy cỏ ăn. Cái lối vừa đi vừa nghỉ ấy. Mất thì giờ quá. Chúng tôi định đi một thôi nhiều ngày mới lại tạt vào bờ. Nên, Một lần. Trũi ghé bên một bụi cỏ thực tốt. hái xuống đầy một bè cỏ non. Chúng tôi yên trí. Đi được hai ngày. một đêm thảnh thơi. Sang đêm thứ ba, trời tối như mực. Tôi ngồi phục vị, nghe nước óc ách chảy dưới gậm bè mà ngủ quên lúc nào, không biết. Khi trở dậy, trời đã sáng.

Chao ôi! nhìn ra xung quanh, tôi sợ không biết để đâu cho hết! Quay sang bên cạnh. Thấy Trũi cũng đứng đờ ra : hai cái râu hắn hơi đụng đậy, chắc cu cậu đứng run. Cái nơi mà bè của chúng tôi đương trôi, không phải là dòng sông hôm qua nữa, dòng hôm qua có hai bờ cỏ non, Chỗ này, không biết phía nào là bờ nữa! Nó mênh mang như bể. Nghĩa là, chúng tôi đã từ sông nhỏ mà thoát ra ngoài hồ lớn từ đêm hôm qua. Tôi sạo sục tìm trong bè, xem có một vật gì khả dĩ dùng làm bơi chèo được. chẳng có chi: Trừ mấy cái sống lá cỏ và một ít cỏ, đủ ăn độ một ngày. Trũi ra vẻ tuyệt vọng. Bây giờ lênh đênh giữa nước, chỉ đành nhờ gió đưa vào bờ được thôi. Đưa vào bờ còn phúc, nếu gió cứ đẩy mãi bè ra khơi, thì thật chết mất ngáp. Chúng tôi đành nằm yên, chờ sự rủi may.

Sóng hồ đánh cao quá. Bè chúng tôi rập rềnh đưa tứ ngọn sóng xuống cuối sóng, nhiều lúc tưởng đả ngụp vào trong nước. May nhờ được cái bè đó rất nhẹ, nên tuy nước dữ, song cũng không làm chết nổi chúng tôi. Nhưng có một điều mà tôi quên chưa nói cùng bạn đọc Ấy là cái dạ dầy của chúng tôi và thú thật rằng nó chóng lép ghê lắm. Một ngày tôi phải dùng có tới ba bữa là ít. Nếu chỉ đến sớm ngày hôm sau nữa thì trong bè tận nhẵn cả cỏ. Mà xung quanh chúng tôi vẫn mênh mang những nước. chưa trông thấy bến bờ nào hết Trũi nhìn tôi, thở dài. Tôi phải làm ra mặt vui vẻ để hắn yên lòng, Tôi vũ cánh. múa càng. Vừa khiêu vũ vừa hát nghêu ngao.

Qua sang ngày thứ hai thì tôi hết cả hơi. Mỗi khi há mồm, ruột đói như muốn co lên. Trũi tìm cách gậm nhấm những mép lá sen nhật khô. Nhưng ăn những thức đó. khác gì ăn gỗ, không thể chịu được, Vưa đói vừa mệt, mà chúng tôi không dám nhắm mắt ngủ, sợ rằng nếu chợp đi. ngộ có con cá lớn nào nó phá bè thì nguy lớn.

Ngày thứ ba, vẫn một mầu nước trắng.

Ngày thứ tư, vẫn một màu nước trắng.

Sang qua ngày thứ năm, chúng tôi không thể nào đứng lên được nữa. Cái đói ghê gớm làm cho chúng tôi bại hẳn sắc. Muốn từ chỗ này qua chỗ khác, chúng tôi phải lê nhích từng tý một. Bấy giờ Trũi mới khẽ nói : <<Chết mất, anh ạ!>> Tôi cười, Chú đừng lo. Tôi xem đêm nay có hy vọng đổi gió lắm. Gió mà đưa ta về cái bờ xanh xanh kia là sống rồi!>> Đến chiều hôm ấy, muốn nói với nhau đôi câu chuyện, chúng tôi phải ghé sát vào nhau, mới đủ nghe tiếng. Và tôi thấy Trũi như băn khăn, muốn thổ lộ một điều gì. Hắn hay nhìn trộm tôi. Tôi hỏi: <<Chú sắp có mưu gì muốn bàn cùng anh chăng?>> Trũi nói : << Thưa anh, em nghĩ như anh em mình khó lòng thoát chết.>> Tôi gắt: <<Chú đừng nói bậy!>> Hắn tiếp :

<<Anh mắng thì em cũng nói. Em tuyệt vọng rồi. Mắt em yếu quá, mờ cả đi. Em trộm nghĩ : chết thì đành là chết. Nhưng không nên chết cả, vô ích. ta phải tìm một cách nào tạm cứu.>> Tôi hỏi :<< Chú nói vậy là ý nghĩa làm sao?>> Trũi ngập ngừng trả lời: <<Nghĩa là... Nghĩa là... ta tìm một thứ gì tạm có thể ăn được. Em có đôi càng.. anh...>> Tôi ngắt lời: <<Thôi, anh hiểu bụng chú rồi. Chú định rằng trong hai ta, phải cố sống lấy một, không nhẽ lại chết lênh đênh cả như thế này. Chú bẻ càng chú cho ta ăn. Để ta sống. Chú chịu hy sinh. Ta khá khen chú điều đó. Nhưng, em ơi! em nên nghĩ thêm lên rằng sinh tử là lẽ thường, mà, mạng dế chú! là quí giá lắm, Huống chi, ta với em, mà chẳng lẽ ta lại chịu nằm chết đói trên mặt nước này? Dù thế chăng nữa, thì anh em ta cũng nên vui vẻ nhận lấy. Em đừng nói gì nữa.>> Trũi còn khẩn khoản thêm. Hắn chìa đôi càng chân ra mời tôi ăn. Hắn cười mà bảo rằng hắn mất càng cũng không sao, vẫn khỏe như thường. Tôi gạt phắt đi và mắng hắn. Sau cùng, hai anh em tôi ôm nhau mà khóc như mưa, như gió.

Đêm ấy, trời trở rét. Chúng tôi nằm co quắt, ôm lấy nhau. Trũi đói quá, nằm ngửa mặt lên trời, gần như ngất đi. Có lúc tôi phải lay gọi mãi, hắn mới ú ớ tỉnh. Trời trở rét và trở gió. Tôi có cái mộng tưởng vu vơ rằng gió sẽ đưa chúng tôi về bờ. Nhưng tới nửa đêm, tôi cũng mệt quá, ngất thiếp đi.

Hôm sau, tôi bừng tỉnh. Mắt tôi vừa mở thì chói đầy ánh mặt trời. Nghe đằng đầu cò tiếng gì động mạnh như tiếng sấm. Tôi nhích đầu lên - cổ đau như bị ai cứa - thấy một bờ cỏ xanh rì, Bè đã trôi từ ngoài hồ lớn vào đây! Tôi bò dậy, lay Trũi. Trũi nằm nhuỗi ra, như chết. Tôi phải nghe ngực xem hắn còn thở không. Vẫn còn. Tôi ra múc nước đổ vào mũi hắn. Một chốc, hắn hắt hơi liền ba cái. Vừa tỉnh, hắn đã rền rĩ kêu. Tôi chỏ vào phìa bờ. Hắn nghển cổ nhìn rồi rú lên. Đã trông thấy sự sống rồi!

Nhưng cũng phải đến chiều, chúng tôi mới giạt hắn được vào bờ. Bè trôi đến sát một bụi cỏ, tôi túm lấy, leo lên Trũi cũng làm như tôi. Cái bè không, thuận gió, trôi veo veo. Từ nay biệt giã mày! Tôi thở một hơi dài rồi cúi xuống gậm cỏ. Trông sang bên cạnh. Trũi đã húc đầu hí húi ăn từ lúc nào! Thứ cỏ đó là cỏ nước. Lá cao, cứng, nhiều gân và ngăm ngăm đắng. Phải như mọi ngày ở trên đất liền, tôi chẳng thèm ghé răng. Ấy vậy mà bây giờ tôi ăn ngon đáo để. Thế mới biết, đã đói, nuốt đất cũng thấy hương vị. Ăn xong, trời vừa đổ tối. Chúng tôi bám vào cỏ mà ngủ một giấc say sưa đến sáng bạch. Sáng hôm sau, tôi bò lên ngọn cỏ, ngắm địa thế cái chỗ chúng tôi bị bạt phong vào. Đó là một khoảng đất rộng, đầy những bùn lầy, chỉ bùm tum toàn một giống cỏ nước.

Quá lên phía trên, đất hơi ráo, nhưng cũng chỉ mọc có một thứ cây ké, hoa vàng rượi. Xóm ấy là xóm của Ếch Nhái cho nên bẩn thiu và lầy lội gớm ghê. Có vài vợ chồng Cóc, mấy anh Ễnh Ương.

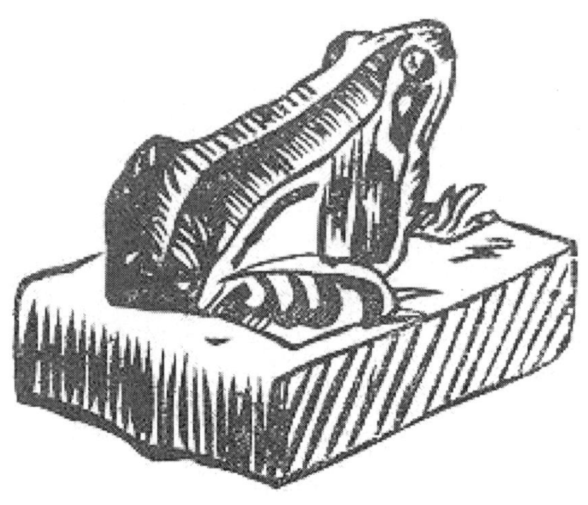

Chẫu Chàng, Nhái Bén, một ông Ếch Cốm và một chú Rắn Mòng. Thôn này ở chơ vơ giữa nước. Muốn vào hẳn trong đất liền, phải qua một giòng sông. Dân cư trong thôn, không đi đâu ra đến ngoài. Cái tiếng động như tiếng sấm mà tôi nghe lúc nãy, không phải là tiếng sấm. Đấy là tiếng các cụ trong dân cãi nhau để tranh luận xem đến bao giờ thì trời mưa. Điều qua tiếng lại, mỗi ông thêm một lời, thành thử uôm uôm mãi lên. Một ông Ếch ưng vừa trợn mép, phình bụng nói một câu thì phải biết là to!

Chúng tôi vào đây không được tiếp đãi gì hết. Mới chỉ có anh Rắn Mòng trông thấy. Nhưng Rắn Mòng thì hiền lành như đụn rạ. Việc hàng ngày của hắn chỉ là vơ vẩn ở mặt nước để đợi mồi.

Vô phúc cho một con Muỗi Mắt. hay một gã Bọ Bèo lạc loài tới là. hắn tớp ngay. Mòng ngó chúng tôi, thấy thân hình to lớn. chân càng gai ngạnh ra, không thể là mồi của hắn. thì hắn lại cúi xuống; nhìn đi chỗ khác. Nhiều kẻ không thấy hắn nói bao giờ. bảo là hắn câm. Thật tình, hắn chỉ ít nói thôi.

Sau có Nhái Bén trông thấy chúng tôi. Hắn sai Ễnh Ương đi rong khắp thôn, đánh lệnh ồm ồm mà rao cho hàng xóm biết rằng có những người lạ vào trong địa phận. Lập tức, cả xóm tất tưởi kéo ra. Tôi có thể biết họ kéo ra làm gì rồi. Họ ra xem có phải là thứ ăn được khkông. Giá Trũi và mèn tôi là những gã bé nhỏ như Ruồi, Muỗi, ắt chúng đã tranh nhau ăn rồi. Nhưng thấy chúng tôi ra vẻ sừng bướng, chúng lờ vờ lảnh đi. Bởi vì, đã lâu trời không mưa đến xứ này, không có nước dềnh vào xóm nên dân cư đói kém lắm. Cái trò, giầu có thì cả ngày im hơi lặng tiếng. Hơi nghèo một chút, động một tí cũng cãi nhau ỏm cả lên. Cho nên xóm không lúc nào dứt tiếng chửi vã. Người này đòi nợ, người kia đòi nợ, chỗ này bàn xuông. chỗ kia tán mảnh, inh ỏi những uôm oạp với kèng kẹc.

Mấy anh lảng rồi, chỉ còn đôi ba cậu Cóc đứng lại. Một cậu tóp tép miệng, giả vờ như vừa ăn được một con muỗi ngon, cho đỡ thèm. Cậu lấy một thứ tiếng rất văn vẻ mà hỏi chúng tôi (Cóc vẫn nổi tiếng là thầy đồ lắm chữ!);

-<<Nhị vị tráng sĩ ở ngoại quốc vào bản thôn đó chăng?>> Tôi cũng vội dùng cái khoa giao thiệp hoa mỹ đó mà đáp lại rằng:

-<<Thưa tiên sinh, chúng tôi là những người du lịch.>>

-<< A, du lịch! hay đó! Vậy thì bỉ phu xin hỏi nhị vị tráng sĩ một điều: Chẳng hay các ngài đã qua chơi nhiều nước trên thế giới, có gặp Giời ở đâu chăng? Trũi mỉm mỉm cười, dùng càng đạp tôi một cái. Tôi nháy hắn, ý muốn bảo phải đứng đắn một chút, gặp những anh dở hơi thì mình cũng lại phải dở hơi như họ mới được. Tôi nghiêm chỉnh trả lời Cóc:

-<<Thưa tiên sinh, chúng tôi đã gặp Giời.>>

-<< Vậy thế các tráng sĩ có tâu cho bỉ phu rằng: vì lẽ gì, đã ngót một năm nay, bản thôn không nhận được chút mưa móc nào của Cửu-trùng? Chẳng hay đức vua ngài có nghe thấu những tiếng kêu như tiếng trống đăng văn của bỉ phu chăng?>>

Một xuýt nữa tôi bật cười thành tiếng. Nào ai biết giời ở chỗ mô tê! Nhưng tôi cũng cung kính thưa lại : <<Bẩm tiên-sinh chúng tôi đã gặp Giời, Chúng tôi đã tâu trình việc ấy, ngài có xua tay mà phán rằng ngài còn mắc bận lắm, bận lắm.>>

Cóc ta kêu lên:

-<<Ai chà! Thảo nào! Ngài mắc bận nhiều quá nên nhãng mất chúng ta ở đây>> rồi cả dân cóc vừa nhảy đi, vừa kèng kẹc, gật, gù :

-<<Có thế chứ! Có thế chứ!>> Hẳn bọn Cóc nghĩ cái oai Cậu giời của họ vẫn còn to lắm. Chúng tôi nhắm mắt, nhắm mũi, lăn ra cười. Đến khi mở được mắt, thì đã thấy một chàng. Nhái Bén gầy guộc đứng trước mặt. Nhái bén nói :

-<<Ếch đại-vương có lệnh đòi các người.>>

Chúng tôi theo Nhái Bén. Ở đây, Ếch Cốm là chủ trại. Chúng tôi vào, thấy ngài ngồi chòm chõm trên một viên gạch vuông. Ngài làm ra điệu uy nghi lắm. Đôi mắt giương trừng trừng. Hai chân trước khoạnh ra đôi chân sau xếp tè he. Ngực và bụng trắng bong, phập phồng. nhưng đẹp và đặc biệt nhất là cái lưng có điểm những nốt xanh như hạt cốm. Ếch hỏi :

-<<Có phải các người nuốn sang xứ Rùa Rùa để buôn ngọc?>>

Tôi đáp :

-<<Thưa ngài, tôi từ miền ...

-<<Ta biết rồi, từ đây sang xứ Rùa Rùa còn xa ba vạn dặm nữa.>>

Trũi nói :

-<<Chúng tôi không đến xứ Rùa Rùa.>>

-<<Thì cũng phải gần đến thì mới buôn được ngọc chứ! Ta biết cả rồi... biết cả rồi>> Tôi đồ ngay rằng cái anh Ếch Cốm này là một nhà thông thái giả hiệu. Ví như tôi, tôi chịu được những anh dở hám ấy. Nhưng Trũi không chịu được thế, hắn thấy trái tai thì hắn cãi phăng rồi muốn ra sao thì ra.

Ếch Cốm tức lắm, bèn đuổi Trũi. Trũi không ra. Ếch Cốm quát tháo ầm ỹ. Cả xóm xô đến. Chúng tôi ung dung. đủng đỉnh đi ra.

Ếch Cốm họp cả xóm lại để tìm cách trừ chúng tôi. Chúng tôi đứng tận góc bãi xa xa mà cũng nghe rõ ràng những lời họ bàn nhau. Anh nói thế này, anh nói thế nọ, ầm ỹ cả lên. Ai cũng là nói ghét chúng tôi lắm. Có thể đánh chết được. Chúng ở đâu đến mà coi vẻ ngông ngáo như một bọn đầu trộm đuôi cướp. Phải trừ đi mới được. Ếch sai Ễnh-ương và Chẫu-chàng đánh chúng tôi. Hai anh chối là hai anh yếu nhất xóm. Ếch ra lệnh cho Cóc. Cóc trả lời rằng đối với chúng tôi, Cóc là chỗ tình, không nỡ. Sai nhái-bén, Nhái-bén kiếu rằng mình gầy lắm, quân thù nó thổi mạnh một cái cũng ngã. Sai Mòng thì mòng khước rằng mình vừa

lột xác xong. thân thể mỏng mảnh lắm. Đến khi, cả bọn Cóc, Ễnh ương, Nhái-bén. Chẫu-chàng Răn-mòng đồng thanh cử Ếch-cốm trại chủ đi đầu, bọn họ theo sau trợ chiến thì Ếch-cốm trại chủ bảo răng <<ta đường đường một đấng trượng-phu, không thèm đọ gươm với quân hèn>>

Rút cục, chẳng anh nào giám động đến chúng tôi, ai về nhà nấy. Mòng và Cóc đi rình Muỗi. Nhái bén leo cây. Chẫu-chàng nghêu ngao hát. Và có lẽ Ếch-cốm lại ngồi tư lự lầm lì trên hòn gạch vuông.

Tuy nhiên, tôi đã chán đất này. Đất bùn, cỏ nước; người thì ngu, cảnh thì chết. Có đáng kỷ-niệm, chỉ kỷ niệm cái nơi đã cứu sống chúng tôi. Vả lại, giữa chúng tôi và dân thôn đã có sự xô sát, ở lại cũng không tiện nữa.

Tôi và trũi đi ngược lên phía rặng cây kẻ. Chỗ ấy có một giòng sông. Bên kia là bãi cát. Xa xa có một lùm cây xanh. Chúng tôi định vượt qua đấy. Tìm một ít cỏ ăn rồi nghỉ ngơi một lát. Trũi nhảy uống nước bơi sang bên kia. Bơi được một quãng, bỗng nhiên hắn chìm lỉm. Một chốc, hắn lại nhoi lên và kêu váng cả mặt nước. Hắn bơi trở lại, rất vội. Tôi định thần nhìn kỹ thấy sau lưng hắn có một đàn Săn-sắt đuổi theo kịp lắm. Những cái đuôi cờ xanh đỏ bay hoa lên trong nước. Thì ra, đương lúc mải bơi, Trũi bị mấy anh Săn-sắt kéo tụt xuống nước, định dìm cho chết. May mà Trũi cố vùng vẫy, thoát được. Khắp dọc sông, chỗ nào cũng đầy những Săn-sắt, Cờ xí rợp nước. Chúng lượn đi lượn lại cuồn cuộn. Cái này chắc có âm mưu chi đây. Bởi vì tôi thấy tên Săn-sắt nào cũng chăm chăm ra lối đợi choảng. Thế này ra chúng đã lập tâm hãm hại, phải liệu tẩu thoát ngay đi mới được. Ồ! cái anh Ếch-cốm vênh váo mà cũng mưu lược gớm ghê! Một lát, tôi lại thấy vài Mụ Diếc ở đâu lờ, mờ đi đến. Các mụ tung tăng lượn, ra lối thách thức. Rồi lại mấy bác Thiểu, thân dài lêu nghêu, mõm nhọn, mắt lồi, mồm ngoác ra, cũng ở đâu mô lên. Chúng đỗ ngay trước mặt tôi, há miệng, đợi tớp sẵn. Nếu không mau chân chạy chúng cứ thắt chặt mãi vòng vây thế này thì chí nguy. Anh Trũi láu táu đã thấy cuống. Tính hắn nóng quá. Nóng hăng thì cũng nóng nhụt. Chưa chết mà đã hốt hoảng, tưởng như chết đến nơi. Tôi bảo hắn :

-<<Chớ sợ! phải bình tĩnh và liệu việc, hốt hoảng thì hỏng đấy. Bỗng Trũi lại chu lên :

-<<Kìa kìa... một lũ nữa kéo đến!>>

Tôi nhìn lên đầu sông : mấy anh cá Chuối đương lừ lừ tiến tới. Cá Chuối có răng, chúng cắn thì đứt cẳng mất! Phải tính việc tẩu đi mới được.

Tôi nhìn sang sông, sức tôi có thể bơi qua được Nhưng đôi cẳng của Trũi ngắn thun lủn, không vượt nổi. Mà nếu còn trù trừ, có thể chết được với đàn Chuối hung hăng này.

Tôi khom người xuống, đang hai cánh. Tôi bảo Trũi trèo lên lưng. tôi mím miệng, gắng sức bình sinh, ráng bay qua sông. Tôi bay là là mặt nước. Tất cả đàn, mấy chục cá đuổi theo, đánh sóng và quẫy đuôi làm bắn nước lên đầy mặt, đầy bụng tôi. Tôi mà sa xuống bây giờ thì chúng nó xỉa cho tan xương. Đầu tôi nặng như bị cả một hòn núi đá đè xuống. Tôi đã dung sức một cách ghê ghớm và tôi đã bay được nổi qua sông. Lướt khỏi mặt nước, tôi lăn kềnh ra bãi cát.

Lúc trở dậy, trông lại đằng sau : bờ bên kia, Ếch-cốm cùng với cả xóm đương dẻo ra. Lại thêm hai anh Ếch và bốn bác Cua Hương đen xì, múa mang những cái càng rất lớn, Tưởng như những cái càng đó mà cắp thì có thể phòi ruột được. Ra anh Ếch Cốm nổi cơn giận, đã vội đi cầu cứu các bạn Cua, bạn Cá,, huy động một đại đội binh mã để bao vây và quyết đánh chết chúng tôi.

Chúng tôi thoát được một nạn lớn. Sang bãi bên này, chắc chẳng anh nào dám sang. Chúng tôi giơ cả càng, giương bốn chân lên ri ri hát một bài khiêu khích. Trũi xỏ hai chân vào hai râu, ra lối giễu cợt. Và chúng tôi cười ầm lên, xua tay chào giỡn, rồi quay đi vào trong bãi, nhằm dẫy cây xanh thẳng tiến.

• • •   III   • •

Tranh hùng với võ sĩ Bọ-Ngựa-Chánh, phó thủ lĩnh tổng Châu Chấu - Thề rằng sinh tử có nhau.

CÁNH rừng, mà đi ở ngoài bãi cát chúng tôi đã trông thấy xanh xanh, là một cánh rừng cỏ may. Đương mùa hoa may thịnh, trông suốt một loạt ngọn, trăng trắng, những ngù hoa may. Trong rừng là một xóm Chuồn Chuồn.

Đối với Chuồn Chuồn, loài dế chúng tôi là chỗ quen biết lâu năm. Vì hang chúng tôi thường ở ven hồ, ao, Mà Chuồn Chuồn rất hay đậu ở những ngọn cỏ cao bên hồ. Bởi thế, hai giống rất thân nhau, anh đậu ngọn, anh nằm gốc, thường đàm luận việc đời cả ngày. Ở đây có đủ thứ chuồn chuồn, chuồn chuồn Chúa, chuồn chuồn Ngô, chuồn chuồn Ớt, chuồn chuồn tương. Các thứ chuồn chuồn đi tha phương cầu thực ở những đâu đâu rồi cũng về đây cả. Lại có những anh Kỉm-kìm-kim bé nhỏ, bốn cánh mỏng, cái đuôi dài lêu nghêu, đôi mắt thì lồi to hơn đầu, cũng ngụ cư cả nơi này.

Chúng tôi đến thì thấy họ đương sắp ra đi cả. Tôi hỏi đi đâu? Họ đáp rằng đi sang Rừng Lúa xem hội Thí Võ. Trên trời đầy những Chuồn chuồn bay rập rờn. Những cậu Kỉm-kìm-kim cũng tung tăng, ra dáng lắm. Họ bay cả về phương tây. Tôi hỏi thêm rằng nếu chúng tôi đi xem có được không? Họ đáp có. Thế là chúng tôi đi theo đám Chuồn chuồn. Họ bay trên không, chúng tôi đi dưới. Đi đường. gặp bao nhiêu là khách dự hội. Hội vui lắm. Cả đến những ông Niềng Niễng đen nháy, cất không nổi một bước, mà cũng ỳ ạch bò đi. Tôi hỏi thăm thì mới biết hội hè như thế này :

Nguyên cánh đồng lúa là quê bọn Châu chấu, Cào cào. Hằng năm, vẫn có hội lệ. Nhưng năm ngoái, cụ Bọ ngựa già làm

chủ trại ở đây, chết, Nên năm nay, cùng với ngày đám, dân hàng tổng còn mở một cuộc thi võ tuyển lấy một người tài giỏi nhất trong vùng để tôn lên làm tướng.

Hôm ấy là cuộc đấu loại. Có những anh Châu chấu vừa nứt mắt, hăm hở lên đài. Những anh ngông cuồng đó, đá ra một cái cũng run rẩy cả người, Cho nên, cuộc đấu đã không có gì là đặc sắc, mà lại kém vui, rời rạc và lẻ tẻ. Đến ngày thứ hai, không khí võ đài đã hơi có vẻ xô xát, gay go một chút. Bởi vì những võ sĩ hạng xoàng đã bị lọc hết. Bao nhiêu anh Châu chấu ti toe đều ngã xuống đài rồi. Xem ra có hai người có hy vọng. Một tay Bọ Muỗm và một tay Bọ Ngựa.

Sáng hôm thứ ba, trước khi đấu võ, một mình tôi dạo chơi quanh quẩn, nhìn thiên hạ nô nức kéo tới xem hội đông như nêm cối. Những chị cào cào từ nhà quê lên, áo đỏ áo xanh mớ ba mớ bảy mĩ miều, bò chầm chậm, như e thẹn như làm dáng, như ngượng ngùng. Các anh Châu chấu ma mặt mày bướng binh, trơ trẽn đón đường đon đả mời các nàng vào những tiệm bán cỏ non ở hai bên dọc đường. Thấy bụng đoi đói, tôi cũng tạt vào làm vài nhánh cỏ lót dạ. Cái tiệm ấy đông khách quá. Châu chấu, Cào cào, Bọ muỗm, Bọ ngựa, ra vào rậm rịch. Bỗng rưng những chú Bọ ngựa đương nhảy nhót, vội đứng né về một bên. Rồi thì cái cửa hàng im cả tiếng ồn ào. Tôi thấy trịnh trọng tiến vào một anh Bọ ngựa lớn. Anh đi cái kiểu ta đây kẻ giờ. Những khắc cổ vươn ra. Cái mặt vuông ngăn ngắn vểnh lên. Đôi mắt đu đưa. Hai cái râu óng ả mấp máy cử động. Chân đi từng bước khệnh khạng. Hai thanh gươm lớn có răng cưa lôn luôn co vào trước ngực, làm cái lối con nhà võ, lúc nào cũng giữ miếng. Tôi không để ý. vả lại, tôi có cần biết cái oai của hắn gớm ghê nhường nào đâu, mà phải có ý! Nghĩa là tôi vẫn dứng giữa đường, lối hắn đi vào hàng. Gặp tôi, không những không tránh, mà hắn lại quạt cho tôi một gươm vào đầu, khiến tôi đau điếng người. Tôi nhảy sang, đá liền hắn một cú song phi. Hắn lùi được, và giữ thế thủ. Thấy có sự, xung đột, bao nhiêu khách hàng bỏ chạy hết. Các chị Cào cào nhảy tung cả áo. Khổ những bác Cành-cạch to xác chạy vướng víu, gãy nghẹo càng, nằm kêu cha kêu mẹ. Gã Bọ-ngựa trở vào mặt tôi mà bảo :

-<Tao còn mắc bận chút việc, nếu không, bữa nay mi mất đầu. Có giỏi, chốc nữa lên đài!>>

Tôi cũng hăng hái :

-<<Chốc nữa ta lên đài. Ta cũng thách lại mi như thế.>>

Bọ-ngựa hầm hầm đi thẳng. Mọi người dần dần kéo đến và xúm lại tôi. Một anh Cành-cạnh thở hổn hển mà nói rằng :

-<<Bác ơi! Sao bác lại dại thế? Chắc bác ở xa mới đến, chưa biết ông ấy. Ông ấy là cháu cụ Bọ ngựa già, nhất thống vùng, hách ghê lắm. Ông

ấy sắp nổi chức cụ đấy. Bác nên mau mau trốn đi, không có mất mạng toi.>>

Tôi nói :

-<<Cám ơn mọi người. Tôi chưa hề sợ ai, ở trên đời này trừ hai đấng sinh ra tôi.>>

Ai cũng cho tôi là gàn dở.

Tôi trở lại võ đài thì đã đương đấu võ. Một sự làm tôi rất ngạc nhiên là tôi thấy Trũi đứng sừng sững trên đài, đương sắp

đấu võ vời một anh Bọ-Muỗm. thì ra chú Trũi nhà tôi vẫn thâm, thù loài Bọ-Muỗm, cái loài mà ngày xưa, chúng đã nện chú một trận đòn chí tử. Hận ấy, Trũi vẫn mang nặng một bên lòng. Bây giờ trũi gặp một Bọ-Muỗm tức là dịp tốt cho hắn rửa hận. Hắn theo lên đài ngay. Anh Bọ-Muỗm kia cũng không phải là tay vừa. Người hắn vạm vỡ; những bắp chân và bắp càng mập mạp. Lưng hắn gù lên và đôi cánh xanh che kín xuống tận đuôi. ở đuôi, có mắc một lưỡi gươm cong hoắt. Đầu hắn lớn mút lại. Hai vành râu trắng phau. Đôi mắt to hó, nhìn như cú. Hai tảng răng đen và nhọn khoằm khoặm. Nếu không có Trũi, hắn đấu thắng với Bọ-Ngựa để tranh chức tướng.

Hai võ sĩ đã ra đài. Một cụ Châu-Chấu già đã bạc cả lưng và có cái chỉ đen ở trên trán, đứng cầm trịch. Trũi và Bọ-ngựa đứng ngó nhau một lát, vuốt râu mấy cái rồi bất thình lình xông vào đánh nhau liền. Trũi xử đôi càng khéo lắm. Từ ngày đi với tôi, hắn đã học thêm được nhiều miếng, nên đánh coi rất kín đáo.

Bọ muỗm lăn xả vào thọc gươm và cắn nhưng không thể làm gì được Trũi. Loanh quanh một lát, hắn mệt, thở hổn hển. Bấy giờ Trũi mới đem toàn lực công kích. Tôi xem ra Trũi dụng tâm đánh ác. Chỉ một loáng, Trũi dùng hai càng. ép bẹp vỡ đôi mắt của Bọ-muỗm, và đá hắn một cái ngã ngửa trên đài, không dậy được nữa. Trũi định xô vào đánh chết, nhưng ông cụ trọng tài Châu-chấu ra can. Nhưng sống mà mù đôi mắt, đời Bọ-muỗm là bỏ đi rồi. Trũi mất sắc mặt. Có lẽ hắn cũng nhọc lắm.

Cụ trọng tài ra, nói xuống đài rằng:

-<<Võ-sĩ Dế-trũi thắng võ-sĩ Bọ-muỗm. Có còn ai lên đấu với Dế-trũi võ sĩ chăng?>>

Có tiếng đáp lớn :<<Có ta đây.>> Rồi thì, anh Bọ-ngựa ban nãy lôi thôi với tôi, nhảy lên đài. Tôi thấy rõ thế nguy cho Trũi. Xem chừng Trũi đã dùng hết sức, mệt lắm. Lại phải đánh với Bọ-ngựa nữa, Trũi thua mất. Vả lại, trông thấy con Bọ-ngựa ngông ngáo, nhớ lại truyện ban nãy lửa giận của tôi bốc lên bừng bừng.

Tôi cũng nhảy lên đài Tôi quát lớn :

-<<Nếu mi còn nhớ lời thách thức, hãy đấu với ta trước đã!>>

Bọ-ngựa lùi lại, nhìn tôi. Rồi hắn gật gù :

-<<À được! Được! Để yên cái mạng nhãi nhép ấy cho ta.>> Câu nói mới dễ nghe và hợm hĩnh chưa!

Trước khi vào cuộc đấu, mỗi người phải đi một bài võ, theo sở trường riêng của mình. Bọ-ngựa đứng vươn thẳng người, dùng hai thanh gươm, đi một bài song kiếm. Hắn múa máy, điệu bộ rất đẹp mắt. Đến lượt tôi, tôi chẳng cần phải đi bài gì hết. Tôi đứng chúi người về phía đằng trước, để hếch hai càng lên. Cứ hai càng ấy, tôi đạp phóng tanh tách, nhanh như gió, Đến lúc vào đấu, Bọ ngựa cao người nên lợi đòn. Hắn cứ gươm mà bổ cực mạnh vào đầu tôi. Nhưng đầu tôi là đầu gỗ lim, không mầu gì hết. Tôi đoản người. Tôi cứ nhé bụng hắn mà đả. Biết không thể chém vỡ được thủ cấp tôi, hắn bèn dùng gươm, quặp chặt lấy đầu tôi Hắn định đem những gai nhọn trong gươm mà đâm vào khe cổ tôi, cho tôi đứt cuống họng Thấy thế nguy, tôi cúi xuống, cắn cho hắn một răng rất sâu vào bụng. Choáng người, hắn nhảy lộn qua lưng tôi. Ấy thế là vừa đúng đà càng, Tôi lấy gân, đá hậu đánh phách một cái cực mạnh vào giữa mặt anh chàng. Anh chàng rú lên một tiếng, bắn tung lên trời, rơi ra ngoài võ-đài. Cái cổ ngoẹo hắn đi. Gãy mất một gươm. Từ đó hắn thành tật phế mãi mãi. Cũng đáng đời cho một anh hay bộ tịch, hống hách hão.

Tôi đã hạ được địch thủ một cách vẻ vang. Trọng tài Châu-Chấu lại hô rằng :

-<<Còn ai lên đài nữa chăng?>>

Toàn thể im lặng. Trọng tài bèn hô khởi cuộc

-<<Vào chung-kết : Võ-sĩ Dế-trũi đấu với võ sĩ Dế-mèn!>>

Tôi sẽ đấu với chú Trũi nó? Tôi nhìn sang Trũi. Trũi nhìn lại tôi. Chúng tôi đem nhau đến đây đấu võ cùng nhau để tranh chức tướng ở đất này ư? Bất giác, tôi tiến lại phía Trũi, đứng hai chân trước lên. khoác vào Trũi, hướng xuống dưới võ đài, chỗ có hàng nghìn khán-giả, và tôi nói to lên rằng :

- Thưa các ngài, anh em chúng tôi là người từ phương xa tới đây. Cái chủ-đích của chúng tôi cũng không định tranh lèo, giật dải gì. Thấy vui thì nên góp mặt mà thôi. Bây giờ, sau nhiều cuộc đấu anh hùng tứ xứ đều đã lui cả, Còn lại hai anh em chúng tôi. Các ngài ở quí tổng đây lại có ý muốn để chúng tôi tranh đấu phân tài cao thấp, định ngôi thứ cho hàng tổng ta? Với sự tranh đua, anh em tôi xin lỗi các ngài, không dám. Bởi vì sao chắc các ngài đã rõ. Còn với sự ngôi thứ? Anh em chúng tôi cũng xin lỗi các ngài, không dám. Anh em chúng tôi chỉ là hai kẻ giang hồ, thấy đâu đẹp thì đến, xem chán rồi đi, không có định ý. Dám xin tất cả các ngài có mặt đây xét cho như thế.>>

Ở dưới, có tiếng ầm ầm. Người thì bảo bắt chúng tôi đấu. Kẻ thì rằng thôi. Sau có một ban những bô lão của hàng tổng cắt ra trông nom võ đài-một Châu-chấu, một Bọ-ngựa, một Cành-cạch, một Cào-cào - ra nói Với chúng tôi rằng :

-<<Thưa hai võ-sĩ, đất lành chim đậu, hai ngài qua chơi đây, lại có lòng lên biểu diễn cái tài nghệ hơn người thật là một hạnh-phúc rạng rỡ cho dân chúng tôi. Hai võ-sĩ là bạn đồng-môn với nhau thì cái điều đấu có thể bỏ đi được. Những chức thủ-lĩnh trong tổng này thì phải có một trong hai ngài. Đó là cái hèm của dân chúng tôi.>>

Tôi hết sức từ chối. Trũi đứng lặng, không nói gì. Về sau tôi mới biết sự im lặng của Trũi có một ý nghĩa rêng. Tôi đành phải nhận. Lập tức họ bầu ngay tôi làm chánh thủ lĩnh, Trũi làm phó thủ-lĩnh cả một tổng Châu-chấu, Cào-cào, Bọ-muỗm Cành-cạch, Bọ-ngựa.

Bọn Châu-chấu công kênh hai tôi lên đầu, đội đi diễu khắp đám hội. Các chị Cào-cào đứng giơ cái mặt dài ngoẵng ra nhìn, ngẩn ngơ, có vẻ khiếp phục lắm. Họ tung cỏ lên, làm dấu hoan hô. Đồng dân cử một bài ca rầm rộ. Rồi thì tất cả mọi người ôm lấy nhau, Cành-cạch với Châu-chấu, Cào-cào với Bọ-muỗm làm một bài khiêu-vũ linh đình, loạn xạ, khắp từ trong hang, trong lá, ra đến ngoài bãi, ngoài đồng. Tôi cũng leo lên đài, múa càng, rung cánh, trổ một bài hát rất du dương. Trũi tỏ vẻ hớn hở vô cùng. Lúc nãy hắn im lặng không nói gì là chỉ bởi hắn sợ tôi từ chối cái địa vị làm tướng tổng Châu-chấu. Đến khi thấy tôi nhận lời, hắn hét inh lên. Hắn múa rối rít hai càng lên trời. Hắn đi đứng khụng khiệng ra vẻ ông phó thủ-lĩnh lắm, khiến cho những bác Cành-cạch sợ đáo để!

Thế là tôi lên ngôi thủ-lĩnh ở cái tổng này. Tôi thì tôi hơi buồn. Nể quá mà phải nhận lời đó thôi. Quyền cao, chức trọng, tôi có thiết gì. Tôi chỉ muốn rằng cứ thỏa được chí nguyện bình sinh của mình là sung sướng rồi. Trái với tôi, Trũi hân hoan lắm. Hắn gảy đàn tưng tưng bằng hai râu mép. Cỏ đã có quân mang vào tận nơi kính dâng. Nói một câu có người dạ răm rắp. Một chàng mới lớn lên như Trũi, không sướng ngay râu ra sao được! Tôi thường bảo hắn : <<Chú mày đừng tưởng an nhàn mà nhơn nhơn lên. Quân có việc của quân. Tướng có việc tướng. Rồi thì chúng ta sẽ phải chịu trách nhiệm những công việc của địa-vị chúng ta.>>

Quả nhiên thế mùa đông năm ấy, xẩy ra một việc biến lớn trong tổng. Mùa đông, người ta gặt lúa. Tất cả cánh đồng lúa vàng rười rượi đều bị lưỡi liềm của những người làm ruộng xén cụt từ gốc, bó thành từng lượm, đặt vào quang gánh, quẩy về sân. trên đồng chỉ còn trơ lại những gốc rạ. Loài Châu-chấu mất nơi ăn, chốn ở. Và mùa rét đã tới. Trẻ con đi ra ngoài đồng thì lạnh tai và lạnh mũi. Đêm ngủ phải có chăn. Những con Châu-chấu rúm ró cả chân lại. Trời đầy một màu xám. Gió rét thổi hun hút. Chẳng ở trên cánh đồng không được. Phải đi tìm một chỗ nương thân. Bởi thế, cứ đến mùa rét, năm nào loài Châu-chấu cũng phải kéo nhau hàng đàn đi kiếm những nơi có bụi dứa dại, núp vào khe lá để tránh rét. Đi như thế thường phải đánh nhau mà tranh cướp nhau chỗ ở. Mùa rét, cũng nhiều loài khác cần dùng có tướng tài để điều khiển binh mã.

Nghe tin ấy, Trũi mới bớt mừng Nhưng nói đến phải đánh nhau thì Trũi lại thích mê. Bấy giờ dưới cờ của anh em chúng tôi có tới ngót tám trăm Châu-chấu, Cào-cào, Cành-cạch, Bọ-ngựa, Bọ-muỗm. Tôi họp tất cả lại và bảo rằng :

-<<Chúng ta kíp đi tìm một nơi êm ấm mà chú ẩn. Đồng dân phải tuân lệnh tôi và Trũi phó tướng.>>

Dân chúng dạ ran. Và họ đáp rằng cái việc đi tìm chỗ ở, dù khó nhọc thật, nhưng họ đã quen lắm và nhất là việc đánh nhau, năm nào cũng phải đánh nhau, thì họ lại càng thiện nữa, xin hai thủ-lĩnh chớ ngại.

Một sớm, tôi điểm một cuộc duyệt binh khổng lồ. Châu-chấu, Cào-cào v.v.. sắp hàng đôi, đi qua trước mặt tôi, đều răm rắp. Buổi trưa hôm đó, chúng tôi lên đường.

Chẳng bao lâu, chúng tôi tới một bờ giậu đầy những cây dứa dại. Tôi hạ lệnh cho ba quân cắm trại và sai mấy anh Bọ-muỗm đi thám thính xem trong bụi đã có dân nào đến ở chưa. Quân thám thính về báo rằng tất cả các kẽ lá đều lệnh kéo quân đến đóng tận gốc cây dứa rồi cứ chỗ vào trong bụi mà chửi réo lên đòi chỗ ở. Bọn châu chấu Voi tức lắm đe đến mai sẽ ra đánh nhau.

Sáng mai, tôi dàn quân ra thành trận thế. trũi đi tiên phong. Châu chấu Voi ở trong bụi dứa nhảy ra. Có độ chừng hơn một trăm con. Trông chúng ghê gớm quá. Chẳng trách chúng giám mang cái lên là châu chấu Voi. Này, một gã châu chấu Voi đương đi... Sắc người xanh biếc. Hắn to gấp bảy một tên quân tôi. Lưng hắn gồ nhọn lên và sần sùi mọc ngang ra. Hai râu tua tủa. Đôi càng to quá hơn càng tôi đầy những gai nhọn. Nhưng phải mắt hắn không tinh và hai cái răng thì cụp vào nên cắn cũng chậm.

Đôi bên giáp chiến. Hai chục quân tôi vây đánh một châu chấu Voi. Choảng nhau loạn xạ, lủng củng đến tận chiều. Đôi bên rút quân về. Tôi kiểm điểm thấy chết mất ba mươi tên và bị thương gần chết năm mạng. Tính ra, rõ chưa bên được bên thua.

Nhưng có một điền đau đớn cho tôi là : Phó thủ lĩnh Trũi bị bọn châu chấu Voi bắt làm tù binh, Hắn xông xáo vào tận hậu quân bên địch, liền bị mấy châu chấu Voi vây đánh và bị bắt sống tại trân. Lúc bấy giờ tôi đã hạ lệnh cho một loạt quân sang cứu. Nhưng biết Trũi là tay lợi hại, giặc đem về giam ngay trong bụi, Cả đêm hôm ấy, tôi nghĩ ngợi, lo lắng về Trũi, trằn trọc không an giấc.

Hôm sau, tôi bầy trận rất sớm. Chúng tôi kéo vào khiêu chiến, Nhưng đến khi chúng tôi nhòm vào trong khe lá thì lạ thay! khe lá rỗng tuếch. không còn bóng một châu chấu Voi vào nữa! Chúng đã rút quân đi từ đêm hôm qua, Tôi hạ lệnh cho quân tôi vào đóng ngay.

Có lẽ quân giặc rút đi từ ban đêm. Mấy anh Bọ Ngựa già nói rằng nếu còn giao chiến, giặc tất thua lớn bởi vì số quân của chúng ít quá, Những rút lui thì chúng cũng mang cả tù binh đi, Nghĩa là chú Trũi nó nhà tôi cũng bị điệu đi rồi!

Tôi ngao ngán cả người. Khi giặc rút đi, có để lại một tên quân bị thương gần chết. Tôi hỏi nó, thì nó bảo rằng :

-Bản tâm châu chấu Voi chúng tôi không muốn đánh nhau. Chỉ vì các ngài cố bắt buộc. Tôi toan hỏi kỹ lưỡng nữa thì hắn đã thở hơi cuối cùng.

Khi bao nhiêu châu chấu đã có nơi ăn chốn ở tươm tất, tôi họp mấy bô lão kỳ cựu lại. Tôi nói rằng :

-<<Trong trận giặc vừa rồi. chẳng may. em ta bị cầm tù, chúng mang đi xứ nào không rõ ngày xưa anh em ta kết nghĩa, đã thề cùng nhau sinh-tử. Bây giờ cơ sự ra thế này, ta không thể đành tâm ngồi lại đây. Vậy thì ta giao quyền cho các người. Thế nào ta cũng phải đi tìm em ta. Rồi có lẽ anh em ta lại trở về đây. không biết chừng. Các người đi loan báo cho đồng dân biết thế.

Ai nấy đều xúm lại, không muốn để tôi đi, Nhưng trí tôi đã quyết. Tình em, nghĩa bạn ở lại một mình sao đang, Vả lại tù chân một chỗ đã một năm trời, tôi nóng ruột lắm lắm. Làng châu chấu biết không thể lưu được tôi lại, ai cũng bùi ngùi. Họ làm một tiệc tiễn hành. Họ xin tôi đoan rằng hễ tìm được phó thủ lĩnh Trũi thì thể nào cũng trở về với họ. Họ sẽ không bầu ai làm tướng nữa, mà để đợi chúng tôi. Tôi ngậm ngùi, nói :

-Các người yên tâm. Một ngày kia, ta sẽ trở về đây.

Và tôi khóc lên rưng rức.

Khăn gói gió đưa, tôi lại ra đi. Cả tổng châu chấu đi tiễn tôi Đông như cái ngày vào hội thí Võ. Nhưng không ồn ào. Mà lặng lẽ, ngao ngán. Họ tiễn tôi đi quá mười dặm đường, mới chịu trở về bụi dứa.

Tôi đi tìm bọn châu chấu Voi bí mật. Cái bọn châu chấu Voi đã bắt mất em Trũi tôi đi. Tôi ngược hướng Bắc, cứ ngắm bụi cây xa mà đi tới. Bước cao bước thấp, chập trùng, chán quá. Có những đêm thanh, trăng sao tỏ rõ thấy mình lẻ loi, tôi ngửa mặt lên không mà gào rằng : <<Em Trũi ơi! Giờ em ở đâu?>>

◦ ◦ ◦ IV ◦ ◦ ◦

Tâm sự của bác Xiến-Tóc lười biếng - Cái cớ khiến cho Mèn lại lên đường

RÒNG -RÃ mấy tháng, không nghe ngóng thấy một tin tức gì về Trũi. Tôi đã qua nhiều sứ khác nhau, đã hỏi thăm những dân cư ở dọc đường mà chẳng ai biết cái đoàn châu chấu voi bí mật kia.

Tôi đi lủi thủi một mình, cũng chán. nghĩ lại xưa kia, khi điểm cỏ, lúc cầu sương, vui buồn, anh em có nhau gian nan biết mấy cũng phấn khởi mà sung sướng thì càng hể hả. Than ôi! một mình Mèn này lẽo dẽo dặm đường dài, đơn thân độc bóng, buồn biết bao nhiêu! Trộm nghĩ lại cái thuở thuyền lạc ra ngoài hồ lớn, Trũi định dâng càng của mình cho tôi ăn, hai tôi hàng lệ lại muốn trào ra.

Thấm thoắt, mùa đông đã hết. Những ngày xuân bắt đầu. Chim hót ơi ới đầu cành. Ánh nắng đẹp như lụa nõn phủ trên chòm cây. Cỏ tươi lắm. Ăn ngọt như đường phèn.

Một hôm, đi đã mệt, tôi dừng chân trên một dòng nước nhỏ. Bỗng nghe trên bụi cây trước mặt có tiếng ồn ào nhịp nhàng, khi xa khi gần. Trèo lên một tảng đá, nhìn sang bên kia thì thấy trong một khoảng đất mọc đầy cỏ non, có một đàn Bướm đương nối cánh nhau, nhảy thành vòng. Vừa nhảy vừa hát. Thoáng nghe lao xao rằng :

> Cảnh như vẽ,
> Gió hây hây
> Hoa đào mỉm miệng, liễu dương mày
> Bướm nhặng bay,
> Trong bụi, oanh vàng díu dít.
> Đầu nhà, én đỏ hót hay.[2]

Có mấy anh Ve Sầu đứng bên cạnh, giương mỏ lên, cất tiếng kêu o o dài dằng dặc, cầm nhịp cho lời ca của lũ Bướm. Tôi đoán chắc bọn này ở đây mở tiệc mừng xuân mới. Đầu mùa xuân, người ta tưng bừng ăn Tết. Lòng tôi càng vui lây. Tôi bèn leo lên cao để nghe cho rõ.

Tôi trông thấy, bên cạnh bọn bướm và Ve Sầu, cũng có một đàn Bướm nữa đương múa hát. Đàn Bướm này múa xung quanh một bác Xiến tóc. Mỗi chân Xiến tóc có một anh bướm. Đầu Xiến tóc ngả xuống, hai chị Bướm trắng bíu lấy hai cái râu. Chúng nhảy và hát linh tinh. Tôi cố nghển xem anh Xiến tóc mặt mũi ra sao mà lại nghịch ngợm trẻ con thế. Xưa

---

2) Đọc con Dế-Mèn trong nhi đồng số một.

nay, loài Xiến tóc vẫn được tiếng là đứng đắn lắm.

Nhìn kỹ... Tưởng là ai? Hóa ra cái bác Xiến tóc năm xưa. Rất đúng. Vẫn cái nét mặt ang ác mà nghiêm nghị, vẫn hai cái, răng đen sắc ghê gớm, vừa xiến một cái đôi râu của tôi đã đứt phăng. (1) Tôi thú thực cùng bạn đọc rằng từ ngày bị đôi râu, tôi vẫn thán phục bác Xiến tóc là người anh tài, bụng dạ rộng dãi lắm. Bác ta thực đường đường một đấng anh hào; côn quyền đủ sức, lược thao gồm tài.

chẳng ngờ cái bác Xiến tóc gai ngạnh, bây giờ lại hóa ra ngây thơ, nhí nhảnh, đi đùa bỡn và hát hỏng với một lũ Ve Sầu và Bướm. Còn đương phân vân nghĩ, chẳng biết có nên sang ra mắt Xiến tóc, hay là lủi đi, thì bỗng thấy hai đàn Bướm im bặt tiếng hát và đều bay lùi vào trong bụi lá. Có tiếng Xiến tóc hỏi :

- Ai đâu mà các chú sợ thế ?

Và Xiến Tóc ngước mắt lên. ngơ ngác tìm kiếm. Chợt trông thấy tôi. hắn định thần nhìn kỹ rồi reo lên :

<<-À! Chú dế Mèn! Chú dế Mèn! Cố nhân đấy ư? xuống đây! xuống đây!

Trí nhớ của Xiến tóc khá dại. Tôi bay sang, Bây giờ bọn Bướm mới ngấp nghé. mon men lại gần, thì ra đương hát. trông thấy tôi lạ. hoảng hốt chúng bỏ chạy.

Xiến tóc nhìn đầu, tôi hỏi :

- <<Râu không mọc nữa, hả?>> Tôi lắc đầu, mỉm cười. Tôi hỏi thăm Xiến tóc độ rày làm ăn ra sao mà coi bộ ung dung. nhàn nhã lắm. Chàng thở dài Xiến ken két hai răng. ra chiều tư lự, một lát sau, chàng nói rằng.

- Có phải anh trông tôi bây giờ khác trước nhiều lắm không? Thật đấy, khác lắm rồi! Chính tôi cũng biết thế. Cuộc đời khiến cho tôi chán lắm, chán quá. Sau ngày gặp anh, tôi rất khoan khoái vì đã làm được một việc ích, Tôi bay đến một xóm kia để kiếm ăn. Không dè, ở đấy đương có một cuộc bắt bớ hung bạo, do một đứa trẻ khởi xướng. Có mấy đứa trẻ con ở kinh thành về nhà quê chơi cứ đi rình bắt chúng tôi. Chẳng may, tôi bị bắt. Tôi bị chúng đem về thành phố. Đường đi xa những mấy ngày. Chúng nhốt tôi vào một cái hộp lớn cùng với năm anh bạn xấu số nữa. Rồi bọn tôi chết dần dần. Vì đói. Vì sợ. Vì bị đánh. Vốn quen ăn vỏ cây mà chúng cứ nhét cỏ vào, không thể nuốt đi được. Tôi nhịn ăn đúng hai tháng. bốn ngày thì - may quá - trốn thoát. Tôi dương cánh, bay thẳng. Cũng phúc đời mà tôi còn đủ cánh. Các bạn kia đều bị lũ trẻ tai ác bứt cụt hai cánh lúa mỏng ở trong Thành thử, chỉ dang hai cánh tàu bay gỗ ở ngoài ra, mà chịu chết, không cất mình lên được. Tôi bay một mạch bất kể ngày đêm, ròng rã mấy tháng mới vượt qua được cái thành phố sù sì ghê gớm. Và tôi ốm lử khử mất mấy tháng. Từ đấy, tôi sinh ra chán đời hết sức. Tôi về tìm nơi này, một nơi rất thanh vắng. Tôi bỏ thói ăn vỏ cây. Tập cho quen ăn cỏ Ngày tháng tiêu dao, bạn cùng mây nước và những loài trẻ ranh kia. Ơ đây bốn mùa cảnh, bốn mùa tình. Còn anh? chẳng hay bấy lâu nay bôn tẩu đường đời ra sao?>>

Tôi kể gót đầu Xiến tóc lặng yên nghe, chốc-chốc lại điểm vào câu chuyện một tiếng thở dài, ra vẻ chán đời lắm. Những nghe mà phát phiền. Nghe đến đoạn tôi bỏ tổng Châu-chấu để đi dò la tung tích bọn châu-chấu Voi thì Xiến tóc bảo rằng.

- À Châu-chấu Voi! Tôi nhớ ra rồi! Cách đây vài tháng, bọn châu-chấu Voi có đi qua và tạt vào chơi tôi. Ừ có cả Dế Trũi nữa. Mà nó có phải tù đâu. Nó cũng đi đứng tự do như bọn châu-chấu Voi. Ít lâu nay tôi quên cả ngày tháng. Cái hôm mà bọn châu-chấu Voi và Dế-Trũi qua đây, mục đích của họ là họ vào rủ tôi cùng đi làm một công việc. Cha ôi! Công việc! Cái công việc đi khắp tất cả xứ sở các loài chúng ta trên

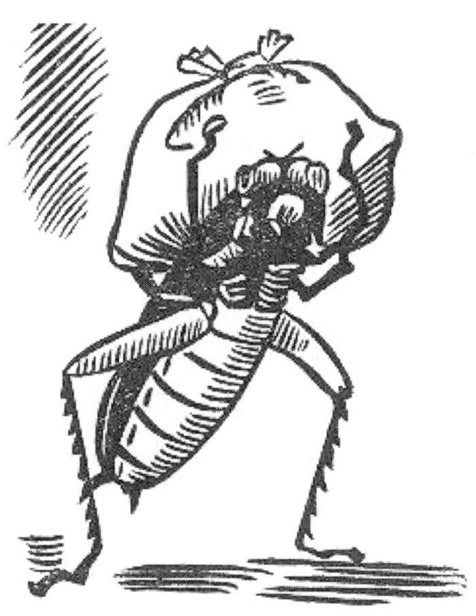

trái đất để lập một điều ước chung là ; không một loài nào được đánh nhau với loài nào nữa. Nghe ra khó lắm. Tôi xua tay. lắc đầu và bẩm với những ngài <<dã tràng xe cát>> ấy rằng <<tôi đã xin theo việc đó. Tôi bây giờ tu. Sự đời đã gác bỏ ngoài đời rồi! Họ cũng có hẹn, sau khi đi suốt cánh đồng ven sông đây, Họ sẽ trở lai. Nếu vậy. anh không nên đi nữa. Ở lại đây mà đợi ngày họ về, sẽ gặp Trũi. Họ tốt lắm. Trũi không hề gì đâu. Nhưng nếu họ đi làm công việc ấy thì họ điên rồ quá.

Ối chao ôi! Các loài! Các loài Ta biết lắm.

Không ngờ rằng chính cái công việc mà bọn châu-chấu Voi đương mưu đồ, cũng là một cái mộng của tôi hằng mơ tưởng. Bởi thế, tôi có cảm tình ngay với họ. Và tôi ân-hận quá, về trận đánh nhau vừa rồi. Như thế, chắc Trũi được vô sự. Tôi nghĩ như bác Xiến-tóc hơi điên điên. Nhưng nếu ở lại mà gặp được Trũi thì cũng nên. Thế là tôi dừng chân trong cái biệt thự của Xiến-tóc ẩn sĩ rất chán đời và hình như đã lẩm-cẩm.

Chúng tôi tổ chức những cuộc ca hát. Ở đây, không có một cái gì gọi là công việc. Nói tóm lại, những ngày lưu trú ở đây, không khác gì thuở bé, mẹ tôi vừa cho tôi ra ở riêng, mà cứ tối đến, tôi lại đi khiêu vũ và hát hỏng với những anh Dế khác. Cuộc đời hoàn toàn phóng cho sự ăn chơi, tiêu-khiển.

Cái trò, chơi không, bao giờ cũng chóng chán. Vả tôi vốn không có thiện cảm mấy với bọn này. Huống chi, tôi là một kẻ hay bay nhảy, lại càng lấy sự phải dừng chân là khó chịu lắm. Chẳng bao lâu, tôi thấy những ngày ở với chúng vô ích quá. Chúng đều là một lũ bỏ đi. Chúng là những đứa lười-lĩnh, trốn việc. Nếu không có hy vọng ở lại đợi gặp Trũi thì chắc tôi cuốn gói đã từ lâu lắm.

Mùa xuân đã hết. Mùa hạ cũng qua rồi. Bây giờ hoa xen đã tàn. Lá rừng xanh bắt đầu úa đỏ. Trời đã về mùa thu.

Một buổi chiều, bọn Bướm rủ tôi vào rừng dự cuộc hát thi. Tôi không nhận lời. Tôi lững thững bò về phía bờ suối, đứng ngẩng trông trời. Lòng hiu buồn. Nhớ Trũi. Nhớ vẩn vơ. Bỗng đằng phương tây, có những tiếng reo à à. Rồi thì một đàn ông Muỗi tới tấp bay đến đậu đầy trên những bụi trúc, những ngọn cây hoa cối xay. Con nào cũng ngậm mồi ra lối đi kiếm ăn mới về. Chúng vo ve nói huyên thiên. Cái không-khí yên tĩnh ở nơi quạnh vắng, hoạt động hẳn lên. Nghĩ một lát, chúng lại bay vù cả đi. Tôi ngơ ngẩn nhìn theo. Cái đoàn ong Muỗi đó hẳn vừa qua một quãng đường dài. Họ là những kẻ bay nhảy và làm ăn. Phải, sống ở đời, có biết ai đi đây đi đó, biết làm ăn thì mới đáng sống. Thế là tôi bồi hồi, khao khát. Những tiếng hoạt động, giang hồ, bay nhảy đến lộn sộn trong óc tôi. Chân tôi ngứa ngáy, giâm giật. Cái lối này thì đến lại phải đi mất. Chán cảnh, chán người ở đây lắm rồi!

Tôi bần thần đi vào trong rừng. Qua một bụi trúc, tôi thấy Xiến-tóc đương đứng trầm ngâm. Mặt hắn rầu rĩ một cách rất buồn cười. Hắn ngước mắt nhìn cây ở quanh mình rồi cất tiếng hát một bài hát <<mùa thu>> rằng :

> Mặt nước trong veo, non tựa ngọc,
> Gió vàng hây hẩy khua khóm trúc,
> Hoa lau muôn dặm trắng phau phau,
> Cây cối vẻ hồng xen vẻ lục,
> Cung-thiềm sáng quắc ả Hằng ngủ.
> Dạo bước thềm Giao, tình rạo rực.
> Chi bằng đến thẳng dậu cúc thơm
> Ngồi khểnh, vỗ đàn, gảy một khúc.[3]

Cha mẹ giời đất ơi! Tôi nghe anh Xiến tóc mà phát ngán. Cái giọng sầu của hắn đem làm giọng đọc điếu văn được. Hai cảnh nối nhau bày trước mắt tôi : Một đàn ong Muỗi làm ăn vui vẻ, một bác Xiến tóc ra

---

3) Một đoạn trong bài hát <<Bốn mùa>> theo điệu Xuân-Quang hảo của bà chúa Liễu-Phan-kế-Bính dịch.

ngẩn vào ngơ, hát hiếc lăng nhăng. Tôi vốn người ít mơ mộng. đã chán càng thêm chán.

Bởi thế, tôi quyết định bỏ bọn bạn chán đời để đi. Đi được mười hôm thì đến một bờ đê. Con đê lớn và cao quá. tôi bò mất nửa ngày mới lên được tới mặt đê. Dưới sông nước đỏ ngòm và chảy băng băng. Lắng nghe có tiếng kêu <<Quých quých>> ở trên đầu. tôi ngẩng thì trông thấy một lão chim Trả lớn, Ối cha! lão bảnh bao và oai vệ quá!

Tên lão là Trả, Bởi vì lão chỉ ăn cá và mỗi khi định bắt một con cá, lão vỗ cánh đứng trên không rồi đâm bổ xuống nước mà túm mồi, nên lão có một biệt hiệu là Bói-cá. Chắc lão cũng nhiều tuổi rồi Song loài này đã được tiếng là hay làm đỏm. Mình lão là một bộ áo rất sặc sỡ. Bụng trắng, người xanh, đôi cánh nuột mà biếc tím. Chân lão đỏ hắt, Lão sẽ điển giai lắm, nếu có một cái mỏ vừa phải. Lão mang một cặp mỏ to và dài quá. Mỏ lão dài hơn người và to đến nỗi, tôi tưởng như ai đã nghịch mà đóng một cái cọc vào mặt lão. Mỏ to, chân bé Lão khệ nệ mà vác cái mỏ kếch xù đi, như anh Sên vác cái đỉnh đá nặng chịch trên lưng vậy.

Tôi ngắm cái mỏ của lão chim Trả mà buồn cười một mình, Nhưng quả báo cho tôi : Tôi lại khổ vì chính cái mỏ khổng lồ mà tôi đương cười thầm đó.

Duyên do thế này : Lão chim Trả đến đậu ở một cái cọc ngay trước mặt tôi. Đứng gật gù một lát, bỗng lão trông thấy tôi. Hai tròng mắt đỏ lòm của lão lộn lên. Lão bay sà tới, giương mỏ ra. Tôi trông vào mồm : lưỡi lão thắm như máu. Tôi cuống quít. Nhưng có một điều danh diện này, xin thưa cùng bạn đọc : tôi rất lấy làm tự hào rằng đã từ lâu, trong những cơn nguy hiểm, tôi nhớ nhà không hề chắp chân lạy ai, như khi xưa, một lần tôi bị Xiến-tóc dọa giết. Tôi đã hiểu cái giá trị hèn hạ của một cái lạy lắm. Cho nên, trước mặt chim Trả-một sức mạnh trội hơn hẳn-tôi tìm cách chống đỡ. Thằng cha có tiếng là ác. Nó không tha ai bao giờ. Tôi lấy hết gân, giương cánh, dang chân và càng ra. Người tôi nở bung, như một đóa hoa thiên lý. Thấy tôi có ý kháng cự, lão chim Trả gầm lên :<<Hè... He.. Oắt con! giỏi nhỉ!>> Lão bổ thượng cho tôi một mỏ. Một mỏ nặng nhất, chưa boa giờ tôi bị đánh thế. hưng chỉ đau thôi, tôi không sây sát tý gì. Thấy không làm gì nổi tôi chết, lão bèn quắp lấy tôi, rồi bay bổng lên trời. Chao chao! từ thuở lọt lòng mẹ, chưa có bao giớ tôi bị mang lên cao thế!

 • • • • V • • • •

Mèn bị bỏ tù - Những sự xảy ra cho Mèn khi phải giam trong hầm kín của lão chim Trả xa nhau lại gặp nhau.

NHƯNG cái kiếp của tôi chưa phải đến đây là hết. Đấng Tối-Linh nào đó đã tạo nên các giống vật, còn cho tôi sống, để đến hôm nay, ngồi kỳ khu chép những ngày giang hồ cũ lên giấy trắng cho bạn đọc yêu quí cùng nếm với Mèn tôi một chút phong-vị của cát bụi trong một quãng đời luân lạc.

Nghĩa là tôi chưa chết. Lão chim Trả quắp tôi qua sông rồi bỏ xuống đất, tôi đã giơ chân và càng lên để thủ thế và sửa soạn nghênh địch.

Lão há mỏ ra cười khà khà rồi nói :

-<<Ái chà! Mi diễu võ dương oai với ta đó chắc? Ta mà bổ cho một mỏ thì vỡ tan sọ ngay, Cụp chân xuống mà nghe ta bảo đây. Ta vừa dựng xong một nếp nhà mới, đương cần một gã quản-gia. Mi giúp ta việc đó, Ưng chăng? Tôi lắc đầu mà rằng tôi đương tự-do đi trên đường cái, ông không có quyền làm mất tự do của tôi. Lão nheo mắt lại bảo :

-<<Này này, đừng có nói những chữ vô nghĩa ấy, Mi muốn hay không muốn nào?>>

Tôi lại bình tĩnh và gan góc mà lắc đầu. Lão liền quắp tọt ngay tôi đến cái nhà mới làm của lão. Nhà lão là một cái hang sâu hom hỏm vào trong một mớ đất cát. Lão dụng tâm, có ý đi tìm một tên canh nhà nên ở trong cùng hang lão đã đào một cái hang nhỏ nữa có một lỗ để chui. Lão đẩy tôi vào đó, Tôi lùi ra, không chịu. Lão dùng mỏ. tống mạnh tôi vào và nhặt một viên gạch, chặn kín lối đi lại. Tôi mất đường ra. Ở trong hang, tối như hũ nút. Chỉ có hở một khe ti ti, không đủ thò được một chân ra. Lão Bói-cá đứng ngoài và truyền lệnh vào cho tôi rằng :

-<<Việc của mi chỉ là coi nhà, không cho ai vào. Muốn không cho ai vàothì mi cứ việc hò hét, hát hổng cả ngày, để những kẻ đi ngoài cửa, biết rằng đây có người ở, không dám đặt chân tới, Có thế thôi, nhẹ lắm. Mỗi bữa ta sẽ nhét cỏ đủ cho ngươi ăn, vào cái khe hở đó. Mi phải ở trong hầm kín trọn đời mà trông nhà cho ta.>>

Tôi không chịu hát. Thấy thế, lão không nhét cỏ vào cho tôi ăn. Sau tôi nghĩ rằng : như thế là dại, chẳng nhẽ lại chịn chết ở đây, phải nên vờ vĩnh ăn uống, sống cho qua ngày mà tìm cách thoát ra khỏi hang hùm mới là thượng sách.

Một hôm, tôi bằng lòng nghe lời lão. Lão vui lắm đi kiếm ngay những cỏ tốt thượng hạng về nhét vào cho tôi ăn.

Thế là từ đây, ngày cũng như đêm tôi phải ở trong hang kín. Và ngày cũng như đêm, tôi phải hát rống cò ke lên từng hồi. Chim Trả đi vắng cả ngày, không mấy khi có nhà, Ban đêm tôi được nghỉ hát. Tôi cố tìm cách đào ngạch để trốn. nhưng vô hiệu. Cái tường bịt trước mặt, lão đắp bằng gạch, thành thử sức móng chân tôi không thể khoét nổi. Tuy vậy tôi vẫn gắng chịu đựng, Có gắng sống mới nuôi được hy-vọng.

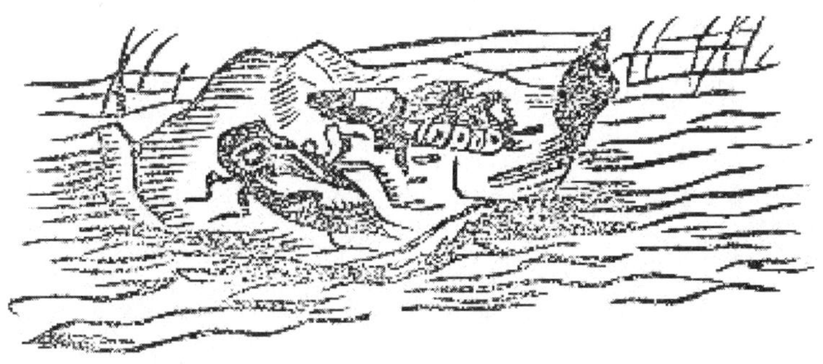

Và trong khi ấy, cái việc hát vẫn là một công việc bó buộc. Không hát, Bói-cá không cho ăn. Nó bỏ tù mình. chỉ cốt để mình trong nhà cho nó. Nhưng sau tôi không hát những câu nhảm nhí nữa. Tôi cố tìm các câu ra hồn một chút. Thốt lời ca mà ai oán cho thân phận.

Bữa kia, tôi hát dặm rằng :

> Ai làm chi nổi!
>
> Có dại mới nên khôn...
>
> ....
>
> ....

Nghe tiếng hát của mình chìm lặng lặng vào bóng tối, nước mắt tôi giàn giụa. Vẩn vơ, tôi lại hát lại. Vừa dứt lời văng vẳng ở ngoài cửa có tiếng nói : <<Tiếng ai như tiếng Mèn đại huynh?>> Tôi vội kêu lên :

<<Ai đó? Chính tôi đây! Chính Mèn đây

<<Ở ngoài có tiếng kêu to hơn nữa :

<<Ối giời đất làng xóm ơi! Anh Mèn đấy ư? Trũi đây! Em Trũi của anh đây! Anh ở đâu? Anh ở chỗ nào thế?>>

Tôi choáng người. Đúng là tiếng Trũi. Dù đã mấy năm xa cách, tôi cũng không quên được cái giọng ồ ồ của nó. Tôi mới bảo rằng;

<<Anh ở đây? Anh phải tù trong đáy cái hang này. Em đi với những ai đó?

- Thưa anh, các bạn châu chấu Voi, bác Xiến tóc. Em vào...

<<Tôi nói lớn:>>

<<Ấy chớ! Cứu anh thì đã đành. Nhưng đừng có vào bây giờ mà chết. Sắp đến lúc thằng Bói cá về đấy Em hãy ra ngoài kia đợi Bói-cá về rồi bao giờ nó lại bay đi, bấy giờ vào thì chắc chắn hơn. Ra ngay đi...

<<Một lát sau, bói cá bay về. Có lẽ bọn kia đã núp đâu quanh đấy nên Bói cá không biết. Nó nằm ngay trước hang tôi mà ngủ. Bây giờ đã tối rồi. Cả đêm đó, lòng tôi rộn rực. Bao nhiêu câu hỏi rối ren trong trí. Làm sao Trũi lần mò được tới đây? Ngày mai thì mình hy vọng thoát khỏi chốn này. Chao ôi! Lại thấy trời xanh. Lại thấy ánh sáng. Lại gặp em Trũi yêu dấu của tôi. Gớm, sao cái đêm chờ đợi lại dài đến thế!

Sáng hôm sau, Bói-cá bay đi kiếm ăn sớm, nó vừa ra khỏi, tôi đã gọi ầm lên :

<<-Trũi ơi! Chú Trũi đâu?

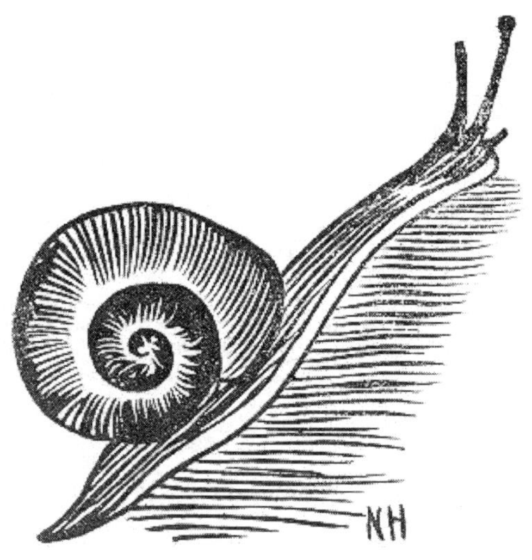

Tiếng đáp lại : <<Dạ.. có em đây!>> Rồi mấy cái bóng lổm ngổm vào hang hì hục đào, bới, cạy, khoét những viên gạch trước mặt tôi. Bói-cá lèn gạch cẩn thận lắm. Phải làm một lúc mới hở được một lỗ. Tôi nghe thấy các cu cậu thở phì phò. Nhọc quá cái lỗ to dần... Tôi thò được đầu. Tôi thò được lưng. Rồi tôi chui được cả hai chân trước ra. Tôi đạp phách đôi càng một cái, a-lê hấp! tôi đã tọt ra cửa hang. Chúng tôi cùng reo ầm lên. Nhưng chợt nhớ đến Bói-cá, tôi cắm cổ chạy miết. Được một quãng dài, đến một bụi cây tôi dừng lại. Đã lâu bây giờ mới được thỏa cái cẳng. đằng sau tôi, một tũ chạy theo . Đầu tiên là Trũi. Đến bốn anh châu chấu Voi và Xiến tóc cư sĩ có tính chán đời Xiến tóc ôm ngay lấy tôi. nhe răng ra hôn tôi và hấp tấp nói rằng : >>

- Tệ quá! Anh bỏ đi lúc nào mà không nói cho tôi biết. Được mấy hôm thì các bọn anh châu chấu voi và anh Trũi trở về. Tôi nói chuyện anh vừa đi mất, tìm mãi không thấy, thì họ hốt hoảng lên. Ơ! chú Trũi nhà anh nói giỏi lắm. diễn thuyết hùng biện đâu ra đấy. Anh ta nói mà tôi tỉnh ngộ hẳn ra. Ta không nên thất vọng. Không nên chán đơi. Không nên trốn việc mà vui chơi. Tôi tập lập tức đuổi bọn Bướm đàng điếm, bọn Ve Sầu cú rủ và mấy tên Sên rề rà đi rồi Tôi lại đốt cả cái trại u tịch đó. Tôi đi theo các anh sang sứ kiến.

Trũi trở tôi mà giới thiệu với các bạn châu chấu Voi :

<<Anh Mèn tôi đây. Anh Mèn mà tôi vẫn hằng kể chuyện cho các anh nghe đó. Anh ơi kể từ anh em ta xa nhau, chắc anh tưởng đã chết rồi chứ còn gì đến ngày nay. Nhưng không, em bị các anh châu chấu Voi bắt rồi mang em đi thì sau mấy buổi, em đã hiểu các anh ấy là người tốt như thế nào. Nếu hôm đánh nhau ấy, chúng ta đừng nóng nẩy, hãy giao-thiệp với nhau trước thì có lẽ không xẩy ra sự gì đáng tiếc và chúng

ta đã hiểu nhau ngay. Các anh châu chấu Voi cũng là những kẻ ưa giang hồ như anh em ta. Các anh nhận thấy rằng trên bước đường du lịch thường gặp những sự rắc rối, hiềm khích ganh, ghét. ích kỷ khiến mọi loài sát hại lẫn nhau... Anh yêu quí của em ơi! Khi em nghe ra thế thì em phục lắm. Tuy rằng chẳng lúc nào em có thể quên được anh. nhưng mà em cũng tình nguyện đi với các anh đây ngay. Được ít lâu. cùng các bạn quay lại bụi dứa dại thì đoàn châu chấu nói anh đã lên cái lý tưởng nhân đạo mà em đương tìm em. Em có nói cho họ nghe cái lý tưởng nhân đạo mà em đương theo duổi. Chúng vỗ tay, nhẩy lên mà mừng. Em lại đi. Tới khi về nhà bác Xiến tóc thì bác ta bảo rằng anh ở đây từ lâu. Nhưng chẳng biết mấy bữa nay bỏ đi đâu. Không ai biết. Bất đắc dĩ, em lai phải cùng các bạn đi làm việc, Chúng em định

sang xứ kiến để thương thuyết về công việc hòa bình đó. May mắn biết bao nhiêu em lại được gặp anh ở đây... Những lời em đã nói, những tư tưởng em đã theo, chẳng hay đối với ý kiến của anh ra sao? Xin anh cho em được rõ?

<<Tôi lấy làm mừng rằng Trũi bây giờ đã hết được những tính hấp tấp. nóng nảy của tuổi trẻ bồng bột, Nó nói năng đã điềm đạm, chắc chắn lắm. Tôi để một chân lên đầu Trũi mà rằng :

- Em yêu quí của tôi ơi! Các bạn rất tri kỷ của tôi ơi! Các tư tưởng mà các bạn mang đó, chính là một ý hay nhất, xưa nay tôi thường nghĩ đến. Tôi xin cùng các bạn đi khắp thế gian này, để nói cho mọi người cùng hiểu như chúng ta.

Tất cả bọn reo lên. Và lập tức chúng tôi khởi hành sang xứ kiến, Trũi lấy làm lạ mà hỏi tôi rằng sao bây giờ trông tôi trắng trẻo quá, không đen trụi như xưa nữa. Tôi nói :

- Anh ở trong hang kín có đến một năm trời nay, chẳng biết sương nắng là chi, nên da dẻ mới trắng bệch ra một vẻ yếu ớt như thế đó.

• • • VI • • •

Chiến tranh với loài Kiến - Sự tức giận của mấy cô bé con - Ai có công nhất trong việc hòa bình?

CHÉP đến đây, tôi xin mở một dấu ngoặc để nói qua loa về cái lý tưởng, và công trạng của các anh em châu chấu Voi. Họ là những kẻ trước tiên đã xướng xuất lên cái thuyết hòa bình. không một loài nào nên chiến tranh với loài nào. Khi bọn châu chấu Voi gặp tôi và Trũi đương làm thủ lĩnh thôn châu chấu, có xảy ra một cuộc lưu huyết với họ, là cái lúc họ sắp bắt đầu làm công việc hòa bình. Nếu ngày ấy tôi biết mà hoạt động ngay với họ thì đã chẳng phải ở rỗi mấy năm tại ấp Xiến-tóc và bị tù một năm trong hang Bói-cá. Tất cả đoàn châu chấu Voi đóng một nơi, chỉ cử hai mươi anh khỏe mạnh nhất cùng đi với Trũi đi khắp năm châu, bốn bể. Họ đi cũng đã nhiều đường đất, gặp cũng đã khá lắm người. Ở đâu nghe nói thế, người ta đều thích lắm. Nhưng nếu muốn đi cùng trời thì không thể đi nổi. Quanh quẩn chỉ mới qua được mấy xứ. Ếch Nhái. Châu-chấu, Bọ-sít Xâu-róm, Bọ-bèo... Khi đi mấy xứ đó, họ kinh nghiệm được rằng : người ta, ai cũng ưa hòa bình, ai cũng chỉ thích được yên ổn làm ăn. Cái việc đánh nhau mất mạng là việc bần cùng. Vậy thì chỉ cần tìm mấy người thật tài giỏi, thật anh hùng, họp lại, thảo một tờ hịch, gửi đi khắp mọi nơi, cho tất cả bàn dân thiên hạ đều biết. Thế là xong Nhưng đi từ ngày ấy anh em vẫn chưa thêm được ai nhập bọn. Mà lại hụt đi nhều. Phải lặn lội sông nước, bị lam sơn chướng khí và thủy thổ bất phục, mắc bệnh mà chết mòn mất mươi anh châu chấu Voi. Đến hôm vừa đây, cả bọn liều lĩnh bơi ngang sông-con sông mà Bói-cá quắp tôi qua-để sang xứ Kiến thì bốn anh châu-chấu Voi vùng vẫy không nổi, bị cuốn theo giòng nước mất! Thành thử chỉ còn vẻn vẹn có sáu anh châu-chấu Voi, Một anh Dế-Trũi, một anh Xiến tóc, và bây giờ có Mèn tôi thêm vào. Chín mạng cả thảy.

Tại sao bọn này lại phải cực nhọc vượt sông, vượt bể mà lần mò sang sứ Kiến?

Ấy là vì một lẽ. Xưa nay, loài kiến, Tuy thuộc về hạng các sinh vật nhỏ trong hoàn cầu, nhưng lại đông đúc và ghê gớm nhất. Bởi vì khắp thế giới, từ xó bếp cho đến bàn ăn, từ đồng ruộng cho tới rừng núi, không ở đâu là không có các loài Kiến. Rất nhiều thứ Kiến : Kiến gió Kiến kim, Kiến bọ dọt và vân... vân còn nữa nhiều không thể kể xiết được. Loài Kiến là biểu hiệu của những tính gan góc nhất, chịu khó nhất, kiên nhẫn nhất, lo xa nhất và cũng ích kỷ, gàn bướng nhất thế gian. Chúng có một xứ riêng để cai trị các thứ Kiến trong hoàn cầu. Chúng tôi chỉ sang sứ kiến để thương thuyết với Chúa Kiến, cùng thảo hịch hòa bình rồi sai dân Kiến truyền đi mọi nơi. Như thế, chẳng bao lâu thiên hạ sẽ biết hết. Chỉ có Kiến mới làm nổi được cái công việc truyền tin to rộng như thế. Bởi vì có cái giống Kiến đen chuyên môn việc thông tin, rất nhậy.

Nhưng đường vào xứ kiến khó lắm. Loài kiến không hề giao thiệp với các loài khác. Chúng coi ai cũng như quân thù. Muốn trực tiếp với chúa Kiến lại là một sự khó nữa Bởi vì mỗi loài Kiến lại có một ông tướng riêng. Tướng Kiến gió, tướng Kiến càng. Hơn tất cả mới đến chúa Kiến.

Trên đây tôi đã kể qua về hành tung với những hy sinh can đảm của bọn châu chấu Voi và một đôi điều về loài Kiến, giờ tôi xin phép đóng dấu ngoặc lại mà nói vào truyện tôi.

Thế là từ đây tôi đã nhập bọn với các anh châu-chấu Voi, Xiến tóc và em Trũi. còn ba bốn ngày nữa mới tới xứ Kiến. Đường đi qua nhiều làng mạc và đồng ruộng. Bấy giờ lại bắt đầu một mùa xuân mới. Gió nhẹ. Trời cao. Mây trắng. Rõ ràng cái cảnh cỏ non xanh dợn chân trời ; cành lê trắng, điểm một vài bông hoa. Mọi người đều ca hát. Riêng Xiến-tóc đi cạnh, tôi cứ lẻ nhẻ than thở mãi rằng mình hối hận quá. mình buồn phiền quá về những ngày nhàn cư ở xó rừng, sống một cách rất vô lý và rất vô ích. Bây giờ được đi đứng thế này, bôn tẩu đây đó, lại thấy khỏi lừ khừ, và khỏe thêm, vạm vỡ thêm. Cuộc đời có chi là khó. Việc gì mà phải chán nản. Đừng kể đâu đến thành hay bại. Ta chỉ biết cái mục đích ở đời là sự hoạt động Có thế sống mới vui.

Đường đi khó dần dần. Chúng tôi bắt đầu leo lên một trái đồi. Đã đến địa đầu xứ Kiến. Chúng tôi dừng lại nghỉ một hôm. Trông vào trong, trùng trùng điệp điệp những thành trì xây nối nhau chi chít, man mác, không biết đâu mà phân biệt đường đi lối lại được. Thực đáng khen phục cái kỳ công kiến trúc của các kỹ sư Kiến.

Hôm sau, chúng tôi bắt đầu bước vào xứ Kiến. Từ đó bắt đầu biết bao nhiêu nỗi khó khăn Vậy thì muốn để bạn đọc yêu quý hiểu được rõ ràng những ngày của tôi tại xư Kiến gớm ghê và quan trọng ra sao, tôi xin trích một vài đoạn ở quyển nhật ký của tôi, tập thứ tư, trong những trang 151, 154 và 158, chép về Những ngày vào xứ Kiến :

Mùa xuân ngày thứ 79. - Dân Kiến ở đông quá.

Đường ngang lối dọc chỗ nào cũng đầy những Kiến là Kiến Ở đây, mới chỉ gặp những Kiến gió Kiến gió là một thứ công binh rất lành nghề. Màu xam xám, lẫn với đất, họ đi dầy đặc lủn mủn dưới chân chúng tôi. Thấy chúng tôi lớn quá (mỗi con Kiến gió chỉ to bằng một bàn chân tôi), họ ra vẻ kinh dị, đứng ngửa mặt, thò hai râu ra nghe ngóng. Kiến gió không biết đánh nhau. Họ không có nọc độc. Và họ là nô lệ. Tôi lại gặp những chú Kiến lửa, biệt hiệu là Kiến vàng, bởi vì mình mẩy chúng vàng khè. Những anh Kiến lửa lầm lì, hì hục đào đất để xây chiến lũy. Chúng dựng chiến lũy hay đào hào rất khéo. Những đường hầm có phủ đất mỏng ở trên đều là do bọn Kiến vàng xây đắp. Tất cả Kiến đều dùng những con đường hầm ấy để giao thông chứ chẳng đi ra ngoài, sợ có ai nhình thấy. Thỉnh thoảng, tôi lại hỏi thăm đường một gã Kiến lửa. Chúng chỉ nhìn chúng tôi mà không nói gì. Thành ra bọn tôi cứ đi tràn. Chúng rất khoảnh và ác. Nếu bọn rồi mà bé và yếu, ắt là chúng đả rồi.

Mùa xuân ngày thứ 82 - Đất kiến rộng ghê. Chưa hỏi thăm được tới dinh chúa Kiến. Có việc rắc rối Châu chấu Voi đi thụt chân xuống một đường hầm của Kiến kim. Mấy tên Kiến kim hung hăng bò lên và sông vào đánh chúng tôi liền. Mấy con kiến oát hỗn láo thì thấm vào đâu, chúng tôi đánh chết tươi ngay. Nhưng có thám tử Kiến đen trông thấy vội chạy đi cấp báo. Một đàn Kiến kim có Kiến lửa ủng hộ, ầm ầm kéo đến giao chiến với chúng tôi. Nhưng không anh nào dám lăn vào tận nơi. Vào lại bị chúng tôi đá hoặc cắn chết. Chúng liền vây bọc bọn tôi lại.

Mùa xuân ngày thứ 83 - Tự nhiên ở trên trời rơi hằng hà xa số xuống đầu chúng tôi những anh kiến to thô lố. sắc da đỏ và có cánh. Đó là loài Kiến cánh. Chúng nhảy tới tấp đến đánh chúng tôi. Rất hăng hái. Có tên bị tôi cắn đứt đôi bụng ra mà vẫn chạy ton ton. chúng chết nhiều vô kể, thây chất thành đống. Đến trưa, bên tôi một bạn Châu chấu Voi tử trận và bị quân thù tha mất xác. Rồi trũi cũng bị xa vào đường mai phục, phải bắt sống. Nhưng đến đêm thì Trũi trốn về được. Chúng giam nó vào một cái hầm đất. Trũi dùng hai càng khoét tường, tẩu thoát mất. Trũi nói rằng thấy viện binh của Kiến kéo đến nhiều lắm. Chao ôi! Nào bản ý của chúng tôi có muốn đánh nhau! Giảng giải thế nào cho những quân này nghe được!

Mùa xuân ngày thứ 84 - Quả như lời Trũi, bữa nay mặt trận lại thêm một lớp viện binh mới : Kiến bọ dọt, Kiến bọ dọt to hơn và đã hóa cả Kiến kim, Kiến cánh. Chúng có nọc độc rất mạnh Lại một anh châu chấu Voi tử trận. Cũng bị chúng tha mất xác. Đến tối, chúng tôi bị một cái tang rất đau đớn. Đôi bên đã lui quân. Bởi vì bọn Kiến cũng không còn đủ lực lượng để tấn công sang nữa. Chết hại nhiều lắm. Chúng tôi lui về các hầm hố mà chúng tôi đã đào để trú ẩn. Bỗng anh Xiến tóc giương đôi cánh, nhảy vót lên, kêu rú một hồi rất ghê gợn. Chúng tôi vội xúm lại thì thấy anh run run hai cái râu rồi ngã lăn đùng ra, tắt thở. Tôi lật xác anh lên, khám xét. Có hai vật gì cồm cộm trong khắc cổ anh. Tôi ghé răng, nghiến chặt lại, lôi ra được hai anh Kiến bọ dọt. Lập tức, hai tên thích khách bị xử phanh thây. Thì ra, bên địch thấy xiến-tóc là một dũng tướng, xương đồng da sắt, chúng chịu hy sinh hai mạng để chui vào vành cổ Xiến-tóc mà tiêm nọc độc. Ở mình Xiến-tóc, chỉ có khe cổ là phạm. Bị cắn trúng, anh chết ngay. Chúng tôi làm lễ an táng Xiến-tóc rất trọng thể. Anh em, ai cũng ngậm ngùi. Anh Xiến-tóc ơi! Mèn này được cái hân hạnh biết anh từ ngày xưa, hãy còn kỷ niệm với anh một cái đầu trọc đấy. Tưởng rằng anh em ta đi với nhau mãi mãi, ai ngờ anh đã vì quân thù mà sớm từ giã cõi đời!

Đó là những ngày đẫm máu của tôi và các đồng chí, trong xứ kiến. Mỗi một buổi sớm, chúng tôi trông ra trước mặt, ngó ra sau lưng, lại thấy man mác những thành, những lũy mà bọn Kiến-lửa, Kiến gió đắp để bổ vây chúng tôi. Những quân Kiến-đen thì lưởng vưởng, chạy nhanh như bay. Chúng chạy nhanh lạ thường. Những cái chân lênh khênh phóng liền liền. Và chúng thông hiệu chóng lạ. Anh này đương chạy, gặp anh khác, gì râu vào nhau, nói rất ngắn, ấy thế là anh kia đã biết được đủ các tin tức cần cấp và vội chạy biến đi báo cho anh nữa rõ. Cứ thế truyền mãi.

Muốn gặp chúa Kiến thì không thể được. Quân nào cũng ghét chúng tôi. Chúa Kiến ở tận trong thâm cung. Phần chúng tôi, anh em tiêu mòn cả... Lúc bước chân vào đây, đông đủ chín anh em. Giờ chỉ còn ngơ ngác có sáu. Bên kia chúng chết hàng nghìn, hàng vạn cũng không thiệt. Vì chúng đông quá.

Tôi bàn rằng nên cố thủ ở đây, để Trũi phá vòng vây, ra ngoài tìm binh cứu viện Chúng ta quyết đánh cho tung cả xứ Kiến lên thì mới hả được giận. Anh em ai cũng đồng một ý ấy. Sáng hôm sau, Trũi đánh mở một con đường máu băng mình ra ngoài xứ. Bây giờ Trũi không còn là Trũi nóng nẩy, bồng bột ngày trước nữa . Nó cũng mưu-cơ, tính toán ra phết. Xem thế này đủ biết ra ngoài, Trũi đi kiếm ngay anh Chuồn-chuồn cái trách nhiệm đem tin cấp cứu của bọn tôi đến xứ châu chấu Voi, xứ Bọ-ngựa, xứ Ếch Nhái. Chuồn-chuồn mở hết tốc lực phi cơ. Phi cơ Chuồn-chuồn đã khét tiếng là bay khỏe nhất!

Trong khi ấy, chúng tôi càng bị vòng vây thắt chặt thêm. Vì bọn Kiến đưa tin vào cho chúa Kiến rằng chúng tôi là một bọn nghịch-ngợm, tự dưng đến phá hoại. Chúa Kiến tức giận lắm. Chúa Kiến đi mọi nơi xem thì thấy đúng như lời báo. Thây kiến chết đầy đồng. Nhiều đồn ải tan hoang. Chúa Kiến bèn ra lệnh đem tất cả đại đội binh mã trong xứ ra quyết vây hãm, đánh cho chúng tôi kỳ chết.

Một sự hiểu lầm tai hại. Trũi đã về rồi. Nhưng binh cứu viện chưa thấy vẫn mong gì. Ôi! Anh em chúng tôi đến bị rới thủ cấp ở đất này chăng?

. . .

Này hỡi bạn đọc yêu quí! Có một sự biến - tôi hay nói biến qúa - tình cờ đã đến. Bạn hãy để tập sách xuống, lặng yên nghe tôi kể một truyện. Nếu mới nghe chắc bạn đọc sẽ cho là tôi dài lời nói phiếm, nhưng thực tình, truyện có can hệ gớm ghê tới trận giặc Kiến này. Truyện rằng :

- Có năm cô con gái học trò, tên là cô Mai, cô Điển, cô Mền cô Ly, cô Nga. Năm cô mặc áo lụa bạch và đội nón bài thơ Ngày chủ nhật, năm cô cùng đi chơi. Các cô đi qua một nhịp cầu bắc ngang sông để sang trái đồi bên này. Trái đồi ấy có rất nhiều bướm vàng, bướm trắng và rất nhiều hoa hồng bụt. Đáng lẽ Mền tôi cũng chẳng biết đâu được ỳ nghĩ của các cô. Nhưng vì Mền tôi nghe được các cô chuyện với nhau. Cô Mai nói : <<Các chị ạ! Đi bắt bướm và hái hoa hơn là đi câu. Đi câu giời này nắng lắm.>> Ấy thế là các cô vừa hát, vừa cười mà nhảy chân sáo lên đồi. Các cô chia nhau công việc. Điển, Mên và Nga thì bắt bươm-bướm. Mai và Lỳ thì đến một gốc đồi hái hoa.

Góc đồi đó. chính là nơi chiến-trường của bọn châu chấu Voi Mền tôi với giặc Kiếm Đương đánh nhau túi bụi với mấy tên kiến bọ dọt. tôi nghe có tiếng động lạ, vội ngẩng lên thì thấy hai cô con gái đã đi gần tới. Người đã đến. Người đây là hai đứa trẻ con. Ngày xưa, tôi đã bị một vố hụt chết với hai đứa trẻ, hồi tôi còn ở quê nhà. Cũng ngày xưa, còn mồ ma anh Xiến-tóc, cũng suýt nữa anh bị chết về tay mấy đứa trẻ con. Trẻ con là chúa tai ác. Chơi chán thì chúng bóp chết ngắng. hai đứa trẻ này sắp đi tới nơi. Chúng sẽ trông thấy bọn tôi. Chắc bọn tôi được chúng thích chơi hơn là Kiến. Ai lại chơi Kiến bao giờ. Nếu thế thì phải kíp kíp tháo binh. Tôi hô lớn : << Anh em ơi Chạy đi! Chạy đi! Người đã tới!>> Tôi cõng Trũi và châu-chấu Voi bỏ giở cuộc chiến, nhất tề bay vào nấp trong một bụi cỏ. Mai và Ly vừa tới. Hai cô bé nghếch mắt lên bụi hoa. Thế là guốc của các cô đưa ngay vào những tổ Kiến. Loài Kiến thì rất ngu si. Chúng thấy có kẻ động đến tổ là chúng choảng liền, bất cứ ai. Bởi thế, chúng mới bỗng dưng gây chiến tranh với bọn tôi. Và bởi thế, chúng mới leo lên guốc, nhè chân các cô bé mà cắn. Những cậu Kiến lửa chổng mông lên mà ngoặp hai răng vào gót cô bé, cắn rất hăng bái đữ dội. Nọc của các cậu cũng khá mạnh. Buốt nhoi nhói, Hai cô bé hoảng hốt, buông rơi cả hoa, nhảy cuống lên như hai con choi choi và kêu la ầm ĩ. Hai chân cô Mai đầy những kiến là kiến. Và trước mặt, và xung quanh nhan nhản các thứ Kiến gớm ghê Ba cô bạn nghe tiếng kêu, vội vàng chạy tới lôi Mai và Ly ra khỏi đám kiến. Bốn bàn chân trắng đã đỏ hắt những nốt kiến đốt. Hai cô đã dơm-dớm nước mắt, chực khóc. Các bạn mang Mai và Ly xuống vệ sông, cho rửa chân. Rửa chân man mát thì nọc kiến dịu đi. Các cô tức lắm, bàn nhau trả thù kiến.

Năm cô, mỗi cô cầm một chiếc nón xuống vục nước ở dưới sông lên đổ ào-ào vào các tổ Kiến. Than ôi! bao nhiêu nước giội xuống, bao nhiêu thành-quách, của cải vá dân cứ Kiến trôi veo cả xuống sông. Chỉ một lát, quang cảnh cái bãi chiến trường ban nãy của chúng tôi đã đổi ra một khoảng đất phẳng. ướt nước. Kiến mẹ, Kiến con, Kiến đen Kiến vàng đều chết đuối cả. Hết giận, năm cô bé học trò tung tăng ra về.

Đêm ấy, trăng sáng vằng-vặc. Chúng tôi đứng trong bụi cỏ, không dám thở mạnh. Vẫn chưa tan cơn khủng-khiếp Vẳng nghe tiếng khóc ti ti vang bốn bề. Thực là ai oán. Anh em bèn nhóm một cuộc họp và đưa ra hai nghị quyết : 1) Đình chiến ngay tức khắc. 2) Cử một người đi giảng giải mọi lẽ cho bên địch hiểu.

Anh em đồng ý bầu tôi vào cái địa vị xứ giả tối qua trong đó. Bởi vì xét về những ngày đã qua, anh em bảo rằng tôi là một kẻ luân-lạc nhiều, nói năng giỏi. Tôi vui lòng nhận cái trách nhiệm mà anh em tin cẩn giao phó cho. Dù rằng tài hèn, đức bạc, nhưng Mèn tôi chỉ nghĩ đến hòa bình nhiều hơn hết

Tôi khởi hành ngay. Tôi ngắt một chiếc lá tre, cắm lên trên đầu để tỏ dấu hòa bình và đi vào làng xóm Kiến, dưới ánh trăng xanh. Phải như mọi khi thì có cầm mấy cái lá tre, chúng cũng đánh ngay. Nhưng đêm nay đường ngang lối dọc trông trơn. Thế ma tôi cũng thấy lổm ngổm những anh Kiến công binh - Kiến gió và kiến lửa - còn sót lại đương đào đất, đắp lũy mới. Họ nhẫn nại và chăm việc quá. Có một điều đáng chú ý là chẳng một anh Kiến nào buồn ngó đến tôi. Kiến có hai thành trì để ở. Một trên mặt và một ngầm dưới đất. Những tay cao cấp thì ở dưới hầm nên không bị cái thảm họa lúc nãy. Tôi vừa chạy, vừa bay tìm dinh chúa Kiến. Bởi mặt đất đều trống trơn cả, nên tôi cứ để ý, nơi nào lù-lù cao là tới. Quả nhiên đến đúng đại bản doanh. Tôi xưng danh, đưa chiếc-lá tre, rồi xin vào ra mắt. Hai anh em Kiến càng dẫn tôi tới một mô đất Bởi

vì các hang cũng đều ngập nước, quân tướng phải lên đóng trên bờ. Chúa Kiến lớn gấp đôi một anh Kiến bọ-dọt. Đầu hắn to bằng một củ lạc và đỏ bòng như gỗ gụ. Sáu chân dài và cao. Bụng phình khệ-nệ. Dưới đuôi có một cái kim nhọn hoắt. Hai mắt hắn, khi nhìn, lồi hẳn ra như hai mắt cua. Hắn có một cái oai kẻ cả. Trông thấy tôi hắn hỏi :

- Ta lấy làm lạ rằng chúng ta không có điều gì xích mích với các người, vì lẽ gì các người lại gây sự đánh chúng ta?>>

Tôi ngạc nhiên hết sức. Chính bọn Kiến kim đã gây sự với tôi trước thì có. Tôi bèn trình bầy đầu đuôi câu chuyện cho chúa Kiến nghe. Rồi tôi kết luận rằng :

- Chúng ta nên hiểu lẽ chính như thế mà thương yêu nhau. Tôn ông đây là bậc trí giả. Tôi rất mong tôn ông biết cho rằng bọn tôi mà phải lặn lội khó nhọc, không hãi sự chết, không quản đi sông về núi, cũng chỉ vì bọn tôi đã nghĩ đến mình và nghĩ đến người một chút đó mà thôi.>>

Y nghe tôi nói xong, chúa Kiến ôm lấy đầu tôi mà khóc :

- <<Thưa tôn ông, tôi đã lầm, Những thủ túc của tôi đã nói dối tôi. Chúng bảo tôi rằng các ông đến cướp bóc và phá phách ở đây. Chao ôi! Cái ý của các ông mới quý báu thay! mới nhân đạo thay! Sức tôi có thể làm được bao nhiêu, xin chẳng dám từ nạn

Tôi cười mà nói :

- << Chúng tôi đã làm xong cả. Có lẽ chỉ còn nhờ đến tôn ông nữa là hoàn-thành công cuộc. >>

Tôi kể cho chúa Kiến nghe bước đường phiêu-lãng của bọn châu-chấu Voi, hắn phục lắm.

Lập tức, ngay đêm đó, tôi thảo một tờ hịch. Đại ý tôi đề nghị cùng thế-giới rằng :

<<từ nay khkông loài nào đánh nhau nữa. Ngoài đồng, trong rừng có rất nhiều cỏ, nhiều cây, tha hồ mà ăn, chẳng nên hục hặc nhau làm gì. Lời lẽ tôi rất thành thực và thống-thiết Chúa Kiến đọc lại suýt khóc và phục tài văn tự tôi lắm. Chúa Kiến cho vời cả Trũi và bốn châu-chấu Tre vào hội nghị.

Tờ mờ sáng, tôi nghe ầm-ầm bốn phía. Thì ra viện binh của chúng tôi do Trũi sai Chuồn-chuồn đi lấy, đã tới. Đầy một trời phi, cơ Chuồn-chuồn. Đầy mặt đất những Châu chấu, Bọ-ngựa, Bọ-muỗm. Và cả loài Ếch Nhái cũng tới. Ếch ồm-ộp. Cóc kèng-kẹc, Chẫu-chàng chẳng-chuộc. Ễah-ương uôm-oạp Om cả lên. nhưng thấy trên khắp mặt đất đều cắm lá tre, họ im lặng, tụ cả một chỗ để chờ lệnh. Tôi ra nói mấy câu và đọc tờ hịch cho họ nghe. Bọn này là bọn đã theo chúng tôi, nên họ đã reo lên ầm-ầm rồi đâu kéo về đấy hết.

Tờ hịch hiệu-triệu hòa bình đó, tôi được cái danh dự ký tên lên đầu. Bao nhiêu ky binh thông tin Kiến đen chạy tới tấp đi khắp hang cùng ngõ hẻm để truyền tin mới. Chẳng bao lâu. tất cả mọi loài nhỏ bé của thế giới đều gửi thư về nhiệt-liệt hoan nghênh và hưởng-ứng.

Trong nước thì nào Mài-mại, Thờn-bơn, Săn-sắt, Bống. Vừa ở nước ở cạn thì nào Cóc, Ếch, Nhái, Rắn, Chẫu, Mòng. Dưới đất thì nào Dế, Bọ, Sâu, Kiến. Và còn bao nhiêu nữa, tính ra có đến mấy nghìn loài, viết cả xuống đây chắc phải đặc nghịt đến mười lăm trang giấy. những anh chim Chích, chim Sẻ cũng biểu đồng tình. Có một sự lạ nữa là, tôi lại nhận được tin của lão Bói-cá ngày nọ đã bỏ tù tôi vào hầm kin, bây giờ cũng gửi nhời xin lỗi và tán thành mục đích.

Thôi thế là xong. Tôi thở một hơi rõ dài. Mấy anh Kiến Bọ-dọt, Kiến-kim ngượng và thẹn vì đã đánh lầm chúng tôi. thành thử từ đấy cứ kiếm ăn vẩn vơ ngoài đồng chứ không dám giáp mặt chúa Kiến nữa. Chúng tôi giã từ chúa Kiến. Đi được mấy ngày thì các anh châu-chấu Voi cũng cùng tôi và Trũi chia tay.

· · · VII · · ·

Mấy giòng cuối cùng của tập truyện Dế Mèn

BÂY giờ lại chỉ có Trũi và tôi. Các bạn hữu đã rời đi mỗi người một ngả. Nhưng tôi rất vui. Trũi cũng rất vui. Chúng tôi và các anh châu-chấu

Voi vừa làm được một việc to tát quá. Không phải khoe mẽ, mà chúng tôi đã sống cho có ích lắm lắm. Thế này nhé! Từ đây muôn loài không còn hầm hè gì với nhau nữa.

Tôi bèn quyết định lên đường trở lại quê hương để mang mẹ già tôi đi chơi đây đó giối già một phen. Nên đường về, tới đâu tôi và Trũi cũng được hoan hô nhiệt-liệt. Họ coi chúng tôi như hai vị thánh sống. Qua xóm Ếch Nhái cũ, Ếch-cốm đại vương mang hộ hạ ra tận đầu đường để tiếp rước. Anh chàng cứ tạ tôi mãi về việc cũ. Ở đâu cũng thấy rộn rịch nói những chuyện hòa bình, thân-ái. Phải phải, hòa bình chứ.

Khi trở về đến quê hương thì phong cảnh có đổi khác ít nhiều. Năm năm xa cách rồi còn gì! Vì tờ hịch hòa bình đã được các nhà thám tử truyền tin Kiến-đen đem đến đây từ lâu nên lúc được tin tôi và Trũi về, cả hàng tổng ra đón. Anh cả tôi sướng cuồng người lên, vì đã có được một ông em có tài lớn. Và ông dọa ông hàng xóm rằng rồi ông cũng đi du-lịch cho mà xem.

Ông anh hai ốm yếu của tôi thì chết từ lâu Nhưng ai oán nhất là mẹ già tôi cũng đã khuất núi từ hai năm nay. Tôi ra quỳ trước mộ người. Nhớ đến những lời vàng ngọc của người, khi còn sinh thời, tôi sụt-sùi khóc. Mẹ già kính mến ơi! lá vàng thì lá rụng, cái đó là sự xoay vần tự nhiên, con không giám nói chi. Nhưng con chỉ ân-hận rằng lần này trở về con không được quỳ dưới đôi càng gầy yếu của mẹ già kính mến mà kể lại những ngày phiêu-lưu cũ và những công việc con đã làm ở xứ người để mẹ nghe.

Tôi nghỉ lại ở quê nhà. Bây giờ mới thực là hết lo lắng. Để được nằm duỗi gậm cỏ, thư-thái nhìn lên trời biếc.

Nhưng rồi tôi lại ước với Trũi một cuộc đi nữa. Và định rủ cả mấy anh chấu-chấu Voi cùng đi cho vui. Nếu mà đi lần này, tôi chẳng chép nhật ký, du ký làm gì. Bởi chẳng có chi đáng viết. ở đâu cũng có ăn, Và có lẽ ai ai cũng tử tế với mình. Chẳng có thể gặp những cuộc đánh nhau như ở tổng Chấu-chấu. xứ Kiến nữa. Có lẽ dỗi dãi quá, tôi sẽ để thì giờ mà xem sét phong tục dân-tình, thổ ngơi từng xứ một. Rồi thì tôi đến thành một nhà khảo cổ, chính trị, địa dư đại học giả mất.

Trong những ngày còn lưu lạc ở quê hương, tôi chép lại tập chuyện này. Giờ đương là mùa thu, Mùa thu, hoa cúc vàng nở lưng giậu, lối mòn đầy lá đỏ rơi. Từ hôm vào mùa mới. có mưa phùn luôn luôn. Cảnh buồn mà lòng ngơi lo lắng.

Thưa cùng bạn đọc rất yêu qúy. Mèn tôi xin phép chấm hết thiên truyện. ước ao rằng sẽ có dịp. chúng ta còn gặp nhau nhiều nữa.

HẾT

ĐÓN COI:

    Sách Nhi-Dồng số 8 đang in.

    Mèo Già Hóa-Cáo của Tô-Hoài

2. HAI CON NGỖNG

··· I ···

Kíu...kíu...kíu...

Mấy cái nan bu vừa rơi xuống đất, hai con ngỗng thò đầu, ngơ ngác nhìn hai bên. Rồi chúng giẫm chân lên cửa bu, nhẩy tót xuống đất. Bị giam hãm mãi từ sáng đến giờ, cuồng cả hai cẳng. Chúng nghếch mỏ lên rồi bắt đầu bước la đà. Những bước chân la đà. Những bước chân thảnh-thơi, tỏ vẻ dễ chịu lắm. Phải, dễ chịu thực. Ồ này, chúng cong kiễng cả hai bàn chân bé nhỏ lên. Rồi đôi cánh tí hon, chỉ thun lủn có mẩu, vẫy vẫy mấy cái. Dấu hiệu tỏ vẻ vui thích của những họ nhà gà, nhà ngan, nhà ngỗng.

Hai con ngỗng này, mới mua ở chợ về Chúng bị nhốt vào bu, miệng bu che kín mấy mảnh tre mắt cáo. Về đến sân, người ta đặt bu xuống đất và vừa mới thả hai chú ra đấy Dó là hai con ngỗng nhỏ. Hai cái cánh tí hon ngắn như hai mẩu lá thài-lài.

Khắp mình, chưa có được một chiếc lông đứng đắn. Toàn một thứ lông tơ mầu trắng nhạt, sốp và bù rù như bông. Cái mỏ chưa đen hẳn như những con ngỗng lớn tuổi. Nó nhờ nhờ xám, bóp mạnh tay hãy còn lũm xuống. Những cái chân, ngón tõe doạng. không một vết bẩn, Hai con mắt nâu trông đen lúc nào cũng quay lộn, ngơ ngác. Mới trông thì có vẻ ngờ nghệch. Nhưng giá ai thò tay, định mó thẳng vào mắt ngỗng, lập tức, sẽ có ngay một cái màng trắng kép ra, che kín lại. Và chính từ bộ điệu cho đến thân thể ngỗng cũng tiết ra một cái gì có vẻ lờ đờ, khờ dại, kém nhanh nhẹn. Song đó chỉ là cái vỏ bề ngoài của ngỗng đấy thôi. Không nói đâu xa, cứ kể ngay hai con ngỗng này Hai con ngỗng mới ra ràng, bé bằng cái bàn chân người ta mà đã tinh khôn nhanh nhẹn lắm.

Vừa thả xuống đất, từ tốn bước mấy bước. Cái dáng đi của ngỗng thì từ tốn khoan thai lạ thường. Bởi mỗi một bước chân nhắc, cả mình ngỗng cũng nặng nề đu đi theo đà chân lạch bạch. Ngỗng ta đi nghiêm trang mà ngắm địa thế cái sân, nơi ăn chốn ở mới mẻ của hai cậu. Mảnh sân hẹp, nhiều cây cối. Đằng cuối kia là bờ ao, có những cây khoai nước, sắc lá xanh rờn. Vào những ngày oi bức nắng to, xuống đấy mà rúc dưới tầu lá chắc là mát mẻ, dễ chịu lắm đấy. Chuồng ở thì dựng bên góc sân. Còn các loài bạn đã có ở trong sân? Cũng chẳng có mấy. Tất cả gồm có vợ chồng một mụ ngan. Một đàn gà con tép nhép và bốn con chim bồ câu.

Lúc hai chú ngỗng vừa nhẩy ở trong bu ra, họ đã xúm đến tò mò ngắm nghía Như là ở một tỉnh nhỏ của loài người ta, mỗi khi có một chuyến xe ô tô hàng đến, đổ hành khách xuống, dân tỉnh xép cũng nhìn ngó tỉ mỉ. Đôi ngan vừa trông hai con ngỗng bé con vừa thở khò khò. Những các bác lặc lè này định nói cái gì? Ngỗng nghe không rõ. Đàn gà con thì bé hơn ngỗng, sợ ngỗng. Chúng lảng vảng, loanh quanh tận ngoài xa, ngơ ngác. Riêng đàn bồ câu thì không để ý gì đến mấy tay dân mới tới. Chúng đứng trên nóc chuồng, gật gù ăn thóc, riêng hẳn một cánh.

Hai con ngỗng bước mấy bước, rồi đứng lại. Những ngan và gà xung quanh không nói gì hết. Vợ chồng ngan đã đứng yên. Có mấy chú gà nhép thì-thầm lích tích với nhau, Nhanh nhảu ngỗng hỏi ngan :

- Các bác xơi cơm chưa?

Nhan đực đáp :

- Rồi.

Ngan cái hỏi :

- Mấy cậu ở đâu đến đây?

- Trên chợ.

- Đến đây làm gì?

Một chú ngỗng phì cười :

- Bác hỏi cũng lạ đấy. Chúng tôi còn đến đây làm gì nữa! Tất nhiên người ta mang chúng tôi đến đây cũng như người ta mang các bác đến đây chứ

- À, phải! Các chú ăn nói nghe được đấy. Các chú sinh từ ngày nào?

- Chúng tôi ra đời giữa mùa xuân vừa rồi.

(Rồi chúng dẫm chân lên cửa bu, nhảy tọt xuống đất)

<<Giữa mùa xuân vừa rồi, giữa mùa xuân vừa rồi>>. Con ngan đực uể oải bước, lặp cặp cái mỏ một câu như thế. Mụ ngan cái cũng ngoe nguẩy cái đuôi cụt, lảng theo chồng. Câu chuyện tự dưng bị đứt quãng. Hai chú ngỗng nhìn nhau :

- Chán nhỉ?

- Xoàng quá. Các bác ngan ăn nói xoàng thực.

- Bây giờ mình mới rõ. Ấy thế mà lại không già gấp mấy lần tuổi mình đó.

- Có lẽ. Từ sáng đến giờ đứng luôn cẳng, tôi mệt quá.

- Ôi chao, tôi cũng mệt quá. Hai con ngỗng cũng nằm xuống dưới gầm bụi cây ớt. Màng trắng trong mắt keo kín. Các chú ngủ. Trong giấc mơ màng, cái ý tưởng cho mấy bác ngan già là những tay xoàng xĩnh, không biết ăn nói vẫn lưởng vưởng.

* * *

Thực ra, mấy chú ngan già đó cũng là những tay xoàng thực. Vốn loài ngan cũng là loài cà-mèng. Thân thể xấu xa bẩn thỉu, tiếng nói đã ô-ô lại thêm những ý-tưởng thấp kém. Cái loài này là loài lẹt đẹt nhất. Hai chú nghỗng non kia nghĩ cũng đúng. Nhưng có một điều không đúng. Mà có lẽ là một điều mà các chú chưa nghĩ tới. Thế này :

Hai chú ngan nằm ngủ lơ mơ. Từ sáng các chú mệt. Nhưng nghe loáng thoáng như có tiếng chân chạy lạch bạch. Các chú bừng mắt. Các chú trông thấy vợ chồng mụ ngan và đàn gà con đương chạy đổ sô lại góc sân đằng kia. Đằng ấy, có cái chậu. À, Chúng chạy lại ăn. Bây giờ là bữa ăn. Người ta vừa đổ cơm nguội bèo tấm vào cái chậu sành. Lập tức, hai chú ngỗng cũng nghe trong bụng mình thấy thư có điều doi đói. Làm gì mà chẳng đói, quần quật từ sáng đến giờ! Cái diều côn thũng lẵng đã lóp tọp xuống sát cổ. Đói trong bụng thì hai cái chân muốn chạy. Cho nên bốn cái chân ngỗng hền chạy. Chạy ngay và chạy thực mau đến phía cái chậu đựng thức ăn.

Cái cổ vươn dài về đằng trước, hai chân lạch đạch phóng thật khòe. Chao ôi, đói cha chả là đói! Hai chú ngỗng chạy đến bên chậu thức ăn. Lúc bấy giờ, xung quanh chậu diễn ra một cảnh tranh ăn kịch liệt. Trong chậu cơm nguội chộn với bèo tấm và nước lã. Hai con ngan thi nhau thò mỏ vào sốc lấy sốc để. Một con háu ăn quá, bước thẳng vào chậu nằm giữa chậu mà ăn tốp tốp. Ngan ăn vốn đoảng, vung vãi tất cả cơm ra bốn phía.

Những hạt cơm ấy đàn gà con hích nhau mà nhặt tới tấp. Không sót nửa hạt. Chỉ một nháy mắt, khi hai chú ngỗng thò mỏ vào chực, thì cái lòng chậu đã nhẵn thín. Hết cả. Hai chú ngỗng ngẩn ngơ, nghiêng mỏ tròng nhau. Các chú lại rủ nhau ra một xó sân, khuỵu chân xuống ngủ.

Đến hữa chiều, hai chú ngỗng ỳ-ạch chạy được tới bên chậu, thì vừa hay cơm lại hết trụi như ban sáng. Bấy giờ hai chú ngỗng mới vùng vằng cùng đôi vợ chồng ngan, vợ chồng ngan đáp :

- Mọi khi chỉ có vợ chồng ta và đàn gà kia ăn chỉ có bấy nhiêu cơm. Cơm cho chúng ta ở đây an đấy chứ. Các chú làm gì có cơm

- Khi naò lại như vậy! Người! Người ta mang chúng ta về đây thì người ta phải cho chúng ta ăn.

- các anh hãy đi hỏi người ta cái điều ấy. Hai chú ngỗng đi hỏi người thực. Đó là cái anh cai vườn, kiêm việc trông coi sân nuôi gà vịt

- Ông mang chúng tôi về đây thì ông cho chúng tôi ăn gì?

- Ăn cơm chứ ăn gì nữa?

- Nhưng ăn vào đâu?

- Vào đâu? Ăn cùng với bọn ngan đó

Hai con ngỗng biền lành yên trí nhớ câu nói ấy.

Hôm sau chúng đưng chực ăn với ngan. Anh cai vườn ném cơm xuống chận rồi đi vào trong nhà.

Ngan cùng gà thi nhau mổ nhặt cơm.

Ngỗng cũng lật đật dúi mỏ vào chậu.

Nhưng ngỗng vừa sán tới chậu đã bị hích bắn ra ngoài. Ngỗng xô đến. Lại bị đẩy ra xa hơn nữa. Thì ra hai con ngan khổng lồ nằm bè bè chung quanh chậu. Chỉ một chiếc mỏ thò tới, lập tức ngan hất đầu lên một cái. Ngỗng bị bắt bắn ra. Ngỗng nhỏ chỉ lớn hơn gà. Vóc còn kém hai con ngan đồ sộ. Nó ngoảy cho một ngoảy, không vững chai thì ngã kểnh. Chỉ mấy cái ngoảy, chậu cơm đã hết tiệt. Mà ngỗng chưa được đụng một mẩy. Ngỗng và ngan lại vặng nhau:

 - Sao không cho chúng ta ăn? Người đã bảo cơm của chúng ta cũng có phần trong ấy?

 - Phần? Đâu có. Chúng ta chỉ ăn vừa đủ của chúng ta cũng đã hết nhẵn, có phần đâu của các anh.

Nghe cũng có lý. Và ngỗng đã bắt đầu sợ hai bác ngan mà hôm qua chúng vừa cho là ngu độn. Chao ôi. Những sự suy xét khờ dại và nông nổi.

Ừ. Ngan đần độn và khờ dại thực đấy. Nhưng mà ngan ăn hết cả cơm. Cơm của phần chúng. Chúng hãy lãi ở chỗ đó. Hai chú ngỗng còn lảng đi lủi thủi, bụng đói mòm. Thỉnh thoảng buồn miệng, các chú cúi đầu xuống rúc đất.

Nhưng rúc mỏi mỏ và đất sỏi trôi vao bụng. Càng thêm sót sa. Ngay bên cạnh sân cũng có một bãi cỏ. Cỏ cũng non lắm. Nhưng những nhách cỏ non vừa trở đã bị ngan cùng gà vặt trụi, không còn một lá nhỏ.

Ngỗng cố day, cố dứt. Chỉ ăn được những cỏ già, nuốt cũng khó trôi. Nhưng cỏ vốn chỉ là thức ăn tráng miệng. Cơm nước no nê rồi, ra bứt chơi vài lá cỏ ăn cho thơm miệng thì ngon tuyệt. Ăn lấy thảo, ăn lấy ngon. Cũng như nhấm cái bánh quế thơm tho, có bao giờ lại ăn đến kềnh bụng được. Bởi vậy, ngỗng chỉ rứt được vài cái căng cỏ, mà cỏ đã hết.

Mà vẫn thòm thèm chẳng có nghĩa gì. Lại còn đói thêm là khác!

Bỗng một chú ngỗng kêu :

- À!

Một chu ngơ ngác :

- Gì đó?

- Ta tìm thấy chỗ ăn rồi!

- Đâu? Đâu?

- Kia kìa..

Hai con ngỗng ngước nhìn lên phía chuồng chim ở trên sân gạch. Bốn con chim bồ câu vui vẻ đương xúm quanh cái bát đựng thóc.

- Có lẽ cơm của anh em ta ở bọn kia

- Trúng đó.

Hai chú lật đật chạy lên chuồng chim! Bát đựng thóc chẳng còn mấy hạt. Nhưng ngỗng cứ ngang nhiên xông vào. Những con chim bồ câu nhut nhát và yếu ớt chay tủa cả ra ngoài xa. Ngỗng rúc mỏ vào ăn. Lúc bấy giờ cai vườn đi qua đấy. Ngó thấy nỗng lên ăn thóc của chim. Hắn chạy lại. Hắn túm hai con ngỗng, lấy dây trói vào chân rồi đem buộc vào một gốc hồng bì. Hai chú ngỗng lắc lư, dằng mãi ra khôn được. Tức quá, ngỗng cong cổ lên kêu kíu kíu ỏm lỏi, nghe điếc cả tai. Khôn chịu được, Cai vườn chạy ra quát :

- Tại sao chúng mi la?

- Tại ông trói chúng tôi.

- Có tội thì ta mới trói, Ta không làm một điều gì ức hiếp ai. Các mi không được kêu bậy bạ, điếc tai tao.

- Nhưng ông đã ức chúng tôi mà ông không biết,

- Ta ức gì các mi?

- Ông không cho chúng tôi ăn.

- Ta không cho các mi ăn?

- Bởi vậy, chúng tôi phải lên ăn của chim bồ câu.

- Thế các mi vừa ăn gì với ngan dưới kia?

- Ông có trông thấy chúng tôi ăn không. Cái gì không trông thấy, chớ bao giờ có nói dựng đứng lên. Chúng tôi không hề ăn với ngan.

(Đằng ấy có cái chậu, à chúng chạy lại ăn)

Bởi vì cơm ấy chỉ đủ cho ngan ăn. Nếu đã ăn no với ngan, thì sẽ đi ngủ cho béo mắt, chứ chúng tôi còn bò lên đây ăn vài hạt thóc chủa bồ câu làm gì cho bẩn mỏ. Ông không cho chúng tôi ăn từ chiều hôm qua, ông lại trói chúng tôi bây giờ. Như thế chẳng vô lý lắm sao. Ông biết đi đây đi đó. Chúng tôi cũng có hai chân và một cái diều đựng cơm. Cớ sao ông lại buộc bụng, khóa cẳng chúng tôi?

Cai vườn ắng lưỡi, không đáp được ngỗng. Và hắn chững chịu là ngỗng nói phải.

Bởi hắn cũng đã quên, mỗi buổi ăn, không đổ thêm cơm cho ngỗng ăn. Mãi sau hắn mới nói :

- Ta quên.

- A, ông quên. Mỗi bận ông quên thế thì chết ngỗng. Chúng tôi mong ông đừng quên thả ngay chúng tôi ra ngay bây giờ và đem cơm cho chúng tôi ăn. Ngỗng được tha lập tức và cũng được Cai vườn đem ngay cơm ra cho ngỗng ăn Hắn là người tốt, tuy có quyền, nhưng chịu biết nhận mình trái, mỗi khi có lỗi. Cũng là một điều hay cho bọn loài vật thấp cổ bé miệng.

• • • Ⅲ • • •

Nhưng vẫn chưa hết hẳn những sự lôi thôi giữa đôi vợ chòng con ngan già và hai chú ngỗng trẻ. Đó, anh Cai vườn mới giải quyết xong câu chuyện ăn. Bây giờ đến câu chuyện ở.

Nguyên sân này có một cái chuồng gà và một cái chuồng chim. Chuồng chim của chim bồ câu thì ở phía vườn bên trái, riêng biệt hẳn Chuồng gà ngoài giữa sân rộng rãi nhưng ụp sụp và bẩn thỉu hơn chuồng chim chia ra làm hai ngăn. Ngăn trên có đường cầu vồng bằng nan tre đi lên để gà ở. Cách đây mấy tháng, họ nhà gà còn xum họp đông đúc hơn bây giờ nhiều. Chợt qua một cơn bệnh dây, nào gà trống, gà mái, gà trọi, gà tồ, chết tiệt cả. Cái bệnh dây thảm khốc! Chỉ còn lại có một đàn gà con ngơ ngác ấy thôi. Mỗi buổi chiều mặt trời xuống sau bụi tre, ánh sáng đỏ rực rỡ lên, đàn gà biết là giờ sắp đi ngủ. Chúng nháo nhác kêu thảm thiết Chúng rụm vào nhau đứng nhìn ngược xuôi. Chúng nhớ mẹ. Chúng nhớ bầy.

Giờ hoàng hôn là giờ xum họp đứng ngơ ngẩn mãi ở của chuồng mà vẫn không thấy gì. chúng lủi thủi túc tác nhảy lên buồng. Và chúng còn kêu thương mãi cho đến lúc trời đã tối bẳn. Những tiếng kêu gọi đàn. Còn ở ngăn chuồng dưới thấp và rộng hơn, chỉ cách mặt đất bằng một tấm phên, là chuồng của vợ chồng nhà ngan. Ngan vốn không trèo được cao. Vả lại chính ngan chũng không ưa nằm chuồng mà chỉ thích ngủ dưới đất mát mẻ Mỗi buổi chiều, cai vườn phải đuổi và tập mãi cho ngan cái thói quen ngủ trong chuồng kín đáo, chúng mới quen. Ngan chẳng biết cái gì hết. Chúng không tưởng con cầy con cáo đói khát chỉ rình ăn thịt những con vật trong sân! Từ khi thuộc lối, mỗi buổi chập tối, vợ chồng ngan lại đủng đỉnh nhảy vào chuồng, nằm xệp xuống sàn tre. Ở ngăn trên lũ gà con lích rích, có đánh rơi cả những đồ thứ bẩn thỉu xuống đầy chúng, chúng cũng im lặng.

Những thứ bẩn thỉu ở lưng chừng giời rơi xuống ấy, thì chịu được. Không hề gì. Nhưng bây giờ thì khó chụ lắm, khó chịu quá. Khó chịu đến không thể chị được nữa. Này nhé ai cũng biết rằng bây giờ đương là mùa hè oi bức. Người lớn cởi trần, quạt phành phạch luôn tay. Trẻ con lội xuống ao tắm cả ngày. Chó nằm đầu hè thè dài lưỡi thở hực

hực. Bức lắm, oi lắm. Nắng chàm lửa xuống. Trời đất nóng ngốt như bị dìm trong một cái lò than. Hai con ngan ngủ trong gậm chuồng gà cũng lấy làm bực dọc vì bức bối. Giá anh cai vườn không làm khó dễ thì chắc vợ chồng đã rủ nhau bò ra ngoài, nằm dưới mặt đất mát mẻ, thảnh thơi, thú hơn nhiều. Nhưng cái gã cai vườn ác nghiệt có để cho được thế bao giờ đâu! Hai con ngan cứ phải nằm trong cái chuồng chật chội tức thở.

Bây giờ lại tống ở đâu đến hai chú ngỗng oắt này nữa. Chà, tức mình làm sao. Trong chuồng tối om. Hai con ngỗng khỏe mạnh cứ cựa quậy luôn luôn. Đứng lên, chúng lại chổng đuôi vào mặt. Ngồi xuống, chúng lại thọc chân xuống Mà hai con ngỗng cứ đứng lên ngồi xuống cả đêm. Thực cái thân ngan là cái thân tội! Ngan và ngỗng lại huc hặc cùng nhau.

- Nhà này là nhà của vợ chồng tao. Tối mai đừng có vào đây mà nằm vọ nhé.

- Các bác nói dễ nghe nhỉ. Chẳng qua các bác cũng như chúng tôi được người ta mua ở chợ về, rồi đem nhốt vào đây, chứ nhà cửa của cải gì mà các bác phải lòe anh em.

Người ta cũng nhốt chúng tôi vào đây, thì chúng tôi cứ ở đây, việc gì phải đi đâu!

Ngan lại chịu bởi ngan đuối lý. Nhà cũng là nhà người ta thực. Thế rồi cả đêm ngan ngỗng cứ đấu khẩu ỏm tỏi. Hai bên cùng bướng. Nhưng nếu cứ đêm nào cũng cãi nhau vã như vậy, không ai chịu ai, tất cũng chẳng đi đến đâu! Riêng hai con ngỗng đã có ý chán nơi chuồng này. Vì chuồng thấp u ám mà đêm đêm những thứ bẩn thỉu của loài gà quế cứ rơi xuống đầu lõm bõm. Ngỗng vẫn sạch sẽ không chịu được luộm thuộm như ngan. Cho nên hai con ngỗng bèn bảo nhau rằng :

- Chúng mình cũng chẳng kém cạnh gì hai con ngan kia. Nhưng tôi không muốn ngủ trong nhà ấy. Bẩn thỉu quá. Anh nghĩ thế nào?

- Tôi cũng nghĩ thế.

- Vậy ta nên tìm một chỗ khác mà ngủ. Ta đâu có xoàng xĩnh như ai.

- Tìm sao được chỗ ngủ khác!

- Anh nói thế nào?

- Tôi bảo tìm làm sao được chỗ ngủ khác. Muốn có mình phải đòi hỏi đến cái kẻ chịu trách nhiệm về mình chứ.

- Nghĩa là hỏi gã cai vườn.

- Phải, Cai vườn phải đảm bảo đời sống cho chúng ta. Vì gã nuôi chúng ta.

- Trúng đó. Chúng ta hãy đi tìm gã cai vườn. Bắt gã phải làm cho chúng ta một cái nhà mới. Hay lắm.

Nhưng tìm không thấy gã đó. Và một lát sau, một chú ngỗng bảo bạn :

- Ta chẳng nên tìm cai vườn mà bắt gã phải làm nhà cho chúng ta ở.

- Sao?

- Bởi gã khỏe mà chúng ta yếu. Ta bắt gã, gã khỏng nghe thì sao? Chi bằng, tôi đã có một mẹo này.

- Mẹo gì?

Hai con ngỗng ghé mỏ vào nhau. Chú ngỗng kia nghe xong, kíu kíu rầm lên, tỏ ý hoan nghênh cái mẹo tài lắm. Hai con ngỗn nằm im dưới bóng cây khoai nước mát mẻ đợi buổi chiều xuống.

(Bốn con chím đang vui vẻ xúm xít quanh bát đựng thóc.)

Rồi buổi chiều xuống. Bóng tối trở về, Trẻ con đã đi ngủ cùng với ông mặt trời lặn. Anh cai vườn ra đóng cửa chuồn bồ câu và chuồng gà. Gà lên chuồng từ lúc nãy. Hai bác ngan cũng đã ì ạch về chuồng rồi. Chỉ duy có hai chú ngỗng vẫn tha thẩn đứng giữa sân, ngẩn ngơ nhì vào cái khoảng nhá nhem của chập tối. Anh cai vườn quát :

- Những con quái kia, chưa đáng vào chuồng để ta đóng cửa, còn đứng lẩn thẩn làm gì đó.

Một ngỗng ta thở dài :

- Ông ơi! Chán lắm.

- Sao mà chán. Chúng mi thực đồ dở hơi. Chỉ có việc ngày ăn đêm ngủ mà cũng kêu chán. Còn người ta phải làm quần quật từ sớm đến tối sao người ta không kêu chán. Phải vui vẻ chứ.

- Ông ơi! Chúng tôi chán là chúng tôi chán cái thứ khác kia.

- Cái gì hãy nói ta nghe.

- Bây giờ là mùa nực.

- Ừ mùa nực··· Mùa nực thì sao?

- Mùa nực thì oi lắm.

- Phải, mùa nực oi lắm.

(Tại ông trói chúng tôi!)

- Những bệnh thời khí của loài người, những bệnh dây của loài có mỏ chúng tôi thường phat sinh về mùa này do những nơi ụp sụp, ẩm thấp, thiếu ánh sáng, thiếu không khí và không có vệ-sinh,

- Phải, mi nói có vẻ hiểu biết lắm. Sao nữa?

- Ông có trông cái chuồng mà chúng tôi hằng ngủ không? Nó bé bằng cái lỗ mũi. Mà nó ụp xụp; ẩm thấp, thiếu ánh sáng, thiếu không khí và thực là không có vệ sinh. Vậy mà có những một đàn gà, hai con ngan to xù và hai con ngỗng chen nhau ở trong đó. Cái bệnh dây tai ác sẽ đến chơi dễ dàng lắm Này ông ơi, chúng tôi chán đời lắm. Tối hôm nay chúng tôi không ngủ trong chuồng đâu.

- …

- Tối hôm nay chúng tôi ngủ ngoài này.
Vào trong ấy, bệnh dây sẽ giết chúng tôi. Mà ở ngoài nay, các quân cáo, quân cầy cũng sẽ lôi chúng tôi đi. Đằng nào cũng thế. Chúng tôi mà chết, thì cả ông và chúng tôi cùng thiệt chứ, ông nhỉ?

- Các mi dài giòng, Ta có một cách để biết được các mi. Vây, ta hỏi thẳng : để chữa cái bênh chán vớ vẩn của các mi, các mi muốn gì?

- Chúng tôi muốn ông làm cho chúng tôi một cái chuồng khác.
Cai vườn cười ha hả :

- Ồ, dễ nghe nhỉ. Cả ngày ta phải cuốc vườn lại thổi những hai bữa cơm, mệt không thở được Đêm ta ngủ say như chết. Ta có thì giờ đâu mà làm chuồng cho các mi. Đừng có lôi thôi nữa Tối rồi đấy. Ta còn về thổi cơm, ta đi ngủ cho lại sức. Hãy vào chuồng đi cho rồi.

- Ông làm cho chúng tôi cái chuồng.

- Này chuồng.
Cai vườn sách cổ cả hai con ngỗng quẳng tọt vào cái cửa chuồng tối om, rồi đóng ập lại. Ở trong, ngan và ngỗng lại lục đục cãi nhau cả đêm.

IV

Ấy thế mà rồi cai vườn cũng phải làm chuồng cho ngỗng đó Không phải vì hai chú ngỗng kỳ kèo khéo léo. Xưa nay nhà vẫn có mỗ một cái chuồng ấy. Nuôi bao nhiêu gà vịt cũng chỉ nhét vào đấy. Cái lối vẫn thế, Cai vườn không thể lại dễ chiều ngỗng như vậy, Nguyên do chỉ vì chuyện cãi nhau mà ra. Đó thực là cái mẹo tự nhiên không định mà ngỗng được ra ở riêng chuồng. Tối nào ngan ngỗng cũng ủng oẳng cãi nhau vì chuồng chật cứ cạc cạc kíu kíu cả đêm. Luôn luôn tiếng chân đập xuống mặt sàn lạt xạt,

(Hai chú nằm lăn dưới lá khoai, chờ buổi chiều xuống)

Một đêm kia, có một con cầy chạy từ dưới bờ ao lên ngõ, qua đấy thấy tiếng động chuồng gà lịch kịch. Nó đứng lại, nghĩ ngợi, Rồi nó lẩm bẩm :

- A, ở đây mới có nhiều gà mới.

Rồi nó lại chạy đi. Nhưng chạy đi tìm một con cáo.

Trong vùng này, thường thường vẫn lẩn quất nhiều giống cầy, giống cáo, hai loài chuyên đi bắt gà, bắt vịt để ăn thịt.

Giạo ấy, trong vùng đang bị nạn đói kém Nạn đói kém lan cả đến những loài vật linh tinh Chao ôi, khổ nhất khi người ta đói. Khi người ta đói thì giời đất nào cũng không có nghĩ lý gì nữa. Bởi vậy nên dù đã bị săn bắt nghiêm cấm không được bén mảng đến sân nuôi gà vịt, mà bọn cầy, cáo đói rách, vẫn cứ ngấp nghé. Những kẻ thiếu thốn sắp chết không thể không cướp lấy những miếng mồi để không bên cạnh. Tuy vậy, cái chuồng ấy chỉ có một đôi ngan già, đôi ngan già thì chẳng làm gì được chúng nó vì ngan to và khỏe quá. Có đàn gà nhỏ đấy nhưng gà lại ngự ở chuồng trên, không thể vượt nan lên được. Lũ Cầy, Cáo ăn cướp còn đương băn khoăn chợt gặp Cáo, Cầy báo tin:

- Bạn ơi, mới có một đàn mồi…

- Đâu? Ở đâu? Tôi đương đói lắm đây.

- Ở trong chuồng gà kia. Lúc nãy đi qua, ta vừa nghe thấy nhiều tiếng líp nhíp lắm. Dáng hẳn người ta mới mộ ở đâu về. Bạn tính sao?

- Lại còn tính sao nữa! Thôi thôi, tôi chẳng cần gì cả. Đến mười ông cai vườn với cái thuổng sắt tôi cũng chẳng sợ nữa.

Này bụng tôi sùng sục lên đây. Bây giờ tôi chỉ tính toán có một thứ thôi. Là tính toán làm sao cho cái bụng này khỏ sôi sùng sục nữa. Vậy chúng ta phải đi bắt lấy bọn gà kia mà ăn.

- Ngay tối nay?

- Còn bao giờ nữa!

Tối hôm ấy, Cào và Cầy vây cái chuồng gà. Cái chuồng gà mà chúng tưởng có rất nhiều gà con mới đến ở. Kỳ thực chỉ thêm có hai chú ngỗng. Mà vì ngan và ngỗng lục đục cãi nhau cả đêm nên Cầy nghe lầm ra là lắm gà vịt lắm.

Cố nhiên cáo và Cầy không leo từng trên, vì chuồng trên cao và kín quá. Chúng hỉ loanh quanh ở dưới rình lôi cẳng một chủ gà vịt nào hớ hênh. Nhưng khốn nỗi, làm gì cô gà vịt nào. Chỉ có mỗi hai chú ngan cũ và hai con ngỗng, Họ gầm ghè kèn cựa nhau cả đêm nên họ cùng thức và tỉnh ngủ. Cho nên, Cầy và Cáo vừa lượn tới chúng đã biết. Hai con ngan im lặng, không kêu. Bởi chúng là những tay lão đại, gia đời ở cái đất này, chẳng cầy cáo nào dam mó đến cái móng chân. Nhưng ngỗng thì ngỗng sợ. Bởi vậy, hai con ngỗng cùng kêu toáng lên. Dộng hiệu, đàn gà con ở trên chuồng trên cũng quéc quéc loạn xạ. Tất cả cái cuồng vang lên những tiếng kêu inh ỏi.

Thế là ở trong nhà, người ta nghe thiếng Hai con chó khổng lồ chạy ra trước. Rồi đến Cai vườn hớt hải tay vác cái gậy lớn. Cầy và Cáo cúp đuôi lủi mất.

Nhưng đêm sau chúng lại lần đến. Và đêm sau, hai con chó cùng cai vườn lại huych huych chạy ra. Ra đến nơi chúng đã cao chạy xa bay rồi. Cứ như thế, liền mấy đêm. Cai vườn ta mất ăn mất ngủ Mà hai anh chó tấm tức lắm Một hôm, Cai vườn đứng ngắm nghía cái chuồng gà. Rôi hắn chợt nghĩ ra xưa nay ngan vẫn ở đấy một mình thì chẳng bao giờ có cầy cáo đến thăm hỏi, Hai

con nghỗng bướng bỉnh kia vừa mới về đây mấy hôm mà đã nhặng xị lên rồi. Nếu cứ để tình thế mập mờ thế này mãi. Cầy, cáo bắt mất ngỗng thực. Những quân đói là những quân liều thực mạng cả Có lẽ ta phải làm cho ngỗng một cái chuồng mới. Rồi hai chữ có lẽ mất đi lúc cai vườn đã nghĩ kỹ lưỡng hơn. Thôi đành là phải mất công một hôm, làm cho ngỗng có chuồng. Để chúng nó đấu khẩu với nhau cả đêm, gợi mõm cầy, cáo, chúng đến bắt ngoém mất. Cai vườn lặc lưỡi :

– Ta làm cho ngỗng một cái chuồng. Cái chuồng đã làm xong. Hai con ngỗng được đến ở nhà mới. Từ đấy, hết cãi nhau với ngan

Chuồng mới xinh xắn, đẹp đẽ lắm, ở xế bên phía sân gạch, cạnh chuồng chim bồ câu. Chuồng làm ở trên cao, có mấy bậc gạch mới đi lên đến cửa. Xung quanh bủa nan tre loáng thoáng, vừa mát mẻ vừa khoảng đãng dễ chịu. Trên đầu là một cái mái rạ, để che mưa nắng. Ở đấy cao và gần nhà, bọn cầy cáo đói khát dù hung hăng đến đâu cũng không dám bén mảng tới. Chúng sợ hai con chó tai ác. Và bây giờ chúng cũng đã biết rằng trong chuồng không có nhiều gà vịt mới. Chỉ có thêm hai chú ngỗng non. Thì người ta đã mang chúng sang chuồng mới đó. Ngỗng non ăn thịt cũng ngon lắm. Giá bắt được cũng hay. Và tiếng ngỗng kêu lại khàn khàn dễ bắt để không ai nghe biết. Cho nên, tuy không giám ló đầu lên chỗ chuồng ngỗng mới, nhưng thường đêm nào cũng có mộ con Cầy và một con Cáo lởn vởn lượn lờ dưới sân. Chúng giương những cặp mắt quắc rất thèm muốn nhìn lên cái lồng ngỗng. Hai con ngỗng không biết gì hết Bóng tối tỏa đầy đặc. Vả chúng đang hí lửng được ở lồng mới.

Với các loài ngan ngỗng và vịt nuôi trong sân thì cầy cáo là hai giống đáng sợ nhất. Cũng như trẻ con ta sợ nhất là mấy ông ba bị chín quai tưởng tượng. Ông ba bị vô lý ấy thì hay bắt trẻ con. Đứa nào nằm ngủ vô ý thò một cẳng ra ngoài giường là ông ta lời biến. Nhưng các ông cầy, ông cáo thì chẳng phải chỉ sợ vu vơ như trẻ con sợ ba bị đâu! Sợ lắm thực. Sểnh một cái, lúc nào cũng đã có thể có ngay những gã cầy, cáo tai ác quanh mình. Cho nên các bà gà mái, những bác ngan hằng khuyên các con cái chớ nên đi một mình trong những nơi vắng vẻ.

Hai con ngỗng này là hai con ngỗng xa đàn từ thủa nhỏ. Chúng không được những lời dạy bảo yêu dấu của người mẹ. Nhưng được cái chúng cũng khôn ngoan, nhất là con ngỗng anh. Nó đã từng lăn lóc qua nơi này nơi khác. Bước đường lưu lạc cũng đã dậy khôn cho nó được ít nhiều.

* * * IV * * *

Buổi chiều, hai con ngỗng đang ngơ ngẩn trong sân một lát, rồi từ từ đủng đỉnh đi lên chuồng. Bóng tối xụp xuống mau lẹ. Những tiếng gà xáo xác một lúc rồi im hẳn. Trên nhà, thấp thoáng có ánh đèn le lói. Đêm đã về. Ông giăng to như cái mẹt nhô lên trên đầu ngọn tre, sáng vằng vặc.

Đêm ấy, trời sáng giăng. Sáng giăng như ban ngày. Bóng Cây in tỏ tường trên sân. Trong những bãi cỏ ngoài bờ ao, đom đóm và sâu đất lập lòe ánh sáng yếu ớt. Trời cao thăm thẳm, trong vắt không một gợn mây. Vừng giăng vành vạnh dịu dàng. Giăng sáng đầy sân. Giăng sáng cả chung quanh chuồng ngỗng. Hai con ngỗng không ngủ được, đứng chong chong nhìn ra ánh giăng. Ngoài sân đẹp thực. Những lá cây ướt loáng lả lơi cười cợt. Giá lúc này mà được thủng thỉnh đi chơi lơ mơ thì thú lắm. Sung sướng thay những thì giờ nhàn hạ được đi thong thả dưới ánh giăng dịu dàng. Chú ngỗng em cũng muốn được sung sướng như thế lắm. Ngỗng ta bèn bàn với anh :

(Ông giăng to như cái mẹt, nhô lên đầu ngọn tre)

- Anh ạ, giá mà bây giờ anh em ta ra ngoài kia chơi?

Nghỗng anh trợn mắt ;

- Chú nói lạ nhỉ? Đêm hôm vắng vẻ như thế này mà đòi đi chơi! Chao ôi, chú lại không biết rằng những lúc đêm tối bây giờ là lúc bọn cầy, cáo ghê gớm đi ra kiếm ăn hay sao? chúng chỉ chuyên rình bắt họ nhà ta. Chúng ta không có nanh có vuốt phải tránh chúng nó đi, Chú đừng có nghĩ rồ dại mà đi chơi bậy ba như vậy :

Ngỗng em không nói gì, Nhưng không phải là nó im lặng vì đã nghe lời anh, Bởi vì một lát sau nó lại nói :

- Đường sân đẹp lắm Mà giời lại sáng giăng quá thế kia Em quyết rằng chẳng thể có một con cáo nào dám lởn vởn tới đây.

- Thế nó lởn vởn tới thì nó bảo trước cho chú mày biết hay sao?

Ngỗng em trả lời anh dọng bướng bỉnh :

- Ô hay, việc gì làm anh cứ phải cố tình sợ mấy thằng cầy thằng cáo quá đỗi như vậy. Em nghĩ rằng cầy, cáo thì cũng ghê gớm thực. Nhưng mà việc gì ta lại cứ hãi chúng nhiều đến thế. Em thiết tưởng chúng nó có răng sắc, có vuốt nhọn. Thì em đây cũng có hai cẳng thực dài, có cái miệng biết kêu thực to. Nếu em trông thấy chúng, em chạy thực khỏe về chuồng, và em kêu lên thực to. Người ta nghe tiếng, hai bác chó nghe tiếng Người thì vác gậy mà chó sẽ vác răng ra đánh cắn tan xác chúng ra. Anh ơi! Anh em ta chưa được đi chơi sáng giăng thế kia bao giờ Em chắc rằng thú lắm đó. Chúng ta hãy thử dạo chơi một phen xem sao. Tôi gì mà cứ ru rú một xó chuồng thế này. Mà giời sáng giăng lắm, có ngủ được đâu cho cam.

Nói rồi ngỗng ta lấy mỏ tìm cách lách rộng một cái nan chuồng. Biết là không thể bảo được đứa em ngỗ nghịch, ngỗng anh chỉ há mỏ thở dài. Chẳng mấy lúc, cái chuồng đã sé lớn một nan, Ngỗng có thể chui ra chui vào một cách thực dễ dàng. Rồi nghỗng em bảo anh :

- Anh ở nhà nhé, em đi chơi đây.

- Em ơi!

Nhưng nghỗng đã vụt ra ngoài giữa sân. Trong bóng trăng tơ tưởng, ngỗng ta thủng thỉnh bước lẫn lộn trong ánh hoa lá lao sao. Thích lắm. Nhưng ngỗng anh không thể thích như ngỗng em. Nó chỉ đứng thở dài và lo lắng nhìn theo bóng con ngỗng bướng bỉnh đã khuất về phía bờ ao.

Rồi một lúc thực lâu. Bấy giờ dáng chừng vào khoảng quá nửa đêm. Sự lo lắng trong lòng ngỗng anh càng tăng lên. Thì lù lù ngỗng em ở đâu đủng đỉnh dẫn sác về. Nó chui vào chuồng và nói :

- Anh ơi, thú lắm. Đi sáng giăng đẹp như đi trong động tiên. Nên đi chơi giăng, anh ạ,

Giăng đã xế và bấy giờ mảnh sân đã tối mò, Ngỗng còn nói liên miên bao nhiêu chuyện vui trong đêm giăng mãi, Anh nó không nói gì. Chú em lại càng ra vẻ dương dương tự đắc, ra vẻ ta đây lắm. Và chao ôi, trong đầu cái đứa em bậy bạ đó đã nhuốm một chút ý tưởng khinh khi người anh là tay xoàng

* * * VII * * *

Đêm hôm sau, lại sáng giăng vằng vặc, Ngỗng em lại chơi, Nó rủ cả anh nó. Nhưng anh nó không đi. Và anh nó cũng lại gàn nó. Lần này nó chẳng đáp anh nó nửa câu, cứ lùi lũi ra ngoài. Nó đã khinh anh là xoàng rồi mà.

Thế rồi nửa đêm hôm ấy, nó lại ung dung về chuồng, khi giăng đã lặn. Chẳng việc gì cả. Chẳng cầy cáo nào bắt nó.

(Nó kêu lên mâys tiếng kíu kíu)

Đêm sau, sáng giăng như thường. Ngỗng lại đi ra sân chơi. Trong khi anh nó ở nhà lo đứng lo ngồi. Nghỗng đã đi khuất bóng. Ngoài sân, ánh giăng giãi lạnh lùng. Bỗng nghe <<quéc>> một tiếng kinh rợn. Rồi liền mấy tiếng nữa như tiếng <<quéc>> kêu cứu ở đằng phía bờ ao. Tiếp liền mấy tiếng lạt sạt. Thế rồi im lặng. Ánh trăng giãi lạnh lùng.

Nửa đêm. rồi đến tận sáng, không thấy ngỗng về. Sáng hôm sau, ngỗng anh ra sân, thấy có mấy lắm lông măng và lưa tưa mấy giọt máu đỏ chạy cuốt về phía bờ ao, liền bên vết chân cáo lỗ chỗ. Nghỗng anh yên lặng đứng. Bỗng nó kêu lên mấy tiếng :

- Kíu! Kíu!

không biết là tiếng khóc hay tiếng thở dài. Từ đấy ngỗng mất một đứa
em bướng bỉnh.

TÔ-HOÀI

3. MÈO GIÀ HÓA CÁO

CÓ hai con mèo nhỏ Một con tên là Mimi. Một con tên là Tam thể. Mimi sắc đen tuyền. Thâm như nhung tơ. Hai con mắt xanh lè coi rất đỗi thông minh. Con Tam thể, bộ lông đúng như nghĩa của hai chữ ấy. Nó gồm 3 sắc : trắng, vàng, đen. Hai con mèo đều tinh nhanh, hoạt động và láu lỉnh. Chúng thuộc vào lớp mèo mới sinh ra vào khoảng mùa đông năm ngoái. Đến bây giờ chưa đầy một năm. Bởi vậy, bước đường du lịch của hai cậu nhỏ, dài nhất mới là từ vườn sau lên đến nhà trên. Chứ chưa ra đến đầu ngõ. Và chưa hề được trông thấy đường cái bao giờ.

Tuy vậy, Mimi và Tam thể vẫn cho mình là tay ghê lắm. Những con mèo trẻ tuổi; hóm hỉnh và ngang ngược. Bởi vì chúng không còn có ai dậy bảo Mẹ chúng mùa đông năm ngoái mắc bệnh mà từ trần. Trong nhà, họ nhà mèo chỉ còn chỉ còn mỗi một lão mèo Mướp. Nhưng Mướp đã già nua, và dường như có tính lẩn thẩn, suốt ngày chỉ ngồi lừ đừ. Đêm tối mò đi rà những đâu đâu Mimi và Tam thể không biết được.

Và chúng có cần biết đâu. Người già là người bỏ xó rồi. Lão Mướp có cũng như không. Chúng nó chỉ biết có chúng nó. Anh Mimi thì nói nịnh anh Tam thể. Anh Tam thể lại nịnh anh Mimi. Hai anh nịnh lẫn nhau. Thế là hai anh cùng tưởng mình là những anh hùng tài ba cả. Hai anh cùng sướng phổng mũi Và than ôi, hai anh nhãi đều coi giời chỉ to bằng cái vung nhỏ xíu thôi.

* * *

Một buổi sáng kia, sau bữa cơm sáng, Mimi và Tam thể ngồi truyện gẫu cùng nhau. Hai cậu vừa trò chuyện lăng nhăng vừa rửa mặt. Mèo rửa mặt thì thật tài tình và đáng ngẫm nghĩ. Thế này nhé : trong bọn anh em chúng ta đây, không thiếu gì những anh em lười. Mỗi anh lười một kiểu. Kể ra chẳng xiết được. Có những anh buổi sáng mùa rét, trở dậy, dùng hai đầu ngón tay vào nước quét lên hai con mắt. coi thế là đủ một cuộc rửa mặt long trọng vậy. Có anh, ăn cơm xong, chỉ thò có mỗi một ngón tay vào nước, rồi chùi lên niệng. Thế là anh ta rửa mặt rồi. Đó là hai kiểu lười trong vạn triệu kiểu lười biếng khác trên thế giới này.

Nhưng cũng là hạng lười xoàng, nếu đem ví với cái lười của các cậu mèo. Người lười thì dùng một ngón, tay vào nước mà rửa mặt. Mèo không lười nhưng cũng không bao giờ rửa mặt bằng nước. Mèo rửa tay không. Mèo dùng một bàn chân trước, xoa lên mồm, xoa lên mũi, xoa lên tai mấy cái Thế là xong việc rửa mặt. Mà việc ấy mèo chỉ làm vào những lúc thong thả nhất, trời có nắng to mà thôi. Như sáng hôm nay.

Bởi vậy hai chú mèo ngồi, vừa rửa mặt xuông vừa chuyện lăng nhăng. Ăn no rỗi việc, ngồi nói và nghĩ nhảm.

Chợt, một con chó Nhôm từ ngoài vườn len lén chạy vào. hai chú mèo rông thấy. Lập tức câu truyện vu vơ đổi chiều, xoay nói đến anh chó. Nghĩa là hai mèo ta nói xấu chó. Phải như anh chó này thì mèng thực, chó gì, chó nhãi. Mình mẩy bằng cái nắm tay mà lại ghẻ lở kềnh càng gớm chết. Hai con mắt lấm lét, lúc nào cũng trông trộm như quân ăn cắp ngay

Mimi bảo Tam thể :

- Trông cái thằng ăn mày kia, sao mà tớ ghét thế!

- Tớ cũng vậy. Bẩn cả mắt.

Bỗng Mimi reo to :

- Ờ ờ, hay là .. hay là...

Rồi Mimi ghé tai Tam thể, thì thào Tam thể dường như đắc chí, tủm tỉm cười. Hai anh cùng nháy nhau ra hiệu bí-mật. Rồi Mimi cất tiếng gọi con chó nhỏ lại. Con chó con len lén đến giương đôi mắt lơ láo nhìn hai bác mèo. Bởi vì chó và mèo chưa hề giao thiệp với nhau bao giờ. Mà chó thì vốn hiền lành, háu ăn, cũng chẳng chơi bời với ai. Mimi nói :

- Này em. Ta bảo em điều này nhé

- Dạ.

- Vừa rồi em ăn mấy vực cơm?

(Một tên là Tam Thể, một tên là Mimi)

Chó tần ngần :

- Tôi ăn ba bát. Ba bát đổ vào chậu, hòa với nước vo.

- Em ăn như thế đã đủ no chưa?

- ...Cũng chưa đủ. Kể ra còn hơi moi mói. Tôi phải ăn một bát nữa, thì mới chắc bụng được.

Mimi cười, ngọt ngào :

- Em nói đúng đấy, lão chủ nhà này là một lão rất cay nghiệt. Không bao giờ lão cho loài vật được no. Chao ơi, nghĩ nỗi ở đây thì khổ lắm.

Chó đáp ngập ngừng :

- Vâng, ở đây khổ thực.

Mimi lại cười :

- Nhưng ta đùa đấy thôi. Ở đây không đến nỗi khổ quá như vậy. Hoặc có cũng chỉ khổ cho những kẻ dốt nát. Nếu thông-minh một chút, lúc nào cũng sung sương.

Chó ta ngớ ra :

- Ông.. a bác bảo thông-minh, là thông mình làm sao cơ?

- Thông minh là... thông-minh chứ.

- ?

- Nghĩa là thế này : Tất cả mọi vật trong nhà lão hà-tiện này đều bị đói, riêng có hai anh em ta đây lúc nào cũng no phưỡn bụng. Chúng ta no lắm, cơm chỉ rình òi ở trong cổ ra. Gớm thế kia chứ!

- Ồ, gớm thực. Hai bác lám thế nào mà được no luôn luôn như vậy?

- Chúng ta phải có mẹo chứ.

- Mẹo? Mẹo sao a?

- Ồ, mẹo này quý lắm. Ta coi bộ chú em ngơ ngẩn, dường như muốn biết cái mẹo báu này của chúng ta phải không?

- Vâng, có thế.

- Ta cũng không hẹp gì mà không bảo. Cùng là chỗ anh em trong nhà cả. Những ta nói : chú em có dám nói với ông chủ không?

Chó nghĩ rồi buồn rầu đáp :

- Tôi sợ lắm, Xưa nay tôi chưa dám nói với ông chủ bao giờ. Ông ấy ghét tôi lắm. Chắc vì tôi bẩn thỉu, ốm o. Hễ cứ trông thấy tôi đâu là ông ấy rình đánh. Còn nói năng gì nữa. Tôi xin chịu.

Mimi gật gù :

- Ờ ờ... Ta tưởng chú em nói với ông chủ. Ta sẽ mách em mấy câu nói thực có lý và hay, ông ta sẽ cho chú em ăn no tức khắc. Nhưng thôi, ta đã có cách. Bốn chân chú khỏe đấy chứ?

- Khỏe.

- Chú có thể nhẩy được lên thềm hè cao thế kia không?

- Có thể

- Được. Ta mách chú : Đằng cuối trạn, ông chủ có để một rá cơm nguội.

Bây giờ chú ra trèo lên trạn, cứ việc ăn cho kỳ thực no hãy thôi. Ăn xong chú vào trong nhà trông thấy ông chủ thì thưa rằng : <<Thưa ông, tôi ăn rồi>>. Ông ấy sẽ gật đầu. Thế là xong. Sáng mai, chú lại cứ việc đàng hoàng mà trèo lên cuối trạn, ăn như thường.

- Ối chao ôi, sao lại sướng thế? Tại sao mà ông chủ lại dễ dãi thế à hai bác?

- Ấy ông ta chỉ dễ dãi với những kẻ biểu biết mà thôi. Chú chẳng thấy ông ta cay nghiệt với chú, bởi vì chú không hiểu biết đó ư?

- Ờ, vâng, vâng, vậy muốn hiểu biết. tôi cứ làm thế.

- Phải. Cứ làm thế.

Chó Nhôm liền <<cứ làm như thế>> ngay Nghĩa là Nhôm ta chạy đến góc trạn. Thì quả nhiên thấy ở trên sàn có để một cái rá. Nó ngửi thoáng cũng biết là rá cơm nguội rồi. Nhôm leo ngay lên. Nhôm hiểu biết mà! Vả lại thực tình Nhôm cũng hơi đói. Khốn nạn, những con chó gầy, lúc nào mà chẳng đói! Trông thấy cơm, sống chết cũng hục mũi vào. Nhôm trèo lên trạn Nhưng không trèo nổi. Nó đành đứng thò hai chân rước, kiễng hai chân sau lên và hục mõm vào khều cái rá. Nó ăn tốp tốp. Chẳng mấy lúc, hết nhẵn rá cơm. Bụng nó cũng đã có vẻ chặt. Nó bước xuống, đi lững thững vào trong nhà. Cái bụng to kếch lắc lư.

(Mướp đã già nua, suốt ngày chỉ ngồi lừ đừ)

Trong khi ấy, Mimi và Tam thể rón rén đi theo. Chúng đưa mắt. Và cười với nhau

Quả nhiên Nhôm vào trong nhà tìm ông chủ. Nó thấy ông chủ ngồi trên phản. Nó ngoe nguẩy đuôi, lấy cái điệu rất vui vẻ mà nói rằng :

- Thưa ông, tôi ăn rồi ạ.

Ông chủ ngồi nhỏm dậy, trừng mắt :

- Mày ăn gì?

- Tôi ăn cơm.

- Ăn cơm? Ở đâu?

- Ở ngoài kia.

Chó Nhôm quay mũi ra, làm hiệu chỏ về phía trạn bát. Ông chủ nhìn theo. Bỗng ông kêu lên một tiếng ghê gớm. Rồi ông chạy thẳng về phía trạn. Chiếc rá hết cơm đã lật nghiêng

Ông ta rên lên :

- Cơm của tao! Cơm của tao để đấy mà mày dám ăn!

Sẵn cái gậy trong xó cửa, ông phết cho Nhôm một trận kịch liệt. Nhôm chu lăn chéo lộn, kêu la rối-rít.

Trong khi ấy, Mimi và Tam thể đứng núp ngoài khe cửa cười với nhau. Cùng lấy làm khoái trí lắm.

* * *

Nhôm khóc đúng hai ngày, mới nguôi cơn đau. Nó đi tìm hai con mèo quái ác. Hai con mèo quái ác nhăn răng ra. Rồi Mimi nói :

- Chú mình ơi! Mọi khi anh em vẫn ăn chẳng ai làm sao. Thực chẳng may cho chú mình. Chắc lúc bấy giờ ông chủ ấy đương tức giận cái gì đó. Thôi anh em ta chia buồn cùng chú.

Nhôm toan sừng sộ cãi nhau. Hoặc đánh nhau cũng được. Tức lắm. Tức lắm. Nhưng Nhôm đú lưỡi, không nói được. Nhôm bé không đánh nổi chúng nó. Mà môi mép của Nhôm cũng kém, không thông thạo. Nhôm đành khóc, hai hàng nước mắt lại tuôn dòng dòng. Và Nhôm lủi thủi đi ra vườn sau.

Hai con mèo cười giễu cùng nhau, ra vẻ hả hê lắm.

Nhưng hả hê nỗi gì, hỡi hai con mèo tai ác! Chúng lừa cho kẻ khác đòn đánh mà chúng khoái trí lắm ư? Có như thế. Và chẳng những như thế, tệ hơn nữa, chúng lại còn định trêu chọc Nhôm thêm.

Thì ra, chúng nghịch tinh. Những đứa nghịch tinh, cái gì chúng cũng thích táy máy.

Một hôm, người ta trông thấy Mimi và Tam thể đưng nhởn nhơ ngoài ngõ. Bỗng hai đứa thì thầm gì với nhau. Rồi cùng chạy miệt vào trong nhà. Nét mặt vụt hớt hải, nhợt nhạt như có điều gì đang sợ hãi lắm.

Chúng chạy đi tìm mẹ con chó Nhôm. Mụ này đương nằm ngủ, cuộn tròn đuôi trong gầm phản. Tam thể nhảy đến.

(Con chó len lén đến...)

Mim nhảy đến. Hai con cùng nhảy đến, lay mụ chó già, Chúng kêu rối rít :

- Mụ ơi! Mụ ơi!

Mụ chó nhỏm dậy, ngơ ngác :

- Cái gì?

- Thằng Nhôm nó chết đuối ở ngoài ao kia!

- Ối giời ôi! Đâu? Đâu?

- Ở ngoài ao xóm.

Mụ cuống cuồng chạy. Mụ chạy lập cập, run rẩy Tam thể nói với theo :

- Cứ chạy chậm thôi. Đằng nào nó cũng ngã xuống ao rồi mà!

Nhưng mụ không nghe tiếng. Mụ càng chạy khỏe hơn. Mõm mụ rên

rỉ :

- Khốn khổ con tôi! Khốn khổ con tôi!

Nhưng lúc mụ ra đến bờ ao, trông trước trông sau, không thấy Nhôm.

Mụ gọi réo :

- Nhôm ơi! Ới Nhôm ơi!

Thì Nhôm, lù lù ở trong bụi cỏ, xế bên bờ ao chui ra, Mẹ nó vừa mừng,

vừa sợ lại vừa tức :

- Tao tưởng mày chết chìm rồi?

- Không, con vẫn nằm chơi từ sáng ở đây.

- A, mày nằm chơi? Sao lông mày ướt thế kia,

- Sương ở cỏ đấy, mẹ ạ.

- Mày nói láo. Đúng mày lội xuống ao. Người ta lại bảo mày chết đuối

rồi cơ đấy.

- Ai?

- Thằng Tam thể.

- Ối! Nó vu cho tôi.

- Vu à? vu à? Không có khói, sao có lửa? Mày cũng ít là cái nghịch.

Từ giờ thì chừa lội xuống ao này. Này... này... này...

Vừa nói, mụ vừa cắn cổ con. Nhôm tức quá. Bởi vì Nhôm ta quả tình là oan thực. Từ sáng, Nhôm vẫn nằm chơi trên bờ cỏ. Thế mà mẹ Nhôm đánh. Mẹ Nhôm đánh Nhôm một trận kịch liệt. Nhôm đau quá. Mà Nhôm nghĩ vừa cáu thằng Tam thể, lại vừa giận mẹ, Nó kêu toang lên. Thành thử hai mẹ con la rít ầm cả một góc ngõ. Dần dần Nhôm lui mãi vào trong sân. Mẹ nó đương còn hăng, cứ đuổi theo đánh mãi. Bấy giờ cuộc xung đột lại vào tận trong.

(Nó ăn tốp tốp, chẳng mấy lúc hết nhẵn rá cơm)

Ông chủ đương nằm ngủ. Ông chủ ngủ say lắm. Thế mà nghe tiếng chó sủa dữ dội ông cũng thức dậy. Ông tưởng có khách vào chơi. Nhưng nhìn ra sân chẳng thấy khách đâu. Chỉ thấy hai mẹ con con Nhôm cắn nhau ẳng oẳng. Ông tức điên người. Ông lại vác cái gậy ra sân. Ông đánh cả hai mẹ con. Bị đàn áp, đám đánh con vội tan. Mẹ chạy vào trong gậm phản. Con phới ra ngõ.

Nhưng ông chủ vẫn chưa nguôi cơn giận. Cái này mới là cái nguy. Bởi vì ông có cái quyền sinh sát ở trong nhà. Buổi chiều hôm ấy, ngoi uống rượu, ông nói :

- Mẹ con con chó Nhôm này hư lắm. Hôm vào cũng cắn nhau. Ừ, để mai ông bán con chó con đi xem chúng mây còn cãi nhau vào đâu nữa nào?

Sáng hôm sau, ông làm đúng như lời ông nói. Nghĩa là ông sai anh Cai vườn lôi Nhôm con lên chợ. Bữa đó nhằm ngày phiên chợ.

Thế là hai mẹ con xa nhau. Mấy hôm nữa người ta còn trông thấy mụ chó Nhôm đi thơ thẩn ngoài vườn, buồn rầu lủi-thủi. Mụ nhớ con. Con hư thì phải đánh. Nhưng mẹ nào là mẹ chẳng thương con! Mụ buồn lắm.

Chỉ co mình Mimi va Tam Thể không buồn. chúng lấy cái việc ấy làm thích. Bởi vì do chúng gây ra cái việc chia ly này. Chúng còn nói truyện lấy làm kỳ thú lắm, đến mấy ngày nữa.

Nhưng ... rồi chúng cũng buồn. Cũng buồn, bởi vì không còn con Nhôm để chúng nó trêu nghịch nữa. Chúng mất một tay để trêu. Song chi buồn thoang thoáng thôi. Rồi chúng lại tìm chơi những trò tinh nghịch khác.

* * *

Những trò chơi khác? Biết bao nhiêu trò chơi cho qua được những ngày tháng rỗi-rãi Giá như trẻ con người ta thì cho chúng cắp sách đi trường mà học tập. Nhưng ta không có trường dậy mèo. Thành thử mèo nhỏ chỉ rủ nhau đi chơi nhăng. Sự lêu lổng khiến hư thân. Mà thong thả không việc chí nghĩ quẩn Nhười ta bảo hết khôn thì dồn đến dại là cái nghĩa na ná như thế vậy.

Trước hết, chúng nghĩ khôn lắm. Mimi hỏi Tam thể :

- Đằng ấy thử ngẫm kỹ xem loài mèo chúng ta sống ở trên đời để làm gì?

- Để ăn cơm.

- Bậy! Ai chẳng phải ăn cơm. Phải có một việc để làm chứ. Việc gì. Loài ta có việc gì?

Tam thể reo lên :

- Nghĩ ra rồi. Người ta nuôi chúng mình để chúng mình làm việc cho người ta.

- Làm gì

- Bắt chuột! Bắt chuột! Chuột cắn quần, cắn áo. Chuột ăn vụng, ăn trộm. Chuột gặm giầy dép. Chuột gặm cả chân người ta. Chuột là một giống tai hại tối vô ich. Công việc của chúng ta là bắt chuột cho ông Chủ.

- Phải đó.

- Thế chúng mình đã bắt chuột bao giờ chưa nhỉ?

- Chưa đấy?

- Chao! Vậy từ giờ ta phải bắt chuột đi. Chuột làm hại người ta nhiều lắm. Chúng ta phải giết hết chúng nó. Có được như vậy, chúng ta mới là những con vật có ích. Vá lại chúng ta cũng đã lớn.

Từ hôm ấy, Mimi và Tam thể bè nhau mò mẫm bắt chuột. Hai cậu rủ nhau đi từ nhà trên xuống góc bếp, xó nào cũng dò đến, Vừa đi vừa kêu meo meo ỏm tỏi. Ra lối như là có các quan tướng đi đây, quân tiểu yêu mau mau ra nộp mạng.

Nhưng chẳng có quân tiểu yêu nào ra nộp mạng hết. Mèo đi bắt chuột mà lại kêu rầm lên như vậy, thì chuột nào ra!

(Thưa ông, tôi ăn rồi ạ)

Chuột dám ra! Hai anh đi suốt một ngày, thì mỏi cẳng và mỏi miệng quá. Bấy giờ đi đến đầu tường, trời vừa hay tối, Hai chú mèo đứng ngơ ngẩn, nhìn ra vườn.

Sự thực cũng chẳng có một nhách chuột nào ở trong nhà này. Có bao nhiêu, mèo Mướp đây bắt ngoạm hết. Mướp ở nhà này đã hơn mười năm nay. Ngày xưa nhà này vô lủng các thứ chuột. Chuột phá hoại đủ thứ. Và chuột làm tổ ngay ở trong trạn bát mà ở. Từ khi có Mướp, Mướp bắt tiệt hết. Còn con nào trốn sạch. Chỉ có bai anh chuột cống khổng lồ rất gớm ghê không chịu chạy theo đàn, nhất quyết ở lại để chống nhau với mèo Mướp, báo thù cho họ chuột. Chúng đã đánh nhau với Mướp nhiều trận gớm ghê lắm, Mướp không hạ được chúng, Chúng đánh những hai đứa, thành tử cũng không thể gọi là địch thủ xoàng được. Nếu Mướp không cứng thì thua là khác. Nhưng sau Mướp lừa mẹo, đánh nhau với lừng tên một. Quả nhiên, hai con chuột cống thua, Một con bị thương nặng ở bắp đùi. Con khác thấy thế nguy, cõng bạn chạy miết. Thế là chạy mất, không biết chạy đi đâu. Từ đấy không trở về nữa. Mèo Mướp nhất thắng được thiên-hạ. Một mình một giang-sơn. Chỉ thỉnh thoảng, có một anh chuột nhắt lưởng vưởng ở đâu lạc đến. Nhưng nhửi thấy hơi mèo lại biến bay chạy đi ngay. Đôi khi cũng có một anh chuột chù tò mò qua chơi. Chuột chù hôi rình rình. Mèo không thèm ăn. Mèo chỉ gừ một tiếng. Chuột chù cũng lùi ngay. Tức là trong nhà bây giờ sạch trơn. Một cái lông chuột cũng chẳng có.

Vậy hai chú mèo oắt biết gào mấy ngày ra một chú chuột cỏn con. Nhưng tối hôm ấy, hai cậu nằm, lại phỉnh phờ lẫn nhau.

Mimi rằng :<<Chúng mình oai quá>>.

(Nhôm chu lăn méo lộn, kêu la rối rít)

- Sao?

- Chỉ nghe tiếng chúng mình là chuột đã sợ hết vía. Chắc hai tai cụp cả xuống đấy.

- Ờ ờ. Chúng mình oai thực.

Ngẫm nghĩ, rồi Tam thể cũng nói :

- Này, nhiều lúc tôi đứng yên, lắng nghe có tiếng lích rích, đúng tiếng chuột đùa nhau. Thế mà chúng ta vừa kêu lên một tiếng, chúng đã biến đâu mất. Tuy chúng ta la hết thế cũng tốt, song chẳng bắt được. Hay là từ mai, ta im lặng đi, quyết bắt sống mấy chú chơi.

- Mẹo của đằng ấy hay lắm. Mai ta quyết bắt sống mấy chú coi!

Sáng hôm sau. Mimi và Tam thể mò mẫm đi im lặng để rình chuột thực. Chúng bước rón rén vào các ngõ ngạch tối tăm. Có lúc chúng nhìn cả tho nữa. Nhưng cũng không hề thấy bóng một chú chuột nào. Tối đến, hai anh lại nịnh nhau. Tam thể rằng :

- Chúng mình tài thực.

- Sao mà tài?

- Chúng mình chỉ mới hét có một hôm mà đã hết cả chuột. Hôm trước, tôi còn nghe thấy tiếng chuột kêu lích rích. Hôm nay, tịnh không hề nghe thấy gì nữa. Chắc chúng bồng bế nhau, cuốn xéo dọn đi tối qua, lúc chúng mình đã đi ngủ ấy.

- Có lẽ. Nhưng cũng cứ thử rình xem.

Chúng còn rình mò luôn mấy hôm nữa Nhưng không hề thấy chuột.

Rồi có một buổi chiều tối, Mimi cùng Tam thể đứng vơ vẩn ngoài sân. Nhìn ra vườn sau. Trời tối om, trên nền sân đất chập chờn có những bóng loáng thoáng. Hai anh mèo ngạc nhiên, ngờ nhau :

- Chuột?

- Có lẽ.

Hai anh cùng gượng nhẹ bước ra sân. Hai anh cùng run. Trời ơi! bây giờ hai anh mới trông thấy chuột. Lần này là lần đầu. Bóng hình chập chờn... Đúng là bóng chuột. À, nó lại chạy loăng quăng rối rít. Coi đến hay. Chao ôi, chuột chuột. Thích quá.

Hai con mèo nhẩy choàng ra, Nhưng không phải chuột. Đó là mấy con nhái, con cóc, trông thấy trời tối thì chạy ra vồ muỗi đất. Những con nhái. thấy động nhảy lăng quăng. Các cậu cóc thì kém nhảy. Các cậu đứng yên, phềnh bùng thực to, tỏ vẻ bất cần nguy hiểm.

Mimi và Tam thể cùng là những gã mèo mũi đỏ. Mèo mũi đỏ nghĩa là mèo cũng bâm xơi thịt nhái. Cho nên, dễ không phải chuột, thì là nhái, cũng ăn bừa.

Từ chiều hôm ấy hai chú mèo lại ra vườn lần mò bắt nhái. Không có chuột thì bắt nhái. Có khi chúng tha cả nhái vào trong thềm nhà, ngồi nhá rau ráu. Anh Cai vườn nghe tiếng, chạy ra đuổi đánh. Mèo mắc vó nạy dài. Chứng nào vẫn tật ấy, mèo không bỏ được tật ăn nhái tanh.

Nhưng rồi nhái cũng sợ, nhái không ra sân nữa. Mèo hết ăn Chỉ thỉnh thoảng lắm mới có được một chú. Có khi tranh nhau, hai anh em cắn nhau ra chuyện.

* * *

Ngoài vườn có một đàn gà con. Khốn khổ, đàn gà. Chúng nó cũng có mẹ hẳn hoi.

(Hai mèo cười riễn ra vẻ hả hê lắm)

Nhưng người ta muốn cho gà mái mẹ đẻ sớm nên người ta nhốt mẹ chúng nó lại, mặc cho đàn con đi kiếm ăn một mình. Đàn con đi vơ vẩn suốt ngày ở ngoài sân. Chúng cũng chịu khó đi kiếm ăn lẽo đẽo một bọn bé bỏng. Buổi chiều đến chúng kêu nhao nhác, lên chuồng.

Lại một hôm, Mimi và Tam thể đứng chơi ngơ ngẩn ngoài sân. Nghe tiếng gà kêu sớn sác ngoài vườn, chúng chạy ra ngõ.

Trông thấy đàn gà ngơ ngẩn, là cái ý tưởng trêu chọc lại nẩy ra trong đầu óc hai con mèo quái ác. Chúng xơ ra, nấp ở bụi, rung cây và lá, giả cách đuổi đàn gà. Đàn gà sợ nhớc nhác, chạy tán loạn, rất xa ngoài bờ cỏ. Mãi đến lúc thực tối, chúng mới dám lần mò về chuồng.

Thế rồi chiều nào chúng cũng ra trêu gà. Rồi một hôm, chẳng biết sao lạc đâu mất hai con gà nhỏ. Dư luận trong nhà ồn cả lên. Người ta ngờ cho cáo bắt. Nhưng trong vùng này không có cáo. Cáo là một loài ghê gớm. tàn ác lắm, đối với sân nuôi gà vịt. Cáo chuyên giết hại những loài trong sân. Chao, hai con gà nhỏ này lại đến chết về cáo mất thôi. Nhưng vùng này không có cáo. Người ta có ý ngờ cho một con... một con cáo nhà. Đó là anh mèo Mướp. Anh mèo Mướp bị nghi đích danh.

* * *

Tại sao Mướp lại bị nghi là Mướp bắt ăn gà?

 Nguyên vì người ta vẫn nói rằng bao giờ mèo già cũng hóa cáo. Mèo già rồi mèo biến đổi dần dần cả thân thể tính nết. Trước hết, là thân thể. Lông mọc dài xù ra. Hai con mắt sáng quắc. Những móng chân nhọn mọc dài ra, khoằm lại. Khác hẳn móng mèo. Móng này để xé thịt. Rồi tính tình mèo cũng thay đổi. Mèo ít ở nhà. Mèo hay đi vơ vẩn ngoài vườn, ngoài bờ ao. Rồi một hôm, mèo sẽ bỏ nhà mà đi biệt hẳn, không về nhà nữa. Mèo đi ở bờ ở bụi, sống trong hang, trong hố và bắt đầu cuộc sống của một con cáo khoảnh ác.

 Ấy là những chuyện đồn đại mà người ta có ý ngờ cho mấy con mèo giá. Chứ thực mèo già có hóa cáo hay không, cái đó thực cũng chưa ai được rõ.

 Chẳng may trong nhà này lại có một con mèo già. Con Mướp. Nó đã sống ngoài mười năm. Thế lão lắm rồi. Kịp đến, nhà lại mất hai con gà nhỏ. Thế là tất cả loài nuôi trong sân đều ngờ diệt cho lão Mướp.

Mấy thím vịt bảo rằng hôm nào cũng thấy Mướp đi rà rà quanh chuồng. Anh ngỗng canh vườn cam đoan là rõ ràng tối hôm kia có thấy một anh cáo chạy vụt từ góc vườn lên thềm hè Cáo gì cáo chạy lên thềm hè. Đúng là Mướp. Đến đàn gà, cứ chập tối là quáng mắt, mà cũng đồn rằng trông thấy Mướp đi đêm ra ngoài bờ ao.

(Quả nhiên chúng thấy hai con gà còn nằm chết chổng gọng trong khe chuồng)

Tin đồn ấy, lạc cả đến tai Tam thể và Mimi. Hai anh này chỉ dám kháo truyện nhỏ với nhau. Bởi vì câu truyện này có can hệ đến họ nhà mèo? Hai cu cậu chỉ bàn nhỏ.

- Quai, chiều hôm trước mình vẫn thấy đủ cả đàn gà, phải không Mimi nhỉ?

- Ờ

- Hay là có lẽ...

- Có lẽ sao?

- Có lẽ lão Mướp thực.

- Hay là ta đi hỏi lão. Xem nếu lão có hóa cáo thực thì anh em ta quyết đuổi ngay lão ra khỏi nhà. Ở đây, thêm bận tiếng nhà mèo chúng ta. Anh nghĩ sao?

- Tôi cũng nghĩ như anh. Nhưng để sáng mai hãy hỏi bây giờ lão đi mò rồi.

Sáng hôm sau, Mimi và Tam thể dám hỏi lão Mướp thực. Can đảm lắm mới dám mon men đến hỏi lão. Bởi vì, hai con mèo nhỏ chỉ nói năng khoác lác, chứ giáp mặt Mướp, hai cậu vẫn sợ như thường.

- Thưa bác, người ta đồn...

- Người ta đồn sao?

- Người ta đồn rằng bác sắp hóa cáo?

Mướp cười, quờ chân lên vuốt râu.

- À! Ta cũng nghe thấy người ta đồn như thế. Chúng bay nghĩ sao?

- Chúng tôi nghĩ... à...

- Chúng tôi nghĩ...

- Có phải chúng bay nghĩ rằng có lẽ ta cũng sắp hóa cáo thực. Ta hãy dẫn tích cho các bay nghe nhé. Loài mèo nhà tao vốn hiền lành.

Chúng tao sống xuốt đời trong nhà. Chúng tao bắt chuột, trừ hại cho người. Cho tới ngày già lão, như tao đây, chúng tao tự nghĩ không giúp gì cho người được nữa. Đêm tao hay đi lang thang. Tao kiếm một chỗ ăn nghỉ kín đáo trong bụi tre. Để khi nào, tao yếu quá, tao ốm, biết mình không thể sống được, tao sẽ đến nằm ở nơi ấy mà chết. Như thế, khuất mắt mọi người. Do đó, người ta ngờ rằng chúng tao hóa cáo. Nhưng có phải đâu. Chúng tao chỉ muốn rằng : Khi khỏe, chúng tao giúp ích cho người. Lúc yếu tự nghĩ không làm gì được nữa, chúng tao tìm một nơi nằm nhắm mắt, thở hơi cuối cùng. Im lặng, không bận gì đến ai và không ai biết mình thế nào.

Nhưng chính ra mèo cũng hóa cáo thực. Song chỉ có những tên nào như chúng bay, sau này già tất thế nào cũng hóa cáo. Bởi chúng bay là những quân tai ác. Chúng bay trêu chó. Chúng bay ăn nhái. Chúng bay đuổi gà. Vì chúng bay đuổi gà mà hai con gà nhỏ lọt chân xuống sàn mắc mà chết chẹt ở trong chuồng. Rồi chúng bay sẽ hóa cáo. Nến thân hình chúng bay không hóa cáo thì người chúng bay cũng hóa cáo. Tao báo cho mà biết như vậy. Có liều liệ sớm mà tu tỉnh lại, không rồi hóa cáo thì vừa.

Hai con mèo nhỏ nhìn nhau cúi mặt rồi lủi ra ngoài.

Sáng hôm sau, Mimi và Tam thể ra chuồng gà, ngó vào. Quả nhiên thấy hai con gà con nằm chết chỏng gong trong khe chuồng. Hai cậu đột nhiên thở dài. Và nghĩ sợ lão Mướp quá. Từ khi mẹ chúng chết, không ai dậy bảo gì. Hôm qua, lần này là lần thứ nhất, hai đứa trẻ nghe mấy lời răn dậy. Chúng ngẫm nghĩ lắm.

TÔ-HOÀI

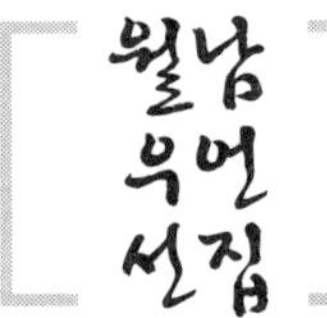

越南寓言目錄

작성 : 윤주필(단국대학교 한국어문학과 교수)

越南寓言目錄

番號	題目	著者及編者	著作時期	字數
1	六畜爭功傳	未詳	未詳	約3000字
2	虫乏花新傳	未詳	1880~1896年	約2833字
3	貞鼠傳	未詳	1873;1875年	約6090字
4	花鳥爭能	未詳	未詳	未詳
5	魚知虫谷新傳	未詳	1883年	約3217字
6	枚州妖女傳	擬聖宗黎思誠 (1442-1497)撰	18C末~19C初	約780字
7	蟾蜍苗裔記	擬聖宗黎思誠 (1442-1497)撰	18C末~19C初	約560字
8	兩佛鬥說記	擬聖宗黎思誠 (1442-1497)撰	18C末~19C初	約660字
9	富丐傳	擬聖宗黎思誠 (1442-1497)撰	18C末~19C初	約650字

收錄文獻	資料情報	特記事項
『歌文詩賦書傳雜編』收錄	漢喃研究所 所藏. VNv.520	喃文書. 爭奇文學
『虫乏花新傳 (Buom Hoa Tan Truyen)』	單行印本. 今存印本四種, 此本印於河內盛文堂成泰八年 (1896). 漢喃研究所 所藏. AB.73	喃文書. 六八體喃詩傳, 以男女情緣爲題材. '虫乏'(意爲胡蝶)喩男子, '花'喩女子.
『貞鼠傳 (Trinh Thu Truyen)』	單行印本. 今存印本四種, 此本則盛文堂印於癸酉年(1873). 漢喃研究所 所藏. VNb.79	喃文書. 六八體喃詩傳, 講述一寡白鼠之貞, 他雄鼠之淫, 他鼠妻之妬.
	鄭克孟院長 紹介. 漢喃研究所 所藏(?)	梗概則於西王母瑤池宴, 鳥王鳳凰與花王牧丹奉物參禮焉. 到午門爭先, 以至誇錢耀財, 終使牧丹先入, 因其尊貴又有錢財. 資料未入手.
『魚知虫谷新傳 (Tre Coc Tan Truyen)』	單行印本. 今存一種印於盛文堂建福元年 (1883) 漢喃研究所 所藏. VNB.78	六八體喃詩傳, 漢喃兩種文字間用. 蟾蜍(두꺼비)與鬍子鯰(메기;喃文 作魚知虫谷)以蝌蚪(올챙이)訟爭 兒子, 官方難辨眞僞, 直到蝌蚪長大, 纔斷下是非.
『聖宗遺草 (Thanh Tong Di Thao)』	漢喃研究所 所藏. A202; 『越南漢文小說叢刊(傳奇類)』 第2冊(臺灣: 學生書局, 1987.) 收錄(許鳴鏘教授 校點·解題)	單行筆寫本. 今多有校定之加筆處在焉. 漢文小說集. 總19篇 收錄
『聖宗遺草 (Thanh Tong Di Thao)』	漢喃研究所 所藏. A202; 『越南漢文小說叢刊(傳奇類)』 第2冊(臺灣: 學生書局, 1987.) 收錄(許鳴鏘教授 校點·解題)	單行筆寫本. 今多有校定之加筆處在焉. 漢文小說集. 總19篇 收錄
『聖宗遺草 (Thanh Tong Di Thao)』	漢喃研究所 所藏. A202; 『越南漢文小說叢刊(傳奇類)』 第2冊(臺灣: 學生書局, 1987.) 收錄(許鳴鏘教授 校點·解題)	單行筆寫本. 今多有校定之加筆處在焉. 漢文小說集. 總19篇 收錄
『聖宗遺草 (Thanh Tong Di Thao)』	漢喃研究所 所藏. A202; 『越南漢文小說叢刊(傳奇類)』 第2冊(臺灣: 學生書局, 1987.) 收錄(許鳴鏘教授 校點·解題)	單行筆寫本. 今多有校定之加筆處在焉. 漢文小說集. 總19篇 收錄

番號	題目	著者及編者	著作時期	字數
10	二神女傳	擬聖宗黎思誠 (1442-1497)撰	18C末~19C初	約1680字
11	山君譜	擬聖宗黎思誠 (1442-1497)撰	18C末~19C初	約560字
12	蚊書錄	擬聖宗黎思誠 (1442-1497)撰	18C末~19C初	約950字
13	花國奇緣	擬聖宗黎思誠 (1442-1497)撰	18C末~19C初	約4020字
14	禹門叢笑	擬聖宗黎思誠 (1442-1497)撰	18C末~19C初	約620字
15	漁家誌異	擬聖宗黎思誠 (1442-1497)撰	18C末~19C初	約1940字
16	聾瞽判辭	擬聖宗黎思誠 (1442-1497)撰	18C末~19C初	約730字
17	玉女歸眞主	擬聖宗黎思誠 (1442-1497)撰	18C末~19C初	約1150字
18	孝弟二神記	擬聖宗黎思誠 (1442-1497)撰	18C末~19C初	約850字
19	羊夫傳	擬聖宗黎思誠 (1442-1497)撰	18C末~19C初	約1280字

收錄文獻	資料情報	特記事項
『聖宗遺草 (Thanh Tong Di Thao)』	漢喃研究所 所藏. A202; 『越南漢文小說叢刊(傳奇類)』 第2冊(臺灣: 學生書局, 1987.) 收錄(許鳴鏘教授 校點·解題)	單行筆寫本. 今多有校定之加筆處在焉. 漢文小說集. 總19篇 收錄
『聖宗遺草 (Thanh Tong Di Thao)』	漢喃研究所 所藏. A202; 『越南漢文小說叢刊(傳奇類)』 第2冊(臺灣: 學生書局, 1987.) 收錄(許鳴鏘教授 校點·解題)	單行筆寫本. 今多有校定之加筆處在焉. 漢文小說集. 總19篇 收錄
『聖宗遺草 (Thanh Tong Di Thao)』	漢喃研究所 所藏. A202; 『越南漢文小說叢刊(傳奇類)』 第2冊(臺灣: 學生書局, 1987.) 收錄(許鳴鏘教授 校點·解題)	單行筆寫本. 今多有校定之加筆處在焉. 漢文小說集. 總19篇 收錄
『聖宗遺草 (Thanh Tong Di Thao)』	漢喃研究所 所藏. A202; 『越南漢文小說叢刊(傳奇類)』 第2冊(臺灣: 學生書局, 1987.) 收錄(許鳴鏘教授 校點·解題)	單行筆寫本. 今多有校定之加筆處在焉. 漢文小說集. 總19篇 收錄
『聖宗遺草 (Thanh Tong Di Thao)』	漢喃研究所 所藏. A202; 『越南漢文小說叢刊(傳奇類)』 第2冊(臺灣: 學生書局, 1987.) 收錄(許鳴鏘教授 校點·解題)	單行筆寫本. 今多有校定之加筆處在焉. 漢文小說集. 總19篇 收錄
『聖宗遺草 (Thanh Tong Di Thao)』	漢喃研究所 所藏. A202; 『越南漢文小說叢刊(傳奇類)』 第2冊(臺灣: 學生書局, 1987.) 收錄(許鳴鏘教授 校點·解題)	單行筆寫本. 今多有校定之加筆處在焉. 漢文小說集. 總19篇 收錄
『聖宗遺草 (Thanh Tong Di Thao)』	漢喃研究所 所藏. A202; 『越南漢文小說叢刊(傳奇類)』 第2冊(臺灣: 學生書局, 1987.) 收錄(許鳴鏘教授 校點·解題)	單行筆寫本. 今多有校定之加筆處在焉. 漢文小說集. 總19篇 收錄
『聖宗遺草 (Thanh Tong Di Thao)』	漢喃研究所 所藏. A202, 『越南漢文小說叢刊(傳奇類)』 第2冊(臺灣: 學生書局, 1987.) 收錄(許鳴鏘教授 校點·解題)	單行筆寫本. 今多有校定之加筆處在焉. 漢文小說集. 總19篇 收錄
『聖宗遺草 (Thanh Tong Di Thao)』	漢喃研究所 所藏. A202; 『越南漢文小說叢刊(傳奇類)』 第2冊(臺灣: 學生書局, 1987.) 收錄(許鳴鏘教授 校點·解題)	單行筆寫本. 今多有校定之加筆處在焉. 漢文小說集. 總19篇 收錄
『聖宗遺草 (Thanh Tong Di Thao)』	漢喃研究所 所藏. A202; 『越南漢文小說叢刊(傳奇類)』 第2冊(臺灣: 學生書局, 1987.) 收錄(許鳴鏘教授 校點·解題)	單行筆寫本. 今多有校定之加筆處在焉. 漢文小說集. 總19篇 收錄

番號	題目	著者及編者	著作時期	字數
20	塵人居水府	擬聖宗黎思誠 (1442-1497)撰	18C末~19C初	約4160字
21	浪泊逢仙	擬聖宗黎思誠 (1442-1497)撰	18C末~19C初	約2870字
22	夢記	擬聖宗黎思誠 (1442-1497)撰	18C末~19C初	約3280字
23	鼠精傳	擬聖宗黎思誠 (1442-1497)撰	18C末~19C初	約2390字
24	一書取神女	擬聖宗黎思誠 (1442-1497)撰	18C末~19C初	約3110字
25	海口靈祠錄	段氏點 (字紅霞;1705-1748)撰	未詳	約409字
26	雲葛神女傳	段氏點 (字紅霞;1705-1748)撰	未詳	約7260字
27	安邑列女傳	段氏點 (字紅霞;1705-1748)撰	未詳	約3960字
28	碧溝奇遇記	段氏點 (字紅霞;1705-1748)撰	未詳	約8940字
29	松柏說話	段氏點 (字紅霞;1705-1748)撰	未詳	約1380字

收錄文獻	資料情報	特記事項
『聖宗遺草 (Thanh Tong Di Thao)』	漢喃研究所 所藏. A202; 『越南漢文小說叢刊(傳奇類)』 第2冊(臺灣: 學生書局, 1987.) 收錄(許鳴鏘教授 校點・解題)	單行筆寫本. 今多有校定之加筆處在焉. 漢文小說集. 總19篇 收錄
『聖宗遺草 (Thanh Tong Di Thao)』	漢喃研究所 所藏. A202; 『越南漢文小說叢刊(傳奇類)』 第2冊(臺灣: 學生書局, 1987.) 收錄(許鳴鏘教授 校點・解題)	單行筆寫本. 今多有校定之加筆處在焉. 漢文小說集. 總19篇 收錄
『聖宗遺草 (Thanh Tong Di Thao)』	漢喃研究所 所藏. A202; 『越南漢文小說叢刊(傳奇類)』 第2冊(臺灣: 學生書局, 1987.) 收錄(許鳴鏘教授 校點・解題)	單行筆寫本. 今多有校定之加筆處在焉. 漢文小說集. 總19篇 收錄
『聖宗遺草 (Thanh Tong Di Thao)』	漢喃研究所 所藏. A202; 『越南漢文小說叢刊(傳奇類)』 第2冊(臺灣: 學生書局, 1987.) 收錄(許鳴鏘教授 校點・解題)	單行筆寫本. 今多有校定之加筆處在焉. 漢文小說集. 總19篇 收錄
『聖宗遺草 (Thanh Tong Di Thao)』	漢喃研究所 所藏. A202; 『越南漢文小說叢刊(傳奇類)』 第2冊(臺灣: 學生書局, 1987.) 收錄(許鳴鏘教授 校點・解題)	單行筆寫本. 今多有校定之加筆處在焉. 漢文小說集. 總19篇 收錄
『傳奇新譜 (Truyen Ki Tan Pha)』; 『續傳奇錄 (Tuc Truyen Ki Luc)』	漢喃研究所 所藏. A48; 『越南漢文小說叢刊(傳奇類)』 第2冊(臺灣: 學生書局, 1987.) 收錄.	漢文小說集.
『傳奇新譜 (Truyen Ki Tan Pha)』; 『續傳奇錄 (Tuc Truyen Ki Luc)』	漢喃研究所 所藏. A48; 『越南漢文小說叢刊(傳奇類)』 第2冊(臺灣: 學生書局, 1987.) 收錄.	漢文小說集.
『傳奇新譜 (Truyen Ki Tan Pha)』; 『續傳奇錄 (Tuc Truyen Ki Luc)』	漢喃研究所 所藏. A48; 『越南漢文小說叢刊(傳奇類)』 第2冊(臺灣: 學生書局, 1987.) 收錄.	漢文小說集.
『傳奇新譜 (Truyen Ki Tan Pha)』; 『續傳奇錄 (Tuc Truyen Ki Luc)』	漢喃研究所 所藏. A48; 『越南漢文小說叢刊(傳奇類)』 第2冊(臺灣: 學生書局, 1987.) 收錄.	漢文小說集.
『傳奇新譜 (Truyen Ki Tan Pha)』; 『續傳奇錄 (Tuc Truyen Ki Luc)』	漢喃研究所 所藏. A48; 『越南漢文小說叢刊(傳奇類)』 第2冊(臺灣: 學生書局, 1987.) 收錄.	漢文小說集.

番號	題目	著者及編者	著作時期	字數
30	龍虎鬥奇記	段氏點 (字紅霞;1705-1748)撰	未詳	約2410字
31	段氏實錄	段氏點 (字紅霞;1705-1748)撰	未詳	約1250字
32	貧家義犬傳	范貴適 (1760-1825)撰	未詳	約281字
33	羽蟲角勝記	范貴適 (1760-1825)撰	未詳	約878字
34	猫犬對話	范貴適 (1760-1825)撰	未詳	約244字
35	生熟農問答辭	未詳	未詳	約1250字
36	越鳥巢	黎裕(號兜麗)撰	未詳	約字
37	胡馬嘶	黎裕(號兜麗)撰	未詳	約字

收錄文獻	資料情報	特記事項
『傳奇新譜 (Truyen Ki Tan Pha)』; 『續傳奇錄 (Tuc Truyen Ki Luc)』	漢喃研究所 所藏. A48; 『越南漢文小說叢刊(傳奇類)』 第2冊(臺灣: 學生書局, 1987.) 收錄.	漢文小說集.
『傳奇新譜 (Truyen Ki Tan Pha)』; 『續傳奇錄 (Tuc Truyen Ki Luc)』	漢喃研究所 所藏. A48; 『越南漢文小說叢刊(傳奇類)』 第2冊(臺灣: 學生書局, 1987.) 收錄.	漢文小說集.
『新傳奇錄 (Tan Truyen Ki Luc)』	漢喃研究所 所藏. A.2190; A.2315; 『越南漢文小說叢刊(傳奇類)』 第2輯 第5冊(臺灣: 學生書局, 1992.) 收錄 收錄	漢文小說集. 書前有序, 所載有〈貧家義犬傳〉 〈羽蟲角勝記〉〈猫犬對話〉, 以下原卷殘缺 今抄本有二種. 一本22頁;一本36頁.
『新傳奇錄 (Tan Truyen Ki Luc)』	漢喃研究所 所藏. A.2190; A.2315; 『越南漢文小說叢刊(傳奇類)』 第2輯 第5冊(臺灣: 學生書局, 1992.) 收錄 收錄	漢文小說集. 書前有序, 所載有〈貧家義犬傳〉 〈羽蟲角勝記〉〈猫犬對話〉, 以下原卷殘缺 今抄本有二種. 一本22頁;一本36頁.
『新傳奇錄 (Tan Truyen Ki Luc)』	漢喃研究所 所藏. A.2190; A.2315; 『越南漢文小說叢刊(傳奇類)』 第2輯 第5冊(臺灣: 學生書局, 1992.) 收錄 收錄	漢文小說集. 書前有序, 所載有〈貧家義犬傳〉 〈羽蟲角勝記〉〈猫犬對話〉, 以下原卷殘缺 今抄本有二種. 一本22頁;一本36頁.
筆寫本. 每張心有 「御製文集」四字	AB.129	上段漢文, 下段喃文. 書前有 「御製文集, 仰聖德火+郎火+雷天日, 從農功體悉」之句.
(倫理敎書) 『『人中物』』	A.3214	筆寫本. 漢文動物寓言集. 內容以魚・鳥・犬・馬・猴・螢・ 蛇・龜・虎・蟻等主人公, 每篇末附有一首詩, 幾句評論, 闕17~22話 遺44篇
(倫理敎書) 『『人中物』』	A.3214	筆寫本. 漢文動物寓言集. 內容以魚・鳥・犬・馬・猴・螢・ 蛇・龜・虎・蟻等主人公, 每篇末附有一首詩, 幾句評論, 闕17~22話 遺44篇

番號	題目	著者及編者	著作時期	字數
38	明皇象	黎裕(號兜麗)撰	未詳	約字
39	昭宗猴	黎裕(號兜麗)撰	未詳	約字
40	赤免馬	黎裕(號兜麗)撰	未詳	約字
41	賽風駒	黎裕(號兜麗)撰	未詳	約字
42	嚮導螢	黎裕(號兜麗)撰	未詳	約字
43	先鋒鳥	黎裕(號兜麗)撰	未詳	約字
44	獵王狗	黎裕(號兜麗)撰	未詳	約字

收錄文獻	資料情報	特記事項
(倫理敎書) 『『人中物』』	A.3214	筆寫本. 漢文動物寓言集. 內容以魚·鳥·犬·馬·猴·螢· 蛇·龜·虎·蟻等主人公, 每篇末附有一首詩, 幾句評論, 闕17~22話 遺44篇
(倫理敎書) 『『人中物』』	A.3214	筆寫本. 漢文動物寓言集. 內容以魚·鳥·犬·馬·猴·螢· 蛇·龜·虎·蟻等主人公, 每篇末附有一首詩, 幾句評論, 闕17~22話 遺44篇
(倫理敎書) 『『人中物』』	A.3214	筆寫本. 漢文動物寓言集. 內容以魚·鳥·犬·馬·猴·螢· 蛇·龜·虎·蟻等主人公, 每篇末附有一首詩, 幾句評論, 闕17~22話 遺44篇
(倫理敎書) 『『人中物』』	A.3214	筆寫本. 漢文動物寓言集. 內容以魚·鳥·犬·馬·猴·螢· 蛇·龜·虎·蟻等主人公, 每篇末附有一首詩, 幾句評論, 闕17~22話 遺44篇
(倫理敎書) 『『人中物』』	A.3214	筆寫本. 漢文動物寓言集. 內容以魚·鳥·犬·馬·猴·螢· 蛇·龜·虎·蟻等主人公, 每篇末附有一首詩, 幾句評論, 闕17~22話 遺44篇
(倫理敎書) 『『人中物』』	A.3214	筆寫本. 漢文動物寓言集. 內容以魚·鳥·犬·馬·猴·螢· 蛇·龜·虎·蟻等主人公, 每篇末附有一首詩, 幾句評論, 闕17~22話 遺44篇
(倫理敎書) 『『人中物』』	A.3214	筆寫本. 漢文動物寓言集. 內容以魚·鳥·犬·馬·猴·螢· 蛇·龜·虎·蟻等主人公, 每篇末附有一首詩, 幾句評論, 闕17~22話 遺44篇

番號	題目	著者及編者	著作時期	字數
45	救帝魚	黎裕(號兜麗)撰	未詳	約字
46	孝猿墓	黎裕(號兜麗)撰	未詳	約字
47	義牛村	黎裕(號兜麗)撰	未詳	約字
48	犬捉盜	黎裕(號兜麗)撰	未詳	約字
49	鷄知人	黎裕(號兜麗)撰	未詳	約字
50	鴈唧書	黎裕(號兜麗)撰	未詳	約字
51	鵑善卜	黎裕(號兜麗)撰	未詳	約字
番號	題目	著者及編者	著作時期	字數

收錄文獻	資料情報	特記事項
(倫理敎書)『『人中物』』	A.3214	筆寫本. 漢文動物寓言集. 內容以魚·鳥·犬·馬·猴·螢·蛇·龜·虎·蟻等主人公, 每篇末附有一首詩, 幾句評論, 闕17~22話　遺44篇
(倫理敎書)『『人中物』』	A.3214	筆寫本. 漢文動物寓言集. 內容以魚·鳥·犬·馬·猴·螢·蛇·龜·虎·蟻等主人公, 每篇末附有一首詩, 幾句評論, 闕17~22話　遺44篇
(倫理敎書)『『人中物』』	A.3214	筆寫本. 漢文動物寓言集. 內容以魚·鳥·犬·馬·猴·螢·蛇·龜·虎·蟻等主人公, 每篇末附有一首詩, 幾句評論, 闕17~22話　遺44篇
(倫理敎書)『『人中物』』	A.3214	筆寫本. 漢文動物寓言集. 內容以魚·鳥·犬·馬·猴·螢·蛇·龜·虎·蟻等主人公, 每篇末附有一首詩, 幾句評論, 闕17~22話　遺44篇
(倫理敎書)『『人中物』』	A.3214	筆寫本. 漢文動物寓言集. 內容以魚·鳥·犬·馬·猴·螢·蛇·龜·虎·蟻等主人公, 每篇末附有一首詩, 幾句評論, 闕17~22話　遺44篇
(倫理敎書)『『人中物』』	A.3214	筆寫本. 漢文動物寓言集. 內容以魚·鳥·犬·馬·猴·螢·蛇·龜·虎·蟻等主人公, 每篇末附有一首詩, 幾句評論, 闕17~22話　遺44篇
(倫理敎書)『『人中物』』	A.3214	筆寫本. 漢文動物寓言集. 內容以魚·鳥·犬·馬·猴·螢·蛇·龜·虎·蟻等主人公, 每篇末附有一首詩, 幾句評論, 闕17~22話　遺44篇

番號	題目	著者及編者	著作時期	字數
52	鵝鵡夫	黎裕(號兜麗)撰	未詳	約字
53	猩猩婦	黎裕(號兜麗)撰	未詳	約字
54	識途馬	黎裕(號兜麗)撰	未詳	約字
55	唱籌鷄	黎裕(號兜麗)撰	未詳	約字
56	琴堂鶴	黎裕(號兜麗)撰	未詳	約字
57	佛寺龜	黎裕(號兜麗)撰	未詳	約字
58	鬪畫眉	黎裕(號兜麗)撰	未詳	約字

收錄文獻	資料情報	特記事項
(倫理敎書)『『人中物』』	A.3214	筆寫本. 漢文動物寓言集. 內容以魚·鳥·犬·馬·猴·螢· 蛇·龜·虎·蟻等主人公, 每篇末附有一首詩, 幾句評論, 闕17~22話　遺44篇
(倫理敎書)『『人中物』』	A.3214	筆寫本. 漢文動物寓言集. 內容以魚·鳥·犬·馬·猴·螢· 蛇·龜·虎·蟻等主人公, 每篇末附有一首詩, 幾句評論, 闕17~22話　遺44篇
(倫理敎書)『『人中物』』	A.3214	筆寫本. 漢文動物寓言集. 內容以魚·鳥·犬·馬·猴·螢· 蛇·龜·虎·蟻等主人公, 每篇末附有一首詩, 幾句評論, 闕17~22話　遺44篇
(倫理敎書)『『人中物』』	A.3214	筆寫本. 漢文動物寓言集. 內容以魚·鳥·犬·馬·猴·螢· 蛇·龜·虎·蟻等主人公, 每篇末附有一首詩, 幾句評論, 闕17~22話　遺44篇
(倫理敎書)『『人中物』』	A.3214	筆寫本. 漢文動物寓言集. 內容以魚·鳥·犬·馬·猴·螢· 蛇·龜·虎·蟻等主人公, 每篇末附有一首詩, 幾句評論, 闕17~22話　遺44篇
(倫理敎書)『『人中物』』	A.3214	筆寫本. 漢文動物寓言集. 內容以魚·鳥·犬·馬·猴·螢· 蛇·龜·虎·蟻等主人公, 每篇末附有一首詩, 幾句評論, 闕17~22話　遺44篇
(倫理敎書)『『人中物』』	A.3214	筆寫本. 漢文動物寓言集. 內容以魚·鳥·犬·馬·猴·螢· 蛇·龜·虎·蟻等主人公, 每篇末附有一首詩, 幾句評論, 闕17~22話　遺44篇

番號	題目	著者及編者	著作時期	字數
59	游金魚	黎裕(號兜麗)撰	未詳	約字
60	鼠盜卵	黎裕(號兜麗)撰	未詳	約字
61	羊殺蛇	黎裕(號兜麗)撰	未詳	約字
62	兎(土+田)恩	黎裕(號兜麗)撰	未詳	約字
63	蛇知理	黎裕(號兜麗)撰	未詳	約字
64	鵲爲媒	黎裕(號兜麗)撰	未詳	約字
65	鷄保種	黎裕(號兜麗)撰	未詳	約字

收錄文獻	資料情報	特記事項
(倫理敎書)『『人中物』』	A.3214	筆寫本. 漢文動物寓言集. 內容以魚·鳥·犬·馬·猴·螢· 蛇·龜·虎·蟻等主人公, 每篇末附有一首詩, 幾句評論, 闕17~22話 遺44篇
(倫理敎書)『『人中物』』	A.3214	筆寫本. 漢文動物寓言集. 內容以魚·鳥·犬·馬·猴·螢· 蛇·龜·虎·蟻等主人公, 每篇末附有一首詩, 幾句評論, 闕17~22話 遺44篇
(倫理敎書)『『人中物』』	A.3214	筆寫本. 漢文動物寓言集. 內容以魚·鳥·犬·馬·猴·螢· 蛇·龜·虎·蟻等主人公, 每篇末附有一首詩, 幾句評論, 闕17~22話 遺44篇
(倫理敎書)『『人中物』』	A.3214	筆寫本. 漢文動物寓言集. 內容以魚·鳥·犬·馬·猴·螢· 蛇·龜·虎·蟻等主人公, 每篇末附有一首詩, 幾句評論, 闕17~22話 遺44篇
(倫理敎書)『人中物』	A.3214	筆寫本. 漢文動物寓言集. 內容以魚·鳥·犬·馬·猴·螢· 蛇·鼅·虎·蟻等主人公, 每篇末附有一首詩, 幾句評論, 闕17·22話 遺44篇
(倫理敎書)『人中物』	A.3214	筆寫本. 漢文動物寓言集. 內容以魚·鳥·犬·馬·猴·螢· 蛇·龜·虎·蟻等主人公, 每篇末附有一首詩, 幾句評論, 闕17~22話 遺44篇
(倫理敎書)『人中物』	A.3214	筆寫本. 漢文動物寓言集. 內容以魚·鳥·犬·馬·猴·螢· 蛇·龜·虎·蟻等主人公, 每篇末附有一首詩, 幾句評論, 闕17~22話 遺44篇

番號	題目	著者及編者	著作時期	字數
66	鷓捉魚	黎裕(號兜麗)撰	未詳	約字
67	猴採茶	黎裕(號兜麗)撰	未詳	約字
68	鵝結黨	黎裕(號兜麗)撰	未詳	約字
69	象合羣	黎裕(號兜麗)撰	未詳	約字
70	鴿傳書	黎裕(號兜麗)撰	未詳	約字
71	猫執盜	黎裕(號兜麗)撰	未詳	約字
72	難孕虎	黎裕(號兜麗)撰	未詳	約字

收錄文獻	資料情報	特記事項
(倫理敎書) 『『人中物』』	A.3214	筆寫本. 漢文動物寓言集. 內容以魚·鳥·犬·馬·猴·螢·蛇·龜·虎·蟻等主人公, 每篇末附有一首詩, 幾句評論, 闕17~22話 遺44篇
(倫理敎書) 『『人中物』』	A.3214	筆寫本. 漢文動物寓言集. 內容以魚·鳥·犬·馬·猴·螢·蛇·龜·虎·蟻等主人公, 每篇末附有一首詩, 幾句評論, 闕17~22話 遺44篇
(倫理敎書) 『『人中物』』	A.3214	筆寫本. 漢文動物寓言集. 內容以魚·鳥·犬·馬·猴·螢·蛇·龜·虎·蟻等主人公, 每篇末附有一首詩, 幾句評論, 闕17~22話 遺44篇
(倫理敎書) 『『人中物』』	A.3214	筆寫本. 漢文動物寓言集. 內容以魚·鳥·犬·馬·猴·螢·蛇·龜·虎·蟻等主人公, 每篇末附有一首詩, 幾句評論, 闕17~22話 遺44篇
(倫理敎書) 『『人中物』』	A.3214	筆寫本. 漢文動物寓言集. 內容以魚·鳥·犬·馬·猴·螢·蛇·龜·虎·蟻等主人公, 每篇末附有一首詩, 幾句評論, 闕17~22話 遺44篇
(倫理敎書) 『『人中物』』	A.3214	筆寫本. 漢文動物寓言集. 內容以魚·鳥·犬·馬·猴·螢·蛇·龜·虎·蟻等主人公, 每篇末附有一首詩, 幾句評論, 闕17~22話 遺44篇
(倫理敎書) 『『人中物』』	A.3214	筆寫本. 漢文動物寓言集. 內容以魚·鳥·犬·馬·猴·螢·蛇·龜·虎·蟻等主人公, 每篇末附有一首詩, 幾句評論, 闕17~22話 遺44篇

番號	題目	著者及編者	著作時期	字數
73	能言鳥	黎裕(號兜麗)撰	未詳	約字
74	學界蟾	黎裕(號兜麗)撰	未詳	約字
75	試場蟻	黎裕(號兜麗)撰	未詳	約字
76	烏解圍	黎裕(號兜麗)撰	未詳	約字
77	牢避險	黎裕(號兜麗)撰	未詳	約字
78	靑毛鵡	黎裕(號兜麗)撰	未詳	約字
79	黃跼鷺	黎裕(號兜麗)撰	未詳	約字

收錄文獻	資料情報	特記事項
(倫理敎書)『『人中物』』	A.3214	筆寫本. 漢文動物寓言集. 內容以魚·鳥·犬·馬·猴·螢· 蛇·龜·虎·蟻等主人公, 每篇末附有一首詩, 幾句評論, 闕17~22話　遺44篇
(倫理敎書)『『人中物』』	A.3214	筆寫本. 漢文動物寓言集. 內容以魚·鳥·犬·馬·猴·螢· 蛇·龜·虎·蟻等主人公, 每篇末附有一首詩, 幾句評論, 闕17~22話　遺44篇
(倫理敎書)『『人中物』』	A.3214	筆寫本. 漢文動物寓言集. 內容以魚·鳥·犬·馬·猴·螢· 蛇·龜·虎·蟻等主人公, 每篇末附有一首詩, 幾句評論, 闕17~22話　遺44篇
(倫理敎書)『『人中物』』	A.3214	筆寫本. 漢文動物寓言集. 內容以魚·鳥·犬·馬·猴·螢· 蛇·龜·虎·蟻等主人公, 每篇末附有一首詩, 幾句評論, 闕17~22話　遺44篇
(倫理敎書)『『人中物』』	A.3214	筆寫本. 漢文動物寓言集. 內容以魚·鳥·犬·馬·猴·螢· 蛇·龜·虎·蟻等主人公, 每篇末附有一首詩, 幾句評論, 闕17~22話　遺44篇
(倫理敎書)『『人中物』』	A.3214	筆寫本. 漢文動物寓言集. 內容以魚·鳥·犬·馬·猴·螢· 蛇·龜·虎·蟻等主人公, 每篇末附有一首詩, 幾句評論, 闕17~22話　遺44篇
(倫理敎書)『『人中物』』	A.3214	筆寫本. 漢文動物寓言集. 內容以魚·鳥·犬·馬·猴·螢· 蛇·龜·虎·蟻等主人公, 每篇末附有一首詩, 幾句評論, 闕17~22話　遺44篇

番號	題目	著者及編者	著作時期	字數
80	黃頭犬	黎裕(號兜麗)撰	未詳	約字
81	赤鼻猴	黎裕(號兜麗)撰	未詳	約字
82	昔仲尼師項槖	未詳	成泰貳(1890)年貳月拾三日寫	約1050字
83	[孔子項槖問答]	未詳	未詳	約字
84	孔子項槖問答書	未詳	未詳	約字
85	孔氏三出辨	未詳	未詳	約24頁 約1640字
86	松柏傳	未詳	未詳	約字
87	碧溝奇遇傳	未詳	未詳	約字
88	衡門四友新集 (松梅菊竹四名公詩話)	未詳	未詳	約50頁
89	銅錢傳	未詳	未詳	約12頁 700字
90	二氏偶談記	克齋 李文馥	辛丑(1841)年出使中國時所作	約1105字
91	二氏偶談記	未詳	未詳	約920字
92	移樹對話記(多秋對話記)	未詳	未詳	約3500字
93	牧童	未詳	未詳	約565字
94	迂叟	未詳	未詳	約508字
95	送窮	石亭居士	未詳	約322字

收錄文獻	資料情報	特記事項
(倫理敎書) 『『人中物』』	A.3214	筆寫本. 漢文動物寓言集. 內容以魚·鳥·犬·馬·猴·螢·蛇·龜·虎·蟻等主人公, 每篇末附有一首詩, 幾句評論, 闕17~22話 遺44篇
(倫理敎書) 『『人中物』』	A.3214	筆寫本. 漢文動物寓言集. 內容以魚·鳥·犬·馬·猴·螢·蛇·龜·虎·蟻等主人公, 每篇末附有一首詩, 幾句評論, 闕17~22話 遺44篇
筆寫本.『諸史解義』附載	A.2409	漢文. 〈孔子童子問答〉 類話
筆寫本. 『各調喝古越南吧沒數排詩』附載	VNv.232	漢文. 〈孔子童子問答〉 類話. 資料未入手.
筆寫本.『異人略志』附載	A.1710	漢文. 〈孔子童子問答〉 類話. 資料未入手.
	AC.36	板本. 漢文. 論辨體.
范廷琥 撰 『參考雜記』附載	A.939	漢文小說.『傳奇新譜』收錄 異本. 資料未入手.
范廷琥 撰 『參考雜記』附載	A.939	漢文小說.『傳奇新譜』收錄 異本. 資料未入手.
筆寫單行本.	A.1575	漢文寓言詩文集. 擬四君子以酬應詩文之話.
『銅錢傳』	Vnb.71	喃文書.
『皇華雜詠』 所載	A.1308	漢文寓言. 釋迦與老子之爭論
『談詩話文雜錄』 所載	VHv.554	漢文寓言. 『皇華雜詠』所載本之異本.
『談詩話文雜錄』 所載	VHv.554	漢文寓言.
『辨論雜記』 附載	A.2643	漢文寓言.
『辨論雜記』 附載	A.2643	漢文寓言.
『雜文』 所載	A.3177	喃詩文.

番號	題目	著者及編者	著作時期	字數
96	驅烏檄(逐烏鴉檄)	未詳	未詳	約405字
97	賀壽帳	未詳	未詳	約237字
98	猛虎出平原記	未詳	未詳	約1801字
99	龍虎鬪奇記	未詳	未詳	約3290字
100	從龍遇友記	未詳	未詳	約2555字
101	蹶儒文	未詳	未詳	約1006字
102	驅蚊文	黃甲杜先生撰	未詳	約字
103	祭鴉片文	未詳	嗣德帝年間 19世紀中半(?)	約字
104	秋夜餘懷吟	未詳	成泰(1889~1907) 壬寅(1902)冬刻	約字
105	玉花古跡傳	未詳	嗣德貳拾肆(1870)年 貳月中澣	約字
106	松竹蓮梅四友	范廷琥 · 撰	未詳	約76頁 約7600字
107	NGU NGON thi Hoa(詩畫寓言)	Tran Tu Ich (Min Hoa: Dinh Thong)	2003年	約358頁

收錄文獻	資料情報	特記事項
『雜抄』所載	VHv.563	
『雜抄』所載	VHv.563	
『葩詩國語歌』所載	AB.360	喃詩文集所載之漢文寓言
『葩詩國語歌』所載	AB.360	喃詩文集所載之漢文寓言
『葩詩國語歌』所載	AB.360	喃詩文集所載之漢文寓言
『陣亡將士祭文』附載	AB.297	
『香跡峒記』所載	A.2533(158頁);A.2174(50頁)	
板刻本		喃詩文
長盛堂藏板.		六八體喃詩傳.
盛文堂藏板.		六八體喃詩傳.
	A.2524	參考『衡門四友詩集』
印於Nha Xuat Ban THANH FHO HO CHI MINH, 2003.	今於Hanoi市內書店所販賣書籍	200篇 單形寓言 收錄.

⭐ **저자**

또오 호아이(TÔ HOÀI : 1920~)

베트남의 대표적인 소설가. 하노이의 위성도시 응이아도 출생. 대프랑스전쟁 시기에 베트민 중앙위원회 기관지인 구국신문사 기자로 종군. 1940년대부터 서구 리얼리즘의 영향을 받아 많은 작품 발표.

『고향을 잃은 사람들』(1942), 단편집『동물들의 이야기』,『옛날의 이웃』,『싸움닭의 일생』, 『가난한 집』등

아시아 아프리카 작가회의가 주는 로터스상 수상.

⭐ **번역자**

전혜경

한국외국어대학교 학사·석사, 숭실대학교 석사·박사(비교문학) 졸업.

『세계의 소설가 1』(한국외국어대 출판부, 2001),『한국문학사』(하노이국립대출판부, 2006), 『꿩먹고 알먹고 베트남어 첫걸음』(문예림, 2008)

현재 한국외국어대학교 베트남어과 교수, 한국베트남학회 회장.

월남 우언 선집

초판 인쇄 | 2008년 9월 19일
초판 발행 | 2008년 9월 27일

지은이 | 또오 호아이
옮긴이 | 전혜경
펴낸이 | 박찬익
편집책임 | 이영희
책임편집 | 김민영

펴낸곳 | 도서출판 **박이정**
주소 | 서울시 동대문구 용두동 129-162
전화 | 02)922-1192~3
전송 | 02)928-4683
홈페이지 | www.pjbook.com
이메일 | pijbook@naver.com
온라인 | 국민 729-21-0137-159
등록 | 1991년 3월 12일 제1-1182호

ISBN 978-89-7878-997-4 (93810)

* 책값은 뒤표지에 있습니다.